1.ª edición: septiembre, 2015

© Esteban Navarro, 2014
© Ediciones B, S. A., 2015
   para el sello B de Bolsillo
   Consell de Cent, 425-427 - 08009 Barcelona (España)
   www.edicionesb.com

Printed in Spain
ISBN: 978-84-9070-113-3
DL B 15885-2015

Impreso por NOVOPRINT
            Energía, 53
            08740 Sant Andreu de la Barca - Barcelona

Diez días de julio

ESTEBAN NAVARRO

La razón, para ser razonable, debe verse
a sí misma con los ojos de una locura irónica.

Elogio de la locura,
de ERASMO DE ROTTERDAM

1

Viernes, 15 de julio
21.15

El correteo incesante del oficial de guardia presagia que algo malo acaba de ocurrir. Solo una desmesurada catástrofe haría que el viejo y barrigón agente se precipitara por el pasillo de ese modo. Deambula de un lado hacia otro realizando aspavientos y alharacas con las manos, al mismo tiempo que grita sin parar.

—¡Dios mío! ¿Dónde está la llave? Dios mío.

La puerta de acceso a los calabozos está cerrada, como la dejó el responsable de la custodia de detenidos minutos antes. Echó la llave a las nueve y diez minutos de la noche, después de meter dentro a la chica. Ella se quedó tranquila, sentada en el camastro, cabizbaja. La mujer no dijo nada. Levantó la cabeza levemente y sus ojos llorosos se posaron sobre la abertura de la celda, por donde apenas entraba un hilo de luz. Tenue. Imperceptible. La chica hizo el gesto de hablar. Sus labios se despegaron y trató de musitar alguna palabra. Pero finalmente no dijo nada. El silencio atolondró su celda.

Apenas habían pasado cincuenta minutos y, a través de la mirilla redonda y acristalada de poliestireno, se observa a la detenida tumbada en la cama. Está boca arriba y con un reguero de sangre manando de su boca. Por la pared hay manchones rojos a modo de lamparones. Por el suelo también. Su cuerpo está retorcido como las personas que mueren sufriendo. El dolor la mató.

—¡Dios mío! ¡Dios mío! —sigue gritando el oficial de guardia, mientras se extiende el sonido de su inquietud por toda la comisaría de policía—. ¿Dónde está la llave de la celda? ¿Dónde está? —pregunta constantemente.

La joven Vanessa había sido detenida esa misma tarde, mientras estaba en la esquina de la calle Avellaneda, frente al bar Arcadia. Los agentes la identificaron de forma rutinaria. Los jefes exigen un mínimo de identificaciones al día y un viernes quince de julio, con la operación verano en marcha y con las universidades cerradas, es difícil hallar por la calle a personas para comprobar sus antecedentes policiales. La chica estaba en aquella esquina, sola, y ofrecía el aspecto de las busconas que esperan clientes. Los agentes le dijeron que dejara todas las cosas que había en su bolso sobre el capó del coche de policía. La chica no rechistó y se limitó a obedecer.

Durante el registro superficial de su bolso, vieron una papelina de coca en el interior del monedero de piel marrón. Era una bola de papel de fumar liada y prensada. Los ojos de Vanessa se abrieron mostrando una esclerótica blanca y reluciente. No era una mirada de miedo, sino de incomprensión.

—Es una jodida yonqui —exclamó uno de los agentes—. Está esperando a un camello para comprar droga —afirmó, mientras a la chica se le entornaron los ojos como a un cervatillo al que estuvieran apuntando con un rifle y temiera oír el fatal disparo de un momento a otro.

—O para venderla —dijo el compañero de patrulla, husmeando en el interior del bar Arcadia y buscando en las miradas de los escasos clientes de su interior algún gesto de complicidad.

—Señorita, tendrá usted que acompañarnos a comisaría y allí explicar de dónde ha sacado la *farlopa*.

—Estoy esperando a una persona —respondió Vanessa, en un castellano perfecto pero con acento ruso—. Quedaros la coca si queréis, no es mía.

—Es una drogata y una puta —dijo el agente veterano, mientras colocaba a la chica los grilletes en unas muñecas gruesas y nervudas y la introducía en el coche—. ¡Está usted detenida por tenencia de estupefacientes! —dijo antes de cerrar la puerta de un golpazo.

2

A las ocho de la mañana suena el despertador, como cada día, y lo apago con un sonoro manotazo; aunque hace por lo menos dos horas que estoy despierto. En los meses de verano me es imposible conciliar el sueño y paso las noches revolcándome en la cama y escuchando los sonidos de las sombras: el tic-tac del reloj, el maullido de los gatos en celo, los correteos de la vecina de arriba. Hasta las paredes y los destartalados muebles manifiestan su presencia nocturna y crujen haciéndose notar.

Me siento en la esquina de la cama y froto mis ojos con un gesto maniático y compulsivo, en un intento de despejarme. No lo consigo. Acomodo la vista a la penumbra de la habitación y alojo mis pies en las zapatillas, esas que me compró mi pareja antes de abandonarme por aquel compañero de trabajo con el que se llevaba tan bien. Mientras me incorporo recuerdo cómo Guillermina no pudo soportar mis manías y cómo yo no pude tolerar por más tiempo sus inmoralidades y sus depravaciones. Ella se marchó con un oficinista del consulado francés de Barcelona, donde compartían algo más que desayunos, desde hacía un año.

Preparo una cafetera. No soy persona hasta que sorbo una deliciosa y exageradamente dulce taza de café recién molido. La vecina de arriba, que tanto zascandilea por la noche, tiene el atrevimiento de amonestarme por las mañanas a causa del ruido del molinillo, y siempre utiliza la misma forma de comunicarse conmigo: unos golpes con el palo de la escoba en la ventana de la cocina. Las cocinas de los dos pisos están unidas por un tragaluz que desemboca en un patio donde a los vecinos se les caen las pinzas de tender y prendas de ropa que resbalan de las cuerdas. No soporto a mi vecina. Me pone de los nervios cada vez que golpea la ventana. Se cree que ella puede hacer ruido por las noches cuando se levanta para ir al lavabo o a la cocina, pero yo no puedo permitirme moler un poco de café por las mañanas. Solo somos tres vecinos, pero mal avenidos. Hay tres pisos y una puerta por planta. En el primero vive un viejo anacoreta, de pocas palabras y que apenas sale a la calle. La primera vez que lo vi me recordó a Rasputín, es su vivo retrato. El anciano camina con la espalda encorvada y ostenta una delgadez enfermiza y encanijada. Una delgadez frágil que siembra la desconfianza ante su lento y calmoso paso. En aquel primer contacto con él me di cuenta de que sus ojos escondían el trastorno psicópata de un loco. No me gustó y supongo que a él le pasó lo mismo conmigo. La antipatía fue recíproca.

Unto mantequilla de barra en las dos rebanadas de pan congelado que acabo de tostar. Después, ya desayunado y con el café disolviéndose en mi estómago, me encamino a la comisaría, donde, y desde hace unos meses, ejerzo de jefe del grupo de Policía Judicial.

Llegué aquí después de pasar dos años en la academia de policía, tras aprobar la oposición y un inexcusable año de prácticas en Barcelona, la mejor escuela de policía que hay. La comisaría de Santa Margarita es mi primer destino, aunque espero que no sea el último. No me gustaría acabar mi carrera policial en un pequeño pueblo del interior del Estado, donde nunca ocurre nada y las brigadas de investigación matan el tiempo adivinando qué personas no devuelven la película de alquiler del videoclub de la esquina o quién ha quemado un buzón de correos de alguna comunidad de vecinos. Pero la movilidad es obligada en el cuerpo de policía y me destinaron a este lugar alejado de casi todas partes, menos de la montaña; miraras a donde miraras solamente se veían cordilleras y serranías.

«Santa Margarita es precioso», me dijo Guillermina, cuando decidí venir aquí, después de jurar el cargo. Supongo que la chica quería animarme a irme de su lado, a huir de ella.

Mi oficina está situada en la segunda planta, de las tres que tiene la comisaría. Es un despacho pequeño, con un ordenador conectado a la central informática del Escorial y un armario de tres cajones, donde en el primero guardo los expedientes de los casos cerrados, en el segundo los pendientes de resolver y en el tercero los que han sido imposible resolver. El tercer cajón está vacío. Solo faltaría que en una ciudad donde apenas hay trabajo policial se amontonaran los casos sin solución. Santa Margarita es una población de poco más de cincuenta mil habitantes, donde la inmigración no ha cuajado y los vecinos son personas, como se suele decir, de toda la vida. La mayoría nacieron aquí y lo mismo hicieron sus padres y los padres de estos, hasta el punto de que la comisaría de policía se divide en dos tipos de agentes: los que son de aquí y los que no. Los que son de aquí llegan a trabajar más tarde, almuerzan con amigos que no son policías y hacen la vista gorda ante delitos de poco calado. Los que no somos de aquí llegamos antes de nuestra hora, no almorzamos y solo nos juntamos con policías, y a ser posible de nuestra misma edad. Así que la comisaría se divide en dos constantemente: en lugareños y foráneos, en viejos y jóvenes, en inspectores y policías, en uniformados y de paisano... Es la ciudad de las divisiones, de las fracciones, de los quebrantamientos. No hay nada más dificultoso, desde el punto de vista personal, que adentrarse en una población oligárquica y caciquil. En dos meses he notado el desprecio de los lugareños. El miedo al extranjero. La xenofobia. La intransigencia y el recelo forman parte de la comisaría de Santa Margarita, algo que imposibilita el acercamiento de un recién llegado como soy yo.

Como cada mañana me reúno con el jefe de la comisaría, un cacique de la ciudad a punto de jubilarse y con una barriga tan enorme que le impide sentarse en los coches patrulla. Y no lo digo por ser un faltón, sino porque es verdad. En la fiesta de la policía, el comisario quiso enseñar a unos niños cómo funcionaban las sirenas de los coches de la policía y el pobre no pudo sentarse para accionar los botones del cuadro de mandos. Tuvo que salir en su ayuda un subinspector, ante la risa de los chicos y la incomodidad de los demás agentes que tuvieron que forzar muecas para evitar risotadas indignas de un policía hacia su jefe.

Alberto Mendoza es el comisario con más medallas de toda la provincia. Sobre su chaqueta de gala penden cruces y distinciones que chasquean a su paso y tuercen la prenda hacia la izquierda, escondiendo su mano dentro de la manga. Es curioso que, dada la poca labor investigadora que existe en Santa Margarita, haya alguien con tal cantidad de merecimientos, pero supongo que el paso de los años y la amistad que le une al alcalde, amigo acérrimo del comisario y compañero del colegio en la época en que estudiaban, y al delegado del Gobierno, con el que cada domingo almuerza, han facilitado esa ligereza a la hora de colgarse los méritos.

—Pasa, Simón —me dice mientras cierra, no sin esfuerzo, el ventanal de su despacho y me indica con la mano, con la que sostiene un enorme puro habano, que me siente—. Puntual, como siempre —afirma.

—Buenos días, Alberto —digo, mientras permanezco de pie al lado de la puerta de entrada.

Al comisario le gusta que la plana mayor se tuteen entre ellos. Fue una de las advertencias de los primeros días: «Mis oficiales son iguales entre sí y quiero que se tuteen», dijo cuando me presenté ante él. Y a mí me pareció bien porque era un síntoma de confianza entre nosotros.

—Esta maldita ventana va a acabar conmigo —asevera mientras consigue apalancar el cierre, no sin dificultad—. ¡Acciona el aire acondicionado! —me ordena, apuntando con la boquilla del puro al panel de control que hay en la pared de la entrada, justo a la derecha de donde estoy yo.

El despacho del comisario es el único que tiene aire acondicionado de toda la comisaría. El escaso presupuesto y la manía del jefe de que el trabajo policial se hace en la calle y no en la comisaría consiguieron que los técnicos que vinieron a instalarlo se volvieran a su almacén con más de doce aparatos sin colocar. Yo sabía que los policías de la planta de abajo se quejaban precisamente de eso: del abandono por parte de los jefes. Pero era cierto que tanto en Seguridad, como en la Inspección de Guardia, no había ni calefacción, ni aire acondicionado, y ni siquiera butacones donde poder sentarse cómodamente.

«Aquí se viene a trabajar y no a dormir, descansar o calentarse», solía decir el comisario Alberto, ante la mirada desafiante de los representantes sindicales, a los cuales había colocado en puestos cómodos para acallar sus quejas.

El comisario era ante todo un estratega y untó con buenos empleos dentro de la corporación policial a todos aquellos que podían hacerle daño con sus críticas. Los líderes sindicales también sacaron buena tajada de esa política de compadreo.

En unos minutos llegan los demás jefes de grupo, en total somos cinco inspectores. En poco más de un cuarto de hora ya estamos la plana mayor al completo. El tema de hoy, viernes, es el mismo de todos los viernes: el cierre de balance semanal. Cada inspector arrima a la mesa del comisario una octavilla con los datos de la semana. En ella se incluyen los delitos denunciados y los delitos resueltos, que es lo realmente importante. De cara al jefe superior de policía, el alcalde y el delegado del Gobierno, lo único realmente valioso son las cifras y estas se basan en resolver tantos delitos como se han cometido. Recuerdo una frase célebre que dice así: «Existen las mentiras, las grandes mentiras y las estadísticas.» Y ciertamente, aquí, en la comisaría de Santa Margarita, esa máxima cobra una especial validez. El secretario del jefe era capaz de maquillar los datos hasta tal punto que en una ocasión se resolvieron más delitos de los que se habían cometido y el jefe superior de policía tuvo que venir expresamente a Santa Margarita a pegar un tirón de orejas al comisario.

—¿Quién se encarga de las incidencias este fin de semana? —pregunta el jefe, mientras ojea las cuartillas y limpia la ceniza en un cuenco de arcilla que utiliza como cenicero.

El comisario había dispuesto que cada fin de semana, y de forma rotativa, se hiciera cargo un inspector de las incidencias que surgieran en la comisaría. Esta norma la estableció a raíz de un conato de atentado terrorista que hubo y los policías de servicio no lograron contactar con ningún inspector para que se pusiera al mando. Aquello creó tal alarma, que el jefe dispuso que cada fin de semana hubiera un inspector de incidencias para evitar que volviera a ocurrir un hecho semejante.

—Me hago cargo yo —le digo mientras levanto la mano.

Él no me lo decía nunca, pero al jefe le gustaba que las incidencias las hiciera yo, entre otras cosas porque era el único que las cumplimentaba de verdad. Los demás inspectores solían marcharse fuera, cuando su obligación era estar localizables en un radio no superior a cincuenta kilómetros de la comisaría. Pero eso era la teoría, y, como es normal, dista mucho de la práctica. El ser recién llegado me dotaba de la puntillosidad característica de los nuevos y albergaba en mí un ímpetu que supongo perdería con el tiempo.

Como era normal en las soporíferas juntas del jefe, todos nos quedábamos callados, mientras él revisaba las cuartillas que le habíamos entregado y procuraba encontrar algún defecto para así dotar de significado la reunión. Al comisario no le gustaba que habláramos mientras indagaba en nuestros informes. Más que no gustarle, le incomodaba sobremanera, tanto, que si en alguna ocasión sorprendía a alguno de nosotros cuchicheando, levantaba la cabeza y lo miraba por encima de las gafas de abuelo que se ponía para leer y le reprimía su actitud.

—¡Calla! —decía sin más.

El despotismo y la arbitrariedad engalanaban las reuniones con el jefe, aunque fuera de las paredes de su despacho era una persona de lo más sociable y comunicativa.

Aquí estábamos sentados los jefes de las cinco brigadas: Ernesto Fregolas, inspector de Documentación y Extranjería. El grupo encargado de todo lo referente al documento nacional de identidad y los permisos de los extranjeros que venían a trabajar a la ciudad. Su unidad era la que estaba dotada de mayor personal laboral, porque no solo tenía policías asignados, sino que también disponía de funcionarios civiles que se encargaban de todo lo que eran gestiones referentes a la expedición y clasificación de los documentos de identidad de los nacionales y al seguimiento de los permisos de trabajo de los inmigrantes.

Ramón Otal, inspector de Información. La lucha antiterrorista era de las que menos personal disponía; Santa Margarita no era objetivo terrorista y, por tanto, no necesitaba de policías para enfrentarse a ellos; aun así había tres policías encargados de hacer un seguimiento a las personas de paso, como podían ser viajantes, comerciantes, turistas o cualquiera que no fuese de Santa Margarita, pero que venían a pernoctar unos días aquí. Otal era el eterno ausente, venía un rato por la mañana, otro por la tarde y desaparecía del panorama policial durante los meses de verano, Semana Santa y Navidad.

Carmen Mateu era inspectora de la Policía Científica. Los de la bata blanca, como se les suele llamar. Se encargaba de recoger huellas o pruebas de los lugares donde se había cometido algún delito, generalmente hurtos o algún robo en el interior de domicilios. Solo estaba ella en su departamento, ya que su trabajo era el menos prolífico de la comisaría.

Carlos Salinas, el inspector de Seguridad Ciudadana, una de las brigadas que más personal tenía y el sustento de la policía de Santa Margarita. Bajo su mando estaban los coches patrulla, la sala del 091, la Inspección de Guardia donde se efectuaban las denuncias y el grupo de intervención, que eran los encargados de resolver situaciones de riesgo, y como aquí no teníamos ninguna, los policías que formaban parte de ese grupo eran unos viejos barrigones, que se pasaban el día en el bar y... Ojalá no tuviéramos ningún problema que necesitara de su participación

Y por último estaba yo: Simón Leira, inspector de Policía Judicial. Aunque tampoco tenía mucho trabajo, los de mi grupo éramos de los que más hacíamos en esta comisaría. Mi grupo se encargaba de todo lo referente a la investigación de pequeños delitos, ya que grandes no había en Santa Margarita. Lo más importante que habíamos tenido a lo largo del reciente invierno había sido el atraco a una joyería del centro de la ciudad y los dos motoristas que entraron a punta de pistola habían herido de gravedad a la chica del mostrador al golpearla uno de ellos con el arma en la cara.

—¡Bien, señores! —concluyó el jefe—. Que pasen ustedes unas buenas vacaciones y nos vemos a la vuelta.

Nos despedimos todos hasta el uno de septiembre, ya que la mayoría cogían las vacaciones desde hoy, quince de julio, hasta el primero de septiembre. El periodo vacacional realmente era durante el mes de agosto, pero los inspectores y el comisario solían ausentarse a partir del quince de julio, por aquello de aprovechar más el verano y porque en Santa Margarita tampoco era necesaria la presencia de mandos policiales en la época estival. Los agentes solían tener un chiste muy bueno para describir esa situación: un semáforo sin guardia funciona mejor que con él. Lo aplicaban a la comisaría y en definitiva quería decir que todo iba mejor cuando no estaban los jefes.

Yo había quedado a las dos del mediodía para comer con Carmen, la guapa responsable de la Policía Científica. Carmen Mateu era una de las inspectoras más jóvenes del cuerpo de policía y solamente llevaba ejerciendo un año más que yo. Dejó la carrera de económicas sin terminar, para dedicarse a la vocación de su vida: la investigación criminal. Su baremo no le daba para ir a una ciudad más grande y tenía que purgar un tiempo en Santa Margarita, hasta conseguir los méritos suficientes para irse a otro lugar más esperanzador, desde el punto de vista práctico y profesional.

Carmen me esperó en el Rincón del Gato, un bodegón reconvertido en restaurante, donde la mayoría de policías que no tenían casa iban a comer. El dueño, un ex de todo, lo compró a un matrimonio francés, que optó por irse a vivir a un pueblecito del sur de Lyon. Martín había regresado a Santa Margarita después de pulular por toda España y darse cuenta de que su ciudad natal era el mejor lugar para vivir.

—Hola —me dijo Carmen nada más verme llegar.

Me estaba esperando, como siempre, en el interior del bar, sentada en la barra y sorbiendo una tónica; su bebida preferida.

—Has tardado —comentó.

—Sí —respondí—. El comisario me ha entretenido un rato con las monsergas de las incidencias.

Y era cierto, el jefe estaba preocupado por el asunto del abandono de servicio, ya que otro tirón de orejas como el anterior emborronaría su expediente y

mancillaría la excelente carrera policial que abandera-
ba hasta la fecha. Cuando uno se hace mayor en la policía, solamente ansía llegar a retirase con el expediente impoluto.

—¿Cómo estás? —le pregunto.

Carmen estaba pasando por un mal momento
sentimental. Su novio, un alumno de policía de la Escala Básica, había sido destinado a una ciudad que se
encontraba justo en el polo opuesto de donde estábamos nosotros. Al chico le habían doblado el mapa.
Tendrían que pasar tres años hasta poder pedir el traslado y venir a Santa Margarita. Por otro lado, ella no
podía ir donde estaba él, porque todas las vacantes
que salían eran para policías u oficiales y ella era inspectora. Así las cosas, la chica se encontraba sola y yo
era su único amigo, ya que todos los jefes sobrepasa-
ban los cincuenta y Carmen y yo teníamos los dos la
misma edad: treinta.

—¡Ya está aquí la parejita! —gritó Martín desde el
interior de la barra—. ¿Una mesa para dos? —preguntó mientras me guiñaba el ojo.

Martín era un tipo de lo más curioso. Con cincuenta y tantos años había regresado a la ciudad que
lo vio nacer. Yo, apenas lo conocía, pero los policías
veteranos decían que de mozo, cuando vivía en Santa
Margarita, había sido de lo peor que había; siempre
metiéndose en líos. Conocía a todo bicho viviente y
regentaba el bar con tal algarabía y jovialidad, que los
clientes no podíamos evitar reír ante la cantidad de
tonterías que podía llegar a decir en un momento.

—Sí, Martín, una mesa para dos. —Asiento con la
cabeza.

Carmen y yo entramos en el comedor, una antigua bodega de vinos que Martín había modelado hasta el punto de conseguir un local acogedor y lleno de melancolía. Por sus paredes pendían infinidad de cuadros con motivos marítimos: barcos, playas, puertos, redes de pescadores y retratos de personalidades: Bogart, Marilyn, Mick Jagger y Andy Warhol, entre otros. Nos sentamos en una mesa para dos, que el dueño había preparado, y nos colocamos las servilletas encima de las rodillas, un gesto típicamente metropolitano.

—¿El menú de la casa? —pregunta Martín.

Los dos asentimos con la cabeza.

Martín tenía la particularidad de preguntar afirmando. Era un excelente vendedor. Sabía de sobra que íbamos a asentir ante su ofrecimiento.

—Estoy mejor —responde Carmen a la pregunta que le hice nada más llegar—. Pero no hay nada más triste que la soledad —afirma, en una frase profundamente meditada.

Carmen tenía razón, estar alejados de los seres que queremos es de las cosas más tristes que hay en la vida. En la policía nos entrenaban para muchas cosas, pero no para soportar la soledad. Éramos desterrados de nuestros lugares de nacimiento y arrojados a ciudades de las que ni siquiera habíamos oído hablar. Un policía tardaba años en poder llegar a su destino definitivo, algo que fomentaba los vicios y la sinvergonzonería característica de algunos agentes veteranos.

—¿Cómo te va con Pedro?

Pedro era el chico con el que Carmen salía desde hacía dos años. Se conocieron cuando él preparaba las pruebas de acceso a la policía. Ahora estaba haciendo las prácticas lejos de aquí y por el rostro de Carmen compruebo que eso a su relación no le va muy bien.

—Tenemos problemas —responde ella, mientras toquetea el palillero de la mesa.

Hacemos un minuto de silencio y evito preguntar qué tipo de problemas tienen. Es mejor que me lo diga ella misma, si quiere.

—A Pedro no le van bien las cosas en su actual destino —afirma, mientras Martín llega con los primeros platos y los deja sobre la mesa.

Ella hace una pausa esperando a que se retire el camarero y dice:

—Lo han pillado fumando un porro.

—¿Lo han pillado? —pregunto extrañado—. ¿Quién?

Se supone que sus mismos compañeros. En ese caso habrían hecho la vista gorda, ya que los policías se suelen proteger entre ellos. Eso era lo normal. Lo hacen los policías, los médicos, los abogados o cualquier profesión que participe del esfuerzo conjunto de sus integrantes.

—La Guardia Civil —responde Carmen—. Lo han pillado agentes de paisano y han dado parte a la comisaría donde está destinado Pedro.

—Por un porro no se da parte de nadie —digo a la inspectora de la Policía Científica, mientras trincho el lomo de mi plato y desmigajo una rebanada de pan—. Tiene que haber algo más, ¿no? —pregunto intentando no parecer un chafardero.

—Bueno, a raíz del porro, Pedro se puso nervioso y discutió con los agentes y al final...

—Entiendo, al final acabó en la Comandancia de la

Guardia Civil y tuvieron que dar parte a los nuestros, ¿verdad?

—Verdad —ratifica—, y, al estar de prácticas, peligra su cargo —afirma Carmen—. Para mi novio no hay nada más importante que la policía, toda su vida ha querido entrar en el cuerpo y ahora sería una putada que lo echaran por esa tontería.

—No te preocupes —le digo para tranquilizarla—. Todo saldrá bien.

—¿Y tú, qué tal estás? —me pregunta.

—Bien, de incidencias todo el fin de semana y presiento que toda la quincena. El jefe se empeña en que me haga cargo de la comisaría en su ausencia —asevero.

—Eso es que te tiene en gran estima —apunta Carmen—. A mí nunca me ha dicho que me quede de sustituta de él.

Evito decir a Carmen que fui yo quien me ofrecí para cubrir las incidencias del fin de semana.

—De todas formas aquí no ocurren nunca grandes cosas. Solo llevo unos meses, pero ya he visto que es la comisaría más tranquila que me podía haber tocado. ¿Te vas a marchar estos días?

—Sí, quiero ir a ver a Pedro. Precisa ánimos. Tienes mi móvil por si necesitas algo, aunque no creo que pase nada durante el verano. Aquí nunca pasa nada —concluye.

Y era verdad. Si ya de por sí Santa Margarita era una ciudad tranquila en invierno, en verano se quedaba prácticamente vacía, ya que los estudiantes no venían y los habitantes se marchaban a la playa, a la que apenas había tres horas en coche.

15.00

A las tres de la tarde me siento en la mesa de mi despacho y me dispongo a ojear los partes de servicio de los coches patrulla. Lo de siempre: cuatro identificados en el barrio de los gitanos, un menor fugado, dos alarmas de robo falsas y un par de placas de coches sospechosos. En las afueras de la ciudad hay un barrio malo, como se suele decir, que, comparado con capitales de provincia de más de un millón de habitantes, podíamos afirmar que es un barrio normal. Allí viven los pocos inmigrantes de la ciudad y familias de etnia gitana, pero que nacieron aquí y sus padres también, y los padres de sus padres. También hay un bar de alterne, que está prácticamente en el exterior del municipio y que el Grupo de Extranjeros controla asiduamente, demasiado asiduamente. Ernesto Fregolas, el responsable de Extranjería, acude en bastantes ocasiones al bar Caprichos, un puticlub que trae mujeres del Este de Europa para emplearlas en el local. Su dueño, Fermín, un madrileño refugiado en Santa Margarita, dirige con mano de hierro el bar y es sabido que no permite la venta de droga ni el maltrato de las mujeres que allí trabajan. Recuerdo que una noche, cuando me acababa de incorporar a esta comisaría, me llevaron a tomar una copa al Caprichos. Pensé que por un trago en un bar de putas no iba a pasar nada, a pesar de que a mí no me deleitaban esos sórdidos ambientes. No me gustó el trato tan cobista de Fermín con la policía. Nos hacía la pelota en demasía y de los tres cubalibres de promedio que tomamos cada uno, no pagamos nada.

—Invita la casa —dijo Fermín mientras cogía a

Ernesto, el de Extranjería, y a Carlos Salinas, el de Seguridad Ciudadana, por la cintura y los acompañaba hasta fuera del local.

Aquel día estuve hablando de forma animada con una chica: Sofía. La joven había venido de Rumanía en busca de prosperidad y se encontró con esto, aunque no le importaba. El trabajo le daba suficiente dinero para enviar a su familia y para vivir todo lo bien que se podía en una ciudad como Santa Margarita. Aquella rumana de ojos avivados me dijo que el alcalde también frecuentaba el puticlub, pero que lo hacía por la puerta de atrás. No me extrañó. Amigo personal del comisario, don Lorenzo se dejaba ver a menudo por la comisaría, a pesar de que no mandaba nada en ella, pero asistía a todos los actos que se celebraban y no era nada raro verlo entrar y subir hasta el despacho del comisario Alberto Mendoza. También había buen trato con el delegado del Gobierno, el señor Miguel Rovira, un nativo que eligió la Administración Central como representante del Gobierno en la comunidad y que junto con el alcalde y el comisario formaban el trío con más poder de toda Santa Margarita. La oligarquía.

20.00

A las ocho en punto suena mi teléfono móvil. Descuelgo.

—¡Sí!

—Simón —dice una voz femenina.

—Sí, soy yo. ¿Quién eres? —pregunto al no reconocer a mi interlocutora.

Ella cuelga el teléfono.

No puedo saber el número de la extraña llamada, ya que es oculto. Quien sea ha telefoneado desde una oficina o ha procurado que su número no quedara grabado. «Un error», pienso.

—Ah, ¿estás aquí? —me dice el comisario asomándose al marco de la puerta de mi despacho y mirando a través de esas horribles gafas de abuelo que siempre lleva puestas.

Alberto Mendoza era comisario desde hacía más de quince años. Su fulgurante carrera había tocado techo y ya no podía ascender más. Lo siguiente en el escalafón, comisario principal, le supondría un cambio de destino a otra capital, y era algo que él no quería. En más de una ocasión se había manifestado en ese sentido.

—Sí —respondo—. Estoy repasando documentos.

—Ay, estos jóvenes siempre trabajando —lamenta—, deberías preocuparte más de ti y menos del trabajo. Esta comisaría es una balsa de aceite; aunque no vinieses todo funcionaría igual —indica mientras saca un cigarro del bolsillo de la camisa.

El comisario debería saber que, pese a no ser necesaria nuestra presencia aquí, nos pagan por ello, y sería un fraude al contribuyente no rentabilizar el dinero que cobramos por nuestro trabajo. Sé que suena muy bonito, casi cursi, pero es la verdad.

—No te preocupes, Alberto —le digo para quitármelo de encima—. Ojeo estos cuatro papeles y me voy a casa.

—Bien, muchacho, como dije esta mañana: ¡Qué pases unas buenas vacaciones!

La frase no deja de tener cierta gracia, me desea unas

buenas vacaciones cuando me voy a quedar de jefe durante toda la segunda quincena de julio. Pero en agosto hará de suplente otro inspector, seguramente Ramón Otal, el responsable de la Brigada de Información.

Ramón era de los policías más callados de la comisaría. Era un hombre aciago, de mal agüero. Siempre estaba solo y el resto de los inspectores no solían relacionarse con él. Supongo que su cargo hacía que él fuera así, ya que la brigada de la que es jefe requiere mucho mutismo. Entraba por la puerta sin apenas saludar y se metía en su despacho, del que solamente salía para ir a tomar café. Su grupo hacía un seguimiento de todos los hospedajes de Santa Margarita y de los alquileres de pisos. Cada día, los tres funcionarios que tenía asignado el grupo, se paseaban por todas las inmobiliarias de la ciudad y fotocopiaban las fichas de los nuevos inquilinos, llevándolas hasta la Brigada de Documentación y Extranjería del inspector Ernesto Fregolas y allí comprobaban si la foto del documento de identidad se correspondía con la de la base de datos a nivel nacional. De hecho, el grupo de Documentación es el más importante de la policía, porque casi todas las investigaciones pasan por él. Hasta las huellas encontradas por Carmen en coches o pisos robados tienen que comprobarse en el grupo de Documentación.

21.15

Son las nueve y cuarto de la noche cuando me dispongo a dejar el despacho y marchar a mi solitario piso. «Ya es suficiente por hoy», me digo a mí mismo mientras cierro sin llave la puerta de mi oficina y me encamino al ascensor de la segunda planta. Tengo la sensación de haber dormido toda la tarde, como cuando te levantas de una siesta y tienes la boca pastosa, pero sigues igual o más cansado que antes de acostarte. Llevo toda la tarde en mi oficina y me ha pasado el tiempo volando, sin darme cuenta.

Cuando estoy delante de la puerta del ascensor y espero a que suba el elevador para cogerlo, oigo unos gritos provenientes de la planta principal.

Corro escaleras abajo y llego hasta el vestíbulo.

El oficial de guardia grita despavorido, mientras dos agentes lo observan divagar por el pasillo de un lado hacia otro.

—¡Dios mío! ¡Dios mío! ¿Dónde está la llave de la celda? ¿Dónde está? —pregunta constantemente sin que nadie le responda.

—¿Qué ocurre oficial? —interrogo sin entender nada y poniéndome delante de él para que me vea, ya que parece estar completamente ido—. ¿Cuál es el problema?

—Inspector, menos mal —se tranquiliza—. No pensaba que hubiera ningún responsable de Judicial a estas horas.

—¡Aquí está la llave! —dice el encargado de la custodia de detenidos, mientras muestra un enorme aro metálico con un puñado de llaves atadas a él.

Todos nos dirigimos hacia los calabozos, mientras en el trayecto voy entendiendo a retazos lo que ha ocurrido.

—Han detenido a una rusa —dice el oficial de guardia entre jadeos.

—Sí, por tráfico de drogas —puntualiza el agente de seguridad.

—Llevaba una papelina de coca —dice a su vez el portador de las llaves del calabozo.

—¿Por qué no se me ha dicho nada? —pregunto cuando estamos delante de la puerta principal del calabozo.

Se supone que todos los detenidos que corresponden a Judicial deben pasar inmediatamente a mi grupo, para continuar las investigaciones.

—La puerta no abre.

—¿Qué ocurre? —pregunta el oficial de guardia.

—Parece que está atascada —responde el responsable de seguridad.

—¿Atascada? —cuestiono.

A través de la mirilla se ve a una chica tumbada en la cama de la celda, boca arriba, y con un reguero de sangre manando de su boca. Por la pared y el suelo también hay manchones rojos.

—¿Queréis abrir la puerta? —ordeno al ver que la detenida no se mueve.

Finalmente conseguimos entrar en el interior del calabozo. Toco el cuello de la chica. Nada. Ni una pulsación. Abro sus párpados. Nada, ni una contracción de la retina.

Está muerta.

22.15

El médico de guardia diagnostica muerte espontánea.

—¿Qué quiere decir? —le pregunto.

—Que ha muerto de forma natural.

—Tonterías —afirmo—, nadie muere desangrándose por muerte natural.

Un médico entrado en años, venido desde el centro de urgencias más próximo y el único que está de servicio un viernes de julio a las diez y cuarto de la noche, afirma que la chica ha muerto de forma natural. Solicito una autopsia exhaustiva.

—¿Quién era? —pregunto al oficial de guardia.

—Una puta.

Al final todos acaban así, con nombres tan simples y tan desconsiderados como: puta, yonqui, mendigo. Los informes policiales estaban plagados de esos adjetivos simplistas.

—¿La conocía alguien?

—Era la primera vez que la veía —contesta el encargado de la custodia de detenidos.

—No —responde el oficial de guardia.

—No la había visto nunca —afirma el médico—, aunque por el acento debe de ser de algún país del Este —añade.

«¿Por el acento?», me pregunto. Si es la primera vez que la ha visto y está muerta, ¿cómo sabe qué acento tiene? Como llevo poco tiempo en Santa Margarita y no conozco las costumbres de la ciudad, intuyo que al decir acento se refiere a los rasgos. El médico ha querido decir que por los rasgos físicos es del Este de Europa.

Veamos. Quince de julio por la noche. Todos los jefes de vacaciones, menos yo, que estoy al mando de la comisaría. Una detenida por tráfico de drogas muere en los calabozos. De muerte natural, según el médico. Dispongo del oficial de guardia, el encargado de la custodia de detenidos, un policía de seguridad y dos coches patrulla. No es mucho, pero es todo lo que tengo.

23.03

A las once y tres minutos vienen los de la morgue y trasladan el cuerpo al tanatorio municipal, donde le practicarán la autopsia; aunque en el informe han puesto las once en punto. No tiene importancia, pero detesto las manías de cuadrar las horas.

—¿La hará usted? —le pregunto al médico que ha diagnosticado muerte natural.

—No, la hace el forense. ¿Por qué me lo pregunta?

—Disculpe —me excuso—, no conozco las costumbres de esta ciudad, llevo poco tiempo y no sé cómo funcionan estas cosas.

—Vaya a descansar, inspector —sugiere el oficial de guardia—, ya nos encargamos de todo nosotros.

—¿Qué queda por hacer? —pregunto dejándome aconsejar.

—Un informe de la detención, otro de las circunstancias de la muerte y adjuntar ambos y el informe médico preliminar y el resultado de la autopsia y mandarlos al juzgado de guardia. El lunes el juez cerrará el caso.

—¿No se toma declaración a los agentes que han efectuado la detención, ni al encargado de la custodia de la chica? —pregunto ejerciendo mis atribuciones como jefe.

—No, no hace falta, solamente se haría si las circunstancias de la muerte fueran extrañas o sospechosas, pero la cosa está bastante clara, ¿no?

—Supongo que sí. —Asiento con la cabeza y me marcho a casa.

23.30

El médico de guardia me es asombrosamente familiar, tanto que hasta preveía sus reacciones, sus movimientos de la cabeza. Su mirada se posaba en mí como la imagen de un espejo que fuera a salir del interior del mismo y a devorar su reflejo. Sé que es difícil de entender, pero fue la sensación que tuve cuando hablé con él. No me gustó nada ese médico.

Como no hay nada peor para dormir que una duda rondando la cabeza, me voy andando hasta el tanatorio municipal. En Santa Margarita no hay distancias y a las once y treinta estoy en la puerta.

Un vigilante de seguridad me intercepta, justo cuando voy a traspasar la verja abierta.

—¿Dónde va? —pregunta con un marcado acento andaluz.

—Buenas noches, busco al médico de guardia.

—¿Qué médico? —me pregunta el vigilante con la mano apoyada en la pistola.

—Soy el jefe de la Policía Judicial —le digo mientras muestro mi placa— y quería hablar con el médico de guardia o con el forense, ¿si está?

—¿Médico? —pregunta con cara extrañada y más tranquilo al saber que soy inspector de policía—. Aquí no hay médico de guardia, los únicos médicos están en las urgencias del hospital provincial.

—Sí, perdón, seguramente no me explico bien. Me refiero a un doctor viejo, de pelo canoso y con bigote, que esta tarde ha estado en comisaría diagnosticando la muerte de una detenida.

—Pues debe haber un error, yo llevo tres años aquí y no conozco a ningún médico con esa descripción —asevera el vigilante—. Y respecto a la muerte que usted me dice, aquí no ha venido nadie en toda la tarde y llevo desde las dos del mediodía.

—¿No trasladan todos los cadáveres aquí? —pregunto confuso.

—Así es —corrobora el vigilante—, pero ya le digo que hoy no ha venido nadie.

—¿Hay otro tanatorio en Santa Margarita?

—En la ciudad solamente hay este —responde el vigilante, sacando un pañuelo de tela del bolsillo trasero de su pantalón y sonándose con una estruendosa espiración—. Pero a lo mejor han llevado el cuerpo a Alcalá de los Santos —sugiere.

Voy andando al hospital provincial, de donde se supone que venía el médico que ha diagnosticado la muerte natural. No quiero llamar a comisaría, para que no piensen que soy un cateto, policialmente hablando, y que no me entero de nada, pero recuerdo que me dijeron que el cuerpo lo trasladaban al tanatorio municipal. En el hospital me informaré bien de qué ha ocurrido con el cadáver de Vanessa.

—Buenas noches —saludo a la primera enfermera que veo nada más entrar en el vestíbulo principal.

—¿En qué puedo ayudarle? —me pregunta una joven de veinte años aproximadamente y con el pelo recogido en una trenza.

—Quería hablar con el médico que está de urgencias.

—Un momento.

La chica traspasa una puerta giratoria y se pierde en el interior de la sala de urgencias. El médico me aclarará a dónde se han llevado el cuerpo y cuánto tiempo tarda el forense en hacer la autopsia. Teniendo en cuenta que mañana es sábado y que todo el mundo está de vacaciones, me temo que esta investigación terminará esta misma noche y la chica será una de tantas que mueren y nunca sabemos nada de su vida, ni de su familia.

—¡Dígame! ¿Qué desea? —me dice un chico de mi edad, treinta años, ataviado con bata blanca y luciendo un poblado bigote negro.

—Soy el inspector Simón Leira —me presento—. Quiero hablar con el médico que ha venido esta tarde a comisaría a diagnosticar una defunción.

—El único médico de urgencias desde hoy al mediodía hasta el lunes por la mañana soy yo —afirma toqueteando un palo de madera que tiene en el bolsillo de la bata.

—Y un doctor mayor de pelo blanco y bigote... ¿dónde lo puedo encontrar? —pregunto irónicamente al percibir que algo extraño está ocurriendo.

—Lo siento, aquí no hay ningún médico con esas características —anuncia mientras trocea el palo en la mano y arroja una de las mitades a la papelera y la otra se la introduce en la boca.

No hay peor presagio que el relacionado con los complots.

«¿Por qué tendría que venir un médico falso a diagnosticar la muerte de una puta?», me pregunto. «¿Qué sentido tiene esconder el cuerpo?»

Para la primera pregunta solo se me ocurre una respuesta: que la muerte no sea tan natural como quieren hacer pensar y haya que falsearla. Si la primera respuesta es correcta, la segunda se contesta sola: el cuerpo se esconde para que nadie pueda saber cómo murió realmente la chica.

Regreso a la comisaría con el firme propósito de saber qué ha pasado. Si ha sido una «cagada» de los policías que la han detenido, intentaré ayudarles. Si ha sido una pifia del encargado de la custodia, haré lo mismo. Pero lo que no voy a tolerar es que intenten engañarme.

Veamos, tengo tres agentes en comisaría y cuatro en la calle patrullando. Considero unas cuantas preguntas claves para saber quién puede estar implicado y qué es lo que ha ocurrido realmente. Siete policías no pueden aliarse en un contubernio para tapar un crimen; aunque aún no sé si realmente es eso lo que está pasando.

—¿Conocía a la detenida? —pregunto al encargado de la seguridad de la comisaría nada más entrar y asegurándome bien de mirarle fijamente a los ojos buscando la mentira en ellos.

—No.

—¿Conocía al médico que ha venido a atenderla?

—No.

Cualquiera que dijera conocer al médico estaría mintiendo, ya que el único hospital autorizado a enviar médicos de urgencias era el Provincial y desde allí no vino, a no ser que el doctor con el que me había entrevistado me mintiera, pero si empiezo a desconfiar de todos, no solo no solucionaré nada, sino que acabaré loco.

—¿Habías visto alguna vez a la chica? —le pregunto ahora al encargado de la custodia de detenidos.

—No, no la había visto en mi vida.

—¿Y al médico que vino a diagnosticar la muerte?

—Tampoco.

—¿Y no se pide autorización a los facultativos que no se conocen? —pregunto.

—¿Por qué? ¿Qué sentido tendría hacerse pasar por médico alguien que no lo es? —responde el policía, sin faltarle razón.

La reflexión del agente tiene lógica.

«¿Por qué tiene que hacerse pasar por médico alguien que no lo es?», repito en voz alta. Lo que está claro es que el falso médico llegó a comisaría porque alguien le llamó: «el oficial de guardia», exclamo para mis adentros.

—¿Había visto alguna vez a la detenida? —le pregunto.

—No, era la primera vez que la veía.

—¿Y al médico?

—Me suena de haberlo visto por Santa Margarita, pero creo que era la primera vez que venía a comisaría.

Por un momento pienso en levantar de la cama al comisario, aunque desecho la idea enseguida. Esto ha ocurrido bajo mi servicio y lo tengo que solucionar yo. Es mi prueba de fuego y está claro que alguno de los agentes miente... o todos. No llamar al comisario por un asunto así es una infracción muy grave, pero antes de dar cuenta de la muerte de la prostituta tengo que recabar más datos; el comisario me freirá a preguntas y tengo que tener las respuestas.

—¿Quién ha detenido a la chica?

—El Charly 10 —responde el oficial—, Arturo y Agustín, dos buenos policías.

—Que vengan a verme —ordeno—. Les espero en mi despacho.

Los cuchicheos y los corrillos son algo usual en Santa Margarita. Es normal ver a un grupo de agentes formar un remolino y hablar en voz baja, pero no lo suficiente como para no distinguir sus palabras con claridad.

Mientras espero a la dotación que ha detenido a Vanessa, me paro en la fuente de agua fría que hay al lado de la máquina de café. Los oigo chismorrear.

«¿Has oído?», dice uno de los policías. «El inspector pregunta por el médico con el que se ha entrevistado.»

«¿Qué médico?»

«¿Quieres decir que está bien este inspector?»

«El tío es muy raro.»

Cuando llegan los agentes que han detenido a la chica, los hago entrar de uno en uno. No quiero que ninguno sepa las respuestas del otro. El primero en pasar es Arturo, un policía cincuentón de prominente barriga, con el pelo largo y canoso y maneras de macarra.

—Buenas noches, agente —le digo mientras miro el reloj de muñeca y veo que son las dos de la madrugada.

Los policías habían entrado de servicio a las seis de la tarde y no terminaban hasta las seis de la mañana; era un horario inusual, pero lo habían pactado con los sindicatos y nadie se oponía.

—Fueron ustedes los que detuvieron a... Vanessa. —Me detengo un momento para mirar el atestado y ver el nombre de la chica.

—Sí, inspector, la detuvimos ayer a las ocho y media de la noche —responde el policía, mientras percibo un ligero tufo a cerveza.

—En su comparecencia ante la Inspección de Guardia pone que por un delito de tráfico de drogas, pero sin embargo solo llevaba una papelina de coca encima... ¿es así?

El policía asiente con la cabeza.

—No le parece poco peso para una detención... ¿una papelina de coca? —pregunto—. En todo caso hubiera procedido más un acta de intervención de estupefaciente por posesión de cocaína en vía pública.

—Sí, pero la puta no llevaba documentación y la trajimos a efectos de identificación para poder iniciar el expediente sancionador. Una vez aquí se comprobó que no tenía los papeles en regla y por eso se la detuvo.

—Eso está bien agente, pero la comparecencia ante la Inspección de Guardia es lo que vale y ahí pone que la detención es por tráfico de drogas —insisto.

Supongo que una detención por infracción de la Ley de Extranjería tiene demasiado poco peso como para ser creíble y la patrulla optaría por la de tráfico de drogas. En las comisarías como Santa Margarita aún existía el llamado *palote*. Esta práctica, ilícita, consiste en que se premia a los policías por los detenidos: cuantos más detenidos, mejor policía eres. Eso hacía que muchos agentes se desvivieran por detener gente; aunque a veces rayaran la ilegalidad.

—Está bien, agente, eso es todo. Dígale a su compañero que entre.

El policía Arturo abandona mi despacho y entra el otro agente. Agustín es un poco más joven, de cuarenta y cinco años aproximadamente; es calvo, con un poco de pelo por los lados de la cabeza, y delgado, pero no una delgadez sana, sino más bien enfermiza, como si algo de su organismo no funcionara bien.

—Buenas noches —dice nada más entrar en el despacho.

—Buenas noches —saludo—. ¿Participó usted en la detención de Vanessa?

—Sí.

—¿Por qué la detuvieron?

—Me remito a la comparecencia —responde.

—Ya sé lo que dice su declaración, agente, pero le estoy preguntando por qué la detuvieron —insisto—; esto no es un juzgado y lo que aquí hablemos no va a salir de este cuarto.

—Tráfico de drogas.

—¿A llevar una papelina de coca encima le llama usted tráfico de drogas?

Tanto los agentes como yo sabíamos que el tráfico de drogas solo se producía si había alguien que recibía la mercancía. Vanessa solo podía ser acusada de posesión, ya que llevaba la papelina de coca encima, pero no la estaba vendiendo ni entregando a nadie. El que unos policías con más de veinte años de servicio hiciesen una detención tan a la ligera solamente se podía explicar por el *palote*; aunque creo que unos policías tan veteranos no necesitaban de ese tipo de detenciones para subir su caché.

—Una última pregunta... ¿dónde llevaba la coca la chica?

—En el bolso —responde.

Empezaba a sentirme como un policía veterano. Un «caimán», que dicen por aquí. Hacía preguntas de las que ya intuía la respuesta.

Decido dejar de preguntar a los policías, viendo que no iba a sacar nada en claro, y me centro en buscar el cuerpo de Vanessa. Que yo sepa se lo llevaron en una furgoneta de la morgue y dijeron que iba al tanatorio municipal.

«¿Dónde está el cadáver?»

El sonido del teléfono de mi despacho me asusta, hasta el punto de que tiro el lapicero de un manotazo. Es como en las películas de suspense, siempre te sorprende el ruido cuando menos te lo esperas.

—¡Diga!

—Inspector —pregunta la inconfundible voz del oficial de guardia.

—Sí.

—Ya ha aparecido la chica —anuncia—. Su cuerpo está en el tanatorio municipal.

3

Hace horas que espera. Ha llegado a la cita puntual, como cabía esperar en una auténtica catalana, de pura cepa. Su amante se demora. Normal. Es el retraso de quienes comparten múltiples galanes. La calle Avellaneda está solitaria. Alberga la soledad de las calles que no llevan a ninguna parte, de las calles sin tránsito. La chica observa el objeto de su deseo. Está ahí, de pie, esperando. Admira su cintura marfileña y sus piernas berroqueñas. Sus brazos hercúleos y su espalda de nadadora. Sabe que nació hombre, pero no le importa, la quiere como podía querer a una mujer verdadera. Vanessa cobija lo mejor de ambos sexos; es la perfección hecha realidad.

Espera a que pase el coche de policía. Pasa por delante del bar Arcadia. Se para. En el interior del local se observan miradas apagadas. Los agentes se apean del vehículo y se dirigen hacia Vanessa.

«Ahora no me puedo acercar a ella», piensa mientras se esconde detrás de unas columnas y espera a que los policías se vayan.

Vanessa vacía los efectos personales de su bolso sobre el coche patrulla. Los policías la miran con cautela, mientras los clientes del bar hacen como que no están viendo la escena.

«¡Dios mío, que no se la lleven! No quiero que muera sola. Quiero estar con ella», piensa mientras sostiene en su mano el teléfono móvil para llamar a Simón.

«Él me ayudará», exclama para sus adentros intentando convencerse a sí misma de que su antiguo novio hará lo posible por ayudar a su nueva amante.

Finalmente ve como la chica monta en el coche de policía y se aleja de allí despacio.

Muy despacio.

4

Sábado, 16 de julio
05.00

A las cinco de la mañana del sábado, y con más hambre que sueño, me hallo delante del tanatorio municipal. Una patrulla de policía me acaba de dejar en la puerta. El calor ha dejado paso a una leve brisa mañanera y un grupo de moscas revolotean alrededor de la única farola que alumbra el acceso principal.

—Hace un rato que la han traído —me dice el vigilante, con un marcado acento andaluz.

Desde las once y tres minutos del viernes, que se llevaron el cuerpo de Vanessa, han pasado seis horas.

«¿Tanto tiempo para un simple traslado?», pienso. «Algo no marcha bien.»

—¿Dónde está el conductor del furgón? —pregunto al vigilante.

—Ahí —señala con la mano, mientras me fijo en unas uñas largas y sucias.

Conozco al conductor. Fue el que estuvo ayer por

la noche en comisaría y el que firmó los papeles de traslado del cadáver. Conocería a ese hombre aunque se mudara de ropa y se pusiera peluca o se camuflara entre la multitud de una manifestación. Debe de pesar más de ciento veinte kilos y tiene el pelo rizado como el de un negro y la nariz más grande que haya visto nunca, es como una bombilla de sesenta vatios.

—¿Por qué ha tardado tanto en llegar al tanatorio? —pregunto intrigado—. ¿Ha tenido que llevar el cuerpo a otro sitio?

—No, señor —responde gangosamente—. Tuvimos un pinchazo en la variante que une el centro, donde está la comisaría, y la zona del tanatorio municipal.

—¿Y un pinchazo se tarda tanto en reparar?

—La furgoneta es vieja y tiene demasiados kilómetros, eso unido a que las ruedas apenas se cambian, hace que sea muy difícil desenroscar los tornillos de las llantas de hierro —dice mientras extrae un cigarro del bolsillo de su camisa y se lo pone en la boca—. Con el tiempo se han oxidado y ha tenido que venir el encargado del taller para ayudarnos. Lo siento —lamenta oscilando el cigarrillo en la boca sin terminar de encenderlo.

Seis horas ha estado el furgón de la morgue tirado en la cuneta de una variante. Seis horas sin que el conductor o el copiloto hayan sido capaces de llamar a la comisaría para explicar lo sucedido o pedir ayuda.

—¿Dónde está el cuerpo? —pregunto al vigilante. Ya no me fío del conductor.

—Dentro, en la cámara.

—¿Y el forense?

—No vendrá hasta el lunes. Está de fiesta y se ha marchado a la playa.

—¿Lo dice en serio? —le digo al vigilante, pensando que se trata de una broma.

—Pues no. De todas formas no creo que la chica se vaya de aquí hasta el lunes. —Sonríe.

Llamo a la comisaría por teléfono y pido hablar con el oficial de guardia.

—No está —responde una voz de mujer.

—Intente localizarlo y le dice que me llame —ordeno.

—Ha terminado el servicio, señor, y se ha marchado a su casa.

—¿Tan pronto?

—Ya son las seis —aclara la señorita.

Miro el reloj.

Es verdad. Con tanto trajín se me ha pasado la noche volando.

—Contacte con el taller de servicio y pregunte qué mecánico ha auxiliado el furgón de la morgue esta noche —ordeno a la agente, mientras oigo el restregar de un lápiz tomando notas—. Me podrá localizar en mi teléfono móvil, está apuntado en el tablón —indico.

En la Sala del 091 hay un tablón de anuncios de donde pende un listado con los teléfonos de todos los funcionarios de la comisaría. Algo muy necesario en caso de tener que localizar a alguien fuera de servicio.

—¿Necesita algo más de nosotros? —pregunta el conductor mientras se rasca los testículos, pellizcando ligeramente el pliegue del pantalón—. A las seis terminamos el servicio —aclara.

—No. Gracias, eso es todo.

—Yo también me marcho —indica el vigilante de

seguridad—. Por ahí viene mi relevo —dice señalando a un hombre mayor y vestido con uniforme de color verde, que entra por la puerta del tanatorio.

«¿Pero es que todo el mundo hace el relevo a las seis en esta ciudad?», me pregunto, mientras intento enlazar en mi cabeza lo acontecido durante la noche.

Entro en la sala donde está el cuerpo de Vanessa. Un lugar similar a un matadero, con dos cámaras frigoríficas como las que utilizan para congelar carne. En medio de la sala hay una mesa camilla igual que las que tienen en los quirófanos. Al lado, una caja de herramientas, más parecida a la de un mecánico tornero que a la de un médico.

—¿Necesita algo inspector? —me pregunta el sustituto del vigilante, con marcado acento gallego.

—No. Gracias, ya me apaño solo.

—Voy a seguir con la ronda. Si quiere algo de mí, pulse el interfono y vendré en cuanto pueda —dice colocándose bien el cinturón del pantalón y metiendo la arrugada camisa por dentro.

—Gracias.

El vigilante abandona la sala mientras sale por la puerta silbando.

Abro la puerta de la nevera y extraigo la bandeja con el cuerpo de la chica. Solamente saco la plataforma hasta la mitad, de cintura para arriba. Parece una princesa. Está completamente lavada. No hay manchas de sangre en la cara, ni en el pelo. La han limpiado e incluso le han coloreado los labios.

—¿Quién? —cuestiono—. ¿Cuándo?

Oigo unos pasos en la sala anexa. Se detiene. El vigilante está en la habitación contigua.

—¡Oiga! —grito.

Se abre una destartalada y mugrienta puerta de madera. El vigilante asoma la cabeza.

—¿Llama usted?

—Sí, quería hacerle una consulta —le digo metiendo el cuerpo de la chica en la nevera para que él no lo vea—. ¿Hay alguien trabajando aquí a estas horas?

—No —contesta tajante—. Hasta las nueve del lunes no hay nadie.

El cuerpo lo han tenido que limpiar durante las seis horas en que la furgoneta ha estado parada en la cuneta de la variante. «¿Realmente ha estado ahí?», me pregunto. En caso afirmativo: «¿Por qué han limpiado el cuerpo de Vanessa?».

—¿Está seguro? —insisto.

—Seguro del todo. Nadie puede entrar en el interior del tanatorio sin pasar por el puesto de seguridad.

Sonrío al ver el aspecto del vigilante. Pienso que cualquiera se podía haber colado sin que él se diera cuenta.

—Está bien. Gracias.

El vigilante continúa su ronda y yo meto de nuevo el cuerpo de la chica en la nevera. La investigación de lo que ha ocurrido la tengo que iniciar en la comisaría.

Los agentes tienen la obligación de realizar un parte de trabajo cada vez que finalizan el servicio. En él deben reflejar todas las incidencias ocurridas durante su turno. Anotan la hora de inicio, la matrícula del vehículo que utilizan para patrullar, los carnés profesionales de los integrantes de la dotación policial y todos los pormenores del servicio. Supongo que el que una furgoneta del tanatorio municipal esté parada durante seis horas en la cuneta es motivo suficiente como para formar parte de las notas de los policías de servicio. Cojo la hoja de actuación de la noche anterior. La leo.

Nada.

Los empleados del Ayuntamiento están sujetos a las directrices de la policía. Deberían haber comunicado el suceso a la Sala del 091 y el oficial de guardia tendría que anotarlo en el parte de Sala. Lo leo también.

Nada.

Hace diez horas que dos agentes han detenido a una chica en la calle Avellaneda. El motivo de tráfico de drogas alegado por la patrulla hay que cogerlo con pinzas, lo que en el argot policial significa una detención poco creíble. Cualquier abogado del tres al cuarto desmantelaría esa acusación y la derrumbaría como un castillo de naipes azuzados por una tormenta tropical.

Recapitulo. La mujer ha muerto en los calabozos de la comisaría en extrañas circunstancias. Nadie la conoce. Nadie la ha visto nunca. Viene un médico a diagnosticar el fallecimiento por muerte natural. Nadie sabe quién es ese médico. Trasladan el cuerpo al tanatorio municipal y tarda seis horas en llegar, y, cuando lo hace, está limpio como si alguien hubiera procurado borrar restos de algo. Los partes de los agentes están prácticamente vacíos; aunque eso no es de extrañar, ya que es normal que en una comisaría como la de Santa Margarita los policías se vuelvan unos zánganos hasta el punto de ni siquiera rellenar su hoja de servicio.

07.03

Cuando apenas pasan tres minutos de las siete de la mañana, busco el teléfono de la inspectora de la Policía Científica en la agenda de mi móvil. «Espero que no se haya ido a ver a su novio», medito, mientras tecleo en el buscador del teléfono las letras «CAR».

—Carmen —digo al oír como descuelga el teléfono—. Necesito tu ayuda.

Carmen Mateu, la inspectora de la Policía Científica, es la única, por el momento, que me puede ayudar a averiguar las causas de la muerte de Vanessa. Ella podría realizar una primera inspección ocular al cuerpo de la chica. Tenemos tiempo hasta el lunes, cuando el forense examine el cadáver. El tiempo es importante en una investigación de este calado. Todo lo que se pierda durante el fin de semana puede ser vital. Las pruebas de un crimen desaparecen al doble de la velocidad que las averiguaciones de los policías. Bueno, eso suponiendo que estemos ante un crimen; puede que la muerte de Vanessa no haya sido más que una desafortunada muerte natural. No sabré nada seguro hasta que el forense haya practicado la autopsia.

—¿Qué ocurre Simón? Es muy pronto.

A pesar de la hora, Carmen responde enseguida a mi llamada.

—¿Estás en Santa Margarita? —pregunto deseando que no haya ido a ver a su novio.

—¡Sí! He discutido con Pedro y en principio no me voy este fin de semana —me dice—. ¿Qué ocurre, Simón?

—Ayer por la noche murió una chica en los calabozos de la comisaría —le digo sin andar por las ramas y sin interesarme por los problemas entre ella y su novio.

—¿Una chica? ¿En los calabozos de Santa Margarita?

—Sí, una detenida que trajo la patrulla de la tarde. La detuvieron por tráfico de drogas. La encerraron en una celda y la encontraron muerta al cabo de un rato.

—Parece un asunto complicado.

—Creo que la han matado.

—Eso que dices es muy grave, Simón. ¿Estás seguro?

—De momento han ocurrido cosas extrañas que me hacen sospechar de todo el mundo.

—¿Qué cosas? —pregunta intrigada Carmen.

—No te lo puedo explicar por teléfono, tienes que venir hasta el tanatorio municipal e inspeccionar el cuerpo. Creo que lo han lavado para borrar pruebas.

—¿Lavado? ¿Ha hecho la autopsia el forense?

—Aún no. Hasta el lunes nada de nada.

—Todo eso que me dices es muy raro, Simón. Tranquilízate —me recomienda, mientras yo pienso que es más fácil decirlo que hacerlo—. En una hora nos vemos en el tanatorio. ¿Estás bien?

—No.

De vuelta al tanatorio, me topo con el vigilante que está haciendo la ronda en la puerta.

—Hace usted cara de cansado —dice.

—Esta noche no he dormido —afirmo.

—Eso quiere decir que algo no encaja.

—Disculpe —le digo al vigilante—. ¿Qué es lo que no encaja?

—Digo que si no ha dormido es que algo no encaja —repite más despacio—. Por eso no puede dormir, porque está dando vueltas a la muerte de esa chica.

Qué sabrá este vigilante sobre lo que me quita el sueño a mí.

—Supongo que será eso —replico con desdén.

Me imagino que todos los inspectores, recién salidos de la academia, sueñan con un caso como este: un asesinato. Eso es lo mejor que le puede pasar a un policía nuevo al llegar a una comisaría pequeña. Lo que pasa es que no me esperaba que mi primera investigación fuese así; ni lo esperaba ni lo deseaba. La falta de sueño me hace perder la perspectiva de la realidad y siento como si todo fuese una mala pesadilla. Hasta el rostro del vigilante me parece conspirador y maniobrero. Es posible que esa chica haya muerto por una sobredosis o un paro cardiaco o una indigestión o vete a saber... Y yo dándole vueltas y deseando que sea un asesinato para lucirme en la investigación.

El coche de la inspectora Carmen se detiene en la puerta del tanatorio.

—Déjela —le digo al vigilante que intercepta a la inspectora a su llegada—. Viene conmigo.

—Buenos días, Carmen. ¿Quieres un café de máquina?

Me parece poco amigable entrar en los detalles de la investigación sin ofrecer una taza de café. Es como llegar a trabajar un lunes con el estómago vacío. Cuando estuve antes me fijé que en el vestíbulo del tanatorio había varias máquinas de refrescos, café y bollería.

—No. Gracias, Simón. Me he tomado uno antes de salir de casa.

—Vamos al depósito de cadáveres para que puedas examinar el cuerpo de la chica —le digo con semblante serio—. Se llamaba Vanessa y solo sé que era prostituta. La detuvieron ayer por la noche en extrañas circunstancias, ya que la trajo la patrulla por tráfico de drogas, pero en realidad dijeron que carecía de documentación y la retuvieron por infracción de la Ley de Extranjería —digo sin apenas respirar.

—Coge aire, Simón, o te ahogarás —aconseja Carmen ante mi impaciencia.

Lo de menos son los motivos de la detención. Lo importante es que ha muerto en las dependencias policiales, pienso intentando explicar bien todo lo ocurrido.

—Ha muerto en la celda y ayer, cuando fui a verla, el calabozo estaba lleno de sangre y ella también estaba manchada. Había sangre por todas partes. ¡Fue horrible! —exclamo ante la mirada de solidaridad de Carmen—. No sé dónde ha estado toda la noche, ya que el cuerpo no ha llegado al tanatorio hasta las seis de la mañana —comento mientras abro la bandeja de la nevera donde se aloja.

—Tendrás que abrir un expediente a todos los policías que estuvieron trabajando ayer por la noche —asevera.

Carmen mira la cara de la chica.

—¿La habías visto alguna vez? —le pregunto.

Niega con la cabeza mientras destapa el cuerpo entero, sacándolo del todo de la nevera, ofreciendo un aspecto mortuorio realmente espeluznante, acallado por la belleza de la muchacha que apenas cuenta veinte y pocos años.

—Pero... ¡la madre que me parió! —exclamo ante lo que ven mis ojos.

Sobre la bandeja se observa el cuerpo esplendoroso de una mujer divina, con unos pechos imponentes y un vientre musculado. Unas piernas largas y musculosas y unos hombros redondos y bronceados. Pero donde debía estar su sexo femenino hay un pene soportado por unos enormes testículos depilados.

Vanessa era un transexual.

—¿Estás seguro de que es la misma mujer que había ayer por la noche en los calabozos de comisaría? —me pregunta Carmen al observar mi rostro desconcertado e incapaz de musitar palabra alguna.

—Seguro, me acuerdo de su cara —respondo sin dejar de mirar sus pechos y obviando el resto del cuerpo.

—Pues es un transexual, y muy guapo, por cierto —afirma la inspectora Carmen mientras extrae completamente la bandeja mortuoria y me pide ayuda para colocar el cuerpo en la camilla y así poder examinarlo mejor.

Carmen gira el cadáver con mi ayuda y lo pone boca abajo. Vanessa era... un transexual fornido y su peso es acorde a la masa muscular que alberga.

—¿Qué quieres mirar? —pregunto con las manos sudorosas y con un irritante picor de nariz que alivio con la muñeca del brazo derecho.

—Lo primero que se mira en estos casos..., si ha sido violado.

La inspectora introduce sus dedos en el interior del ano del cadáver con la misma facilidad que lo haría en el interior de un melón.

—Está dilatado, pero es normal en personas que tienen relaciones anales —explica—. Lo que es seguro es que han limpiado el cadáver —afirma.

—¿Qué quieres decir?

—Que le han introducido una lavativa, seguramente, y han enjuagado el interior del recto.

—¡Qué tontería! —exclamo.

—De verdad, Simón, estás muerto de sueño —anota Carmen—. Si lo han hecho, ha sido para limpiar restos de algo.

—¡Ostras! Restos de semen, ¡claro!

—Yo creo que sí, porque aunque hayan limpiado el cuerpo de sangre para que esté presentable, nadie limpia el interior del ano si no es para borrar pruebas.

—Ayer por la noche debieron violarla en el interior de los calabozos de comisaría —medito—, se les fue la mano y terminaron por matarla a golpes y ahora han limpiado todas las huellas para evitar ser descubiertos.

—¿Por qué hablas en plural? —me pregunta Carmen.

—Tienes razón. Estoy faltando a los principios básicos de toda investigación policial: sospecho antes de tener pruebas. Pero no sé por qué, creo que han sido varias personas las que han matado a la chica..., chico, bueno, lo que sea.

—Igual estás en lo cierto. ¿Ves sus muñecas? —me indica.

—Sí, aún tienen la marca de los grilletes.

—No sé si es normal que después de diez horas de su detención todavía se vean los surcos ocasionados por el roce de los grilletes —observa Carmen mientras continúa examinando el cuerpo—. ¿Qué vas a hacer?

—Cuando vuelva a comisaría llamaré al jefe. Hay motivos suficientes para molestarlo a pesar de estar de vacaciones. Creo que el asunto es realmente grave. Muy grave —suspiro estruendosamente.

—Hay algo más —dice la inspectora mientras mira la boca de Vanessa.

—¿Qué?

—Le faltan todos los dientes, los caninos y los incisivos. Se los han arrancado —afirma.

—¡Dios mío! ¡Eso es horrible! ¿Por qué han podido hacer una cosa así?

—No lo sé. Es muy extraño y no tiene ningún sentido —argumenta Carmen—, pero por la herida de las encías debió ser ayer por la noche.

—¡Claro! —afirmo—. Cuando entré en el calabozo le salía sangre de la boca. ¿Se los sacaron cuando estaba viva? —pregunto.

—No. Ya estaba muerta —anuncia Carmen—; le inyectaron algo en el brazo, creo que veneno de serpiente, aunque no estoy segura, debo realizar un examen a conciencia del cuerpo de la chica —dice mientras señala el brazo izquierdo donde se aprecia un moratón enorme a la altura del hombro—. Todo es muy extraño. Nunca había visto nada igual.

«¿Veneno de serpiente?», pienso. «¿Por qué habrá dicho eso Carmen?»

—¿No será droga lo que le han inyectado? Seguramente era yonqui.

—No creo, la droga se inyecta aquí —dice ella, señalando el lugar del brazo de donde se extrae la sangre—. Además, no hubiera dejado esta marca.

Carmen extrae una muestra de sangre del cadáver, con muy poco cuidado.

—La verdad es que era muy guapa —afirma, mientras vierte la muestra de sangre en un tubo de cristal.

—¿Por qué dices que le inyectaron veneno de serpiente? No te entiendo —pregunto—. ¿En qué te basas?

Carmen habla tan rápido y tan segura de lo que dice que apenas puedo comprender el alcance del examen del cuerpo de Vanessa.

—No sé, he visto picaduras de serpiente y me recuerda mucho al surco que deja el veneno, especialmente el de serpiente de mar —responde—. Aunque no lo sabré hasta que tenga el resultado del análisis de sangre —dice señalando el hombro del cadáver.

—¿Serpiente de mar?

—Bueno —se excusa ella—, solo es una hipótesis. El hematoma que tiene en el hombro me recuerda a la picadura de una serpiente de mar. Aunque puede ser otra cosa, hay infinidad de picaduras que dejan una marca similar.

—Pero Carmen... ¿cómo le ha podido picar una serpiente de mar?

—No me hagas caso, ha sido una conjetura. Nada más.

—Voy a llamar a todos los que estuvieron en el turno de ayer y al comisario —anuncio—. ¿Te puedes encargar tú del informe del cadáver? —pregunto a la inspectora.

—No te preocupes, ya lo hago yo; aunque el juez preferirá que sea el forense el que estudie el cuerpo. Mi dictamen no tendrá validez judicial —asevera, tocando la nuca de Vanessa con ambas manos—. No te precipites, Simón. Espera a que tengamos más pruebas que corroboren el asesinato del transexual antes de llamar al comisario.

—El forense hará su trabajo el lunes, cuando venga por la mañana, pero ahora solo me interesa un informe interno nuestro para descubrir quién ha hecho esto y los motivos que lo han llevado a hacerlo. No puedo esperar más tiempo sin dar cuenta al jefe.

—Los motivos están claros —afirma Carmen—. Detuvieron a una chica guapa, la ingresaron en el calabozo y la violaron. Luego la mataron y limpiaron el cuerpo de restos que les pudieran incriminar.

—¿Y el veneno de serpiente?

—Nada. No me hagas caso. Solo ha sido una conjetura. Es lo primero que me ha venido a la mente al ver la marca del pinchazo.

Las conclusiones de la inspectora de la Policía Científica son un poco aventuradas, pero es lo que parece a todas luces. El círculo de posibles autores es muy reducido, el viernes por la noche había muy pocos funcionarios trabajando en la comisaría.

—¿Y por qué le arrancaron los dientes? —pregunto, aunque ya sé lo que va a responder.

—Quizá el transexual mordió a su agresor y no quieren que se pueda reconocer la marca de los colmillos en su cuerpo y relacionarlos con los de su asesino —argumenta Carmen.

—Tiene lógica —asiento—. Lo dicho, voy a convocar a todos los que estuvieron trabajando ayer y el primero que tenga un mordisco en su cuerpo tendrá que dar bastantes explicaciones de lo ocurrido.

La última frase suena de lo más tonto, pero el sueño y el cansancio se han apoderado de mi cerebro y digo lo primero que pasa por mi cabeza, sin apenas pararme a pensar.

11.00

—Alberto. Sí, soy yo, Simón, Simón Leira. Ha ocurrido algo y es necesario que vengas a la comisaría. Sí, es grave. Muy grave.

A las once y cuarenta llega el comisario. Y eso que le dije que era urgente. Desde la ventana de mi despacho veo cómo entra el coche en el garaje y se apea con dificultad. El hombre está realmente gordo. Lo observo mientras coge el paquete de tabaco de la guantera y se lo mete en el bolsillo. Lo sigo con la mirada. Parece que se ha dado cuenta, ya que clava los ojos en la ventana donde estoy yo. Me escondo. Creo que no me ha visto.

—¡Buenos días, Simón! —saluda nada más salir del ascensor.

Lo espero en el rellano de la segunda planta, donde están los despachos de los inspectores. Los policías la llaman la planta noble.

—¡Buenos días, Alberto!

—Espero que sea importante para hacerme venir en sábado y en vacaciones —exclama, mientras extrae un cigarro del bolsillo de su camisa y se lo pone en la boca con una habilidad increíble.

—Lo es, Alberto —afirmo mientras le indico con un gesto de la mano que pase a mi despacho.

—Veo que las incidencias no van muy bien... ¿verdad? Con solo mirarte a la cara deduzco que has pasado mala noche. ¿No has dormido?

—No. He estado toda la noche en vela. Ayer hubo un asesinato.

—¡Un asesinato! ¿En Santa Margarita? ¡Por el amor de Dios! ¡Eso es todo un acontecimiento! —chilla emocionado—. ¿Por qué no me llamaste?

—Bueno, verás Alberto, el crimen se cometió aquí, en la comisaría.

—¿Es una broma, Simón? Si lo es..., no tiene ni puta gracia.

El comisario sabe de sobra que un incidente como el de ayer es motivo suficiente para informarle enseguida. En cuanto se entere la prensa habrá que dar muchas explicaciones. Yo quería hacerlo después de averiguar la verdad y plantarle encima de la mesa un informe lo suficientemente concienzudo para que no hubiera dudas. En la academia de policía me habían enseñado que detrás de un crimen hay un asesino, pero aquí, por un momento, no teníamos ni cadáver. No quería llamar a las tres de la mañana al comisario

Alberto Mendoza, un hombre que ante todo no quería complicaciones en las postrimerías de su carrera policial, para decirle que se había cometido un crimen dentro de las dependencias policiales, pero que no teníamos el cuerpo y mucho menos al asesino. Así que me armo de valor y le cuento lo que sé hasta el momento.

—La patrulla detuvo una prostituta ayer por la tarde —le digo.

—¿Por qué la detuvieron? —pregunta, mientras balancea de un lado a otro de la boca el cigarro que aprisiona entre los labios.

—Pues la detuvieron...

—¡No! Simón, ¿qué tengo dicho siempre?

Es verdad, el comisario siempre nos decía que las palabras se las lleva el viento y que todas las cosas había que comunicarlas por escrito. Supongo que querrá leer las diligencias de la detención de Vanessa.

—Sí, tienes razón, Alberto, toma el atestado de la patrulla —le digo mientras le entrego el folio donde figura la comparecencia de los policías.

El comisario se pone esas gafas tan horribles que tiene y lee en voz alta, como los niños pequeños, pero supongo que lo hace para que yo también me entere de lo que explica la patrulla en su declaración:

Los funcionarios del Cuerpo de Policía con los carnés profesionales números 189.878 y 189.912, destinados en la Comisaría Provincial de Santa Margarita y con indicativo Charly 10, comparecen para dar cuenta de los hechos ocurridos.

Que a las veinte y treinta horas del día de la

fecha se personan en la calle Avellaneda alertados por un ciudadano que les dice que en dicha dirección se practica la prostitución y la venta de sustancias estupefacientes. Que personados identifican a una chica que dice llamarse Vanessa y que no aporta documentación alguna. Que le intervienen una papelina de coca que lleva en su bolso y dice a los agentes que la lleva encima para venderla a un cliente al que espera. Que no facilita los datos de ese supuesto cliente. Que ante la carencia de documentación fiable y la evidencia de un delito de tráfico de drogas es trasladada a estas dependencias policiales para su detención [...].

—¿Y bien? —pregunta el comisario, dejando la comparecencia de los agentes sobre la mesa y quitándose las gafas que sujeta con la mano derecha, balanceándolas de un lado para otro—. La detención es correcta.

—Sí. Ese no es el problema —le digo—. Lo que pasa es que la labor de los agentes finalizó a las nueve de la noche. Es decir, a esa hora ya habían ingresado en el calabozo a Vanessa, y a las nueve y cuarto, cuando salía de la comisaría, oí como gritaba el oficial de guardia.

—¿Gritaba? —pregunta confuso el comisario.

—Sí, estaba dando voces como un poseso y bajé hasta el vestíbulo principal para ver qué ocurría. El oficial pedía insistentemente las llaves de la celda.

—¿Y qué ocurría? —El comisario me hace las preguntas antes de que yo me pueda explicar bien—. ¿Por qué buscaba las llaves el oficial de guardia, cuando él no tiene por qué controlar a los detenidos? Eso le corresponde al responsable del calabozo.

—La chica estaba desangrándose en el interior de la celda —digo—. El oficial la vio a través de la ventanilla y quería acceder dentro del calabozo para ver qué le pasaba.

—Ya te he entendido la primera vez —asevera el comisario—. Esa parte me ha quedado clara. La pregunta es... ¿por qué fue el oficial de guardia a ver a la detenida y no lo hizo el responsable del calabozo, que para eso está?

—No lo sé —contesto encogiéndome de hombros.

—¿Y no lo preguntaste en ese momento?

—Pues no caí en la cuenta. No pensé que tuviera mayor importancia quién iba a ver a la chica dentro de la celda.

—Abristeis la puerta... ¡sigue con lo que estabas diciendo! —exige el comisario, bastante enojado por mi falta de profesionalidad.

—Pues que la chica estaba muerta en el interior del calabozo.

—¿Muerta? ¿Cómo lo sabes si no eres médico?

—Le busqué las pulsaciones en el cuello y le miré los ojos para ver si respondían al cambio de luz —expongo, intentando parecer lo más competente posible.

—Pues ya sabrás que eso no son síntomas claros de la muerte de nadie —replica—. Pudo sufrir una apnea momentánea y quedarse sin aire. O con los nervios no supiste encontrar los latidos de su corazón.

—Sí —le digo mientras le acerco el informe de la Inspección de Guardia con lo sucedido—. Por eso llegó el médico de urgencias para certificar la muerte —afirmo con ironía.

El comisario Alberto se vuelve a poner las gafas de

concha y lee otra vez en voz alta para que los dos nos enteremos de lo que dice el informe. Yo ya había leído todos los informes, pero no me importaba hacerlo otra vez, si eso servía para que el comisario se informara bien de todo.

[...] que sobre las veintiuna horas del día de la fecha, el oficial de guardia con carné profesional número 186.456 comprueba como, avisado por el responsable de calabozos de esta comisaría, la detenida Vanessa se halla gravemente herida en el interior de su celda. Que llaman al hospital provincial de Santa Margarita para que envíen un médico de urgencias. Que a los breves minutos se persona un doctor de dicho centro y diagnostica la defunción de la detenida por causas naturales. Que se avisa al tanatorio municipal para que recojan el cuerpo, que queda depositado a la espera del pertinente examen forense.

—¿Y bien, Simón? Tampoco veo nada anormal —observa el jefe—. Los agentes han actuado con profesionalidad. ¿Dónde está el problema que no te deja dormir? —pregunta volviéndose a quitar las gafas en un gesto que por repetitivo me está poniendo nervioso.

—Bueno —le digo—, el problema es que el furgón del tanatorio no llegó hasta las seis de la mañana a su destino, el médico del hospital provincial no existe, la chica no tiene dientes, se los han arrancado de cuajo, y la muerte no ha sido natural. ¡Ah!, se me olvidaba, no era una chica, sino un transexual y fue violado antes de morir.

Durante treinta segundos el jefe no dijo nada y yo dejé de respirar todo ese tiempo.

—Vamos por partes —dice el comisario finalmente y sin perder la calma ni un momento—; lo primero es tomar café, veremos las cosas mejor —afirma.

Los dos salimos del despacho y bajamos hasta el vestíbulo donde está la máquina de café. El ascensor es moderno, pero alberga una lentitud flemática. Su constructor debió de dotarlo de la tranquilidad característica de Santa Margarita. Hasta el comisario está tranquilo después de lo que le acabo de contar. No sé si es buena idea tomar café, los nervios me están matando y siento como si todo lo ocurrido me desbordara. Mientras bajamos no hablamos, pero antes de que la puerta del ascensor se abra en el rellano principal, Alberto me dice:

—Los trapos sucios se lavan en casa.

—¿Perdón? —le digo al no haberlo entendido bien, el ruido de la puerta al abrirse me ha tapado la frase del comisario.

—El café de esta máquina es muy bueno —afirma—. Antes había una cafetera manual y no se puede comparar con el de ahora. ¿Solo? —pregunta mientras saca dos monedas de su bolsillo y se dispone a meter una en la ranura.

—Sí. Gracias.

—¿Has contado a alguien lo ocurrido ayer por la noche? —me pregunta al mismo tiempo que extrae una cucharilla de plástico de la ranura y coge un sobre de azúcar.

—Pues no, solamente lo sabe la inspectora Carmen, aparte de los agentes del turno, claro.

—¡Mal hecho! —exclama el comisario dando un manotazo a la máquina de café —. No debería saberlo nadie.

—No lo entiendo, Carmen es de los nuestros —indico—. Ha sido la que ha diagnosticado la muerte por envenenamiento de serpiente de mar.

—¿Cómo? ¿Me estás diciendo que la inspectora Carmen ha dicho que el transexual murió envenenado por una serpiente? ¿Cómo lo sabe? ¿Ha hecho un análisis de sangre?

En los meses que llevaba aquí nunca había visto al comisario tan irritado. La cucharilla de plástico que sostenía entre sus dedos se ha roto y ha lanzado los dos trozos al suelo con un gesto de furia incontrolada.

—¡Estoy rodeado de pardillos! ¿Qué os enseñan en la academia? ¿No sabes que es imposible distinguir a simple vista, sin una analítica, si una persona ha sido envenenada por una serpiente o por un puercoespín...?

—La inspectora vio el pinchazo en el hombro...

—El pinchazo de una drogadicta. ¿Es eso lo que vio? Vamos, Simón, te hago más listo que todo eso. Estamos hablando de un asesinato en el interior de las dependencias policiales. ¿Sabes qué es eso? —pregunta—. Yo te lo diré. Eso quiere decir que, de ser cierto, todos, y digo todos, quedaremos como unos criminales. Mi labor, la del resto de los inspectores y de los policías será empañada por la muerte de una puta *maricona*. Cuánta más gente lo sepa, más amplio se hará el círculo de sospechosos. No cuentes nada a nadie —aconseja—. ¿Cuánto tardó Carmen en llegar al tanatorio? —me pregunta el comisario, mientras coge otra cucharilla de la máquina.

—No lo sé, no lo calculé.

Es mentira, yo siempre soy muy metódico con las horas y la verdad es que Carmen llegó enseguida al tanatorio, ni siquiera tenía la cara de sueño típica de las personas que se acaban de levantar, pero no quería que Alberto me distrajera de la investigación. Tardó doce minutos. Doce minutos desde que la llamé. Doce minutos en levantarse, peinarse, arreglarse, vestirse, coger el coche y llegar al tanatorio.

—Creo que tardó un cuarto de hora o menos.

—¿No lo ves Simón?

—¿El qué? —pregunto sin entender nada aún, el sueño me está comiendo el cerebro.

—Que Carmen sabe más de lo que dice. Si no, ¿cómo es que tardó tan poco en llegar y por qué dice que el transexual ha muerto de una picadura de serpiente de mar, cuando eso es imposible saberlo a simple vista?

El comisario quiere desviar mi atención. No sé por qué la ha tomado con Carmen, pero ella solo llegó en mi ayuda cuando se la pedí y no tiene sentido que oculte nada. Aunque por otra parte tiene razón en afirmar que no debo fiarme de nadie.

—Sabes algo que yo no sé, ¿verdad? —le digo poniendo toda la carne en el asador. Por la forma tan pretenciosa que tiene de hablar, está claro que el comisario sabe más de lo que parece.

—Pues sí —responde—. No te quiero engañar. Abrirás una investigación interna. Solo para nosotros, ¿entiendes? No se puede filtrar nada fuera. La prensa local nos haría pedazos. No quiero saber nada de lo que hagas, ni a quién investigues. No te fiarás de nadie, ni siquiera de mí. Me presentarás el resultado de las averiguaciones en mi despacho, antes de final de mes, y guardaré tu informe en el cajón donde meto todas las cosas que nunca debieron ocurrir. No descartes nada, inspector. Nada —repite poniendo énfasis en la frase—. Repito: no quiero saber cómo va la investigación hasta que esté cerrada. Me voy de vacaciones y el día veinticinco vendré a recoger el informe que hayas hecho. Lo leeré y luego lo meteré en el cajón que te he comentado. ¿Alguna duda antes de que me vaya?

—Sí. ¿Qué sabes del asesinato de Vanessa?

—Sé que era un transexual, que lo identificó una patrulla nuestra en la puerta del bar Arcadia, en la calle Avellaneda. Sé que estaba esperando un cliente y sé que llevaba una papelina de coca encima y que por eso la detuvieron. Sé que murió en mi comisaría y también sé que tú resolverás el caso de la mejor manera posible. Aunque esté de vacaciones, estaré por aquí por si me necesitas —dice finalmente, mientras me da dos sonoras palmadas en la cara.

14.02

No tengo apetito y aunque lo tuviera no dispongo de tiempo suficiente para comer.

De camino a casa paso por una panadería de esas que abren todo el día y compro una barra de pan de régimen, unas lonchas de jamón York y un tomate maduro para untar.

Llego a mi piso.

Está situado en un bloque de tres plantas y una vivienda por rellano. Es un edificio viejo pero bien construido, cimentado en la época que las cosas se hacían con más calma y no con las prisas de ahora. Antes del *boom* de la construcción, cuando aún se podían comprar los pisos a precios asequibles.

Subo las escaleras y veo abierta la puerta del primer piso. Al principio de llegar aquí, pensaba que no vivía nadie. Luego conocí al ermitaño, como le llamo yo. De su interior sale un hombre delgado, alto y con una enorme barba que le llega hasta el pecho.

—Hola, buenas tardes —le digo, mientras él se queda parado delante de la puerta de su piso con mirada ausente—. ¿Qué tal?

El barbudo no me mira y se gira para cerrar la puerta con llave. Observo como al lado del marco de la puerta, justo en la entrada de su piso, en el suelo hay apoyado un jamón envuelto en papel de plata.

—Qué bonito el jamón —le digo para romper el hielo e intentando entablar un poco de conversación. Me parecía ridículo ser vecinos y apenas conocernos, aunque mis primeras palabras sonaron a cursis.

—Sí, me gusta mucho —replica él con voz nasal, casi gangosa—. El jamón es el mejor alimento que hay —afirma mientras cierra la puerta, pero antes veo el desorden y la suciedad del interior de la vivienda y me acuerdo del síndrome de Diógenes, caracterizado por una acumulación de basura en el interior del domicilio de quienes lo padecen.

Me quedo parado en el rellano, mirando la puerta y meditando sobre los vecinos que me rodean. En el primer piso está Rasputín y en el tercero una abuela pesada a la que le molesta el sonido del molinillo de café.

«Estamos arreglados», pienso en voz alta.

Llego hasta mi puerta. En la mano llevo una bolsa con el pan, el jamón York y el tomate que dejo en la cocina. Enciendo la televisión mientras regreso a la cocina para cortar el pan y hacer un bocadillo. Cuando muerdo el pan me acuerdo de un compañero que tenía en el servicio militar. Éramos jóvenes y estábamos llenos de ilusiones. Alfredo siempre hablaba de entrar en la policía y por aquel entonces a mí ya me gustaba la idea. Recuerdo cuando llegamos al cuartel y durante la presentación fueron diciendo nuestros nombres. Alfredo le dijo al teniente que le gustaría ser policía. Yo pensé, entonces, que había gente muy atrevida, ya que me chocaba el hecho de que una persona se sincerara de esa forma delante de un grupo de desconocidos. Alfredo y yo compartíamos litera y nos hicimos amigos, salvando los primeros días, en que la ceniza de los cigarros que fumaba caía encima de mi cama, ya que yo dormía abajo y él pasaba las noches sentado en la cama y fumando sin parar.

«No lo puedo evitar», me decía cada vez que le comentaba lo de la lluvia de ceniza.

Alfredo era un chico como yo, joven, fuerte, plagado de ilusiones y con una energía contagiosa. Todos sabemos que hay dos tipos de energía: la contagiosa y la absorbente. Pues la de Alfredo era contagiosa. El solo hecho de estar a su lado me hacía sentir lleno de una inusual vitalidad. No solo compartíamos litera, sino que también teníamos las taquillas una al lado de la otra. En unas semanas realizábamos las compras juntos y poníamos un bote común para proveer la taquilla de comida suficiente. Como los dos estábamos lejos de casa, los fines de semana nos quedábamos en Cáceres, que es donde estaba el cuartel, y salíamos de marcha por la ciudad. Bebíamos y nos reíamos de todo. Conocimos a una chica muy guapa, una lugareña que se preparaba las oposiciones de Correos y congeniamos enseguida con ella. Quedábamos todos los sábados en una cafetería que había en la plaza de Santiago y desde allí recorríamos toda la *calle de los vinos*. Nos emborrachábamos. Una noche de jueves, que nunca olvidaré, Alfredo estaba de guardia en la garita sur del cuartel. Las guardias eran por turnos y cada día entrábamos ocho soldados de servicio. Esa noche Alfredo me dijo que no estaba pasando por uno de sus mejores momentos. Hacía un par de días que había recibido una carta de sus padres y algo ponía en aquella misiva para que mi amigo se apenara de aquella forma.

«¿Todo bien?», le pregunté interesándome por su estado de ánimo.

Pero Alfredo se había vuelto huraño, introspectivo y callado. Estuvo un día entero sin hablar y por la noche paró la lluvia de ceniza sobre mi cama.

Aquel fatídico jueves se voló la tapa de los sesos con el Cetme que usábamos para realizar las guardias.

Se abrió una investigación por parte de los militares. Vinieron peces gordos de Madrid y se rumoreaba sobre la posibilidad de un asesinato. Al final se supo que Alfredo estaba solo en la garita y cuando los mandos militares que llevaban la investigación me preguntaron, les dije la verdad: que Alfredo llevaba unos días que se le veía cabizbajo y que tenía problemas; aunque no supe decirles de qué tipo.

Hay personas que pasan por tu vida y te dejan in-
diferentes, pero el caso de Alfredo me marcó profundamente. Aquel chico estaba lleno de ilusiones y se
había fijado el objetivo de ser policía. «Quiero ser inspector de policía», decía cada vez que hablábamos del
tema. Yo admiraba su seguridad, ya que, a pesar de
tener la misma edad que él, yo aún no sabía lo que iba
a hacer con mi vida. Dejé de ver a mis padres a los dieciocho años, cuando me fui de casa y me puse a trabajar en un restaurante de la provincia de Barcelona. Era
mayor de edad y podía hacer lo que quisiera. De eso
se trataba: de libertad. Me imaginaba que algún día
me llamarían de un programa de esos sensacionalistas
de la televisión privada, para decirme que mis proge-
nitores me estaban buscando y que querían pedirme
disculpas por haberme tratado tan mal, pero ellos sabían que nunca más volverían a verme. Mejor. Ahora
que soy inspector de policía podía hacerles pagar el
crimen que cometieron cuando yo era pequeño. No
hablo de asesinato, sino de todo lo que me hicieron
pasar. Mis padres no fueron buenas personas.

5

Está sentado mirando la pared. Abre un cajón y saca una peluca blanca, un bigote y un par de lentillas de color azul. Es un disfraz muy sencillo, casi carnavalesco, pero no tiene nada más a mano. Se lo pone mientras se mira al espejo.

«Estoy horrible», piensa ajustando la peluca.

Abre la puerta del armario de cristal y extrae un neceser con maquillaje. Con gran maestría tiñe su rostro de mejunje y ajusta unos pliegues de látex alrededor de los ojos para parecer más mayor de lo que es. No es la primera vez que lo hace. Ajusta la luz y se mira varias veces. Gira el rostro.

«¡Ya está!»

6

Domingo, 17 de julio
08.55

El informe de la analítica de Vanessa me llega por correo electrónico mientras saboreo una taza de café recién molido. La inspectora Carmen ha hecho bien su labor. Al transexual le inyectaron veneno de una variedad de serpiente de mar poco conocida. El mensaje decía:

En las mordeduras por serpientes de mar hay leucocitosis con neutrofilia. Anemia hemolítica y alteraciones de la coagulación. También se da, aunque en menos medida, trombopenia. En las severas aparece coagulopatía de consumo de origen multifactorial con alteraciones electrolíticas, acidosis metabólica e hipoxemia. Todos estos síntomas los presenta la muestra de sangre extraída del cuerpo de Vanessa.

Me choca la forma que tiene Carmen de llamar al cadáver: Vanessa. Lo designa por su nombre, algo inusual en los informes forenses. Me inspiraba más confianza ella que el comisario, pero el curso de una investigación de este tipo requería, forzosamente, que no me fiara de nadie. Tenía que llegar hasta el asesino, o los asesinos, y hacerlo requería no tener ningún tipo de miramientos. Pienso que detrás de todo esto tiene que haber alguien aparte de los policías que estaban en el turno: veneno de serpiente de mar, extracción de dientes, desvío del cuerpo mientras es trasladado al tanatorio, médico falso..., definitivamente, un policía de la Escala Básica o un oficial de guardia no creo que disponga de tanta infraestructura como para maquinar un crimen así.

El domingo es un mal día para investigaciones. Los policías que estuvieron de servicio la noche del crimen libran. No podré entrevistarlos hasta el lunes por la mañana y para entonces será demasiado tarde. Debo buscar un mordisco en las manos, brazos o alguna parte del cuerpo de uno de ellos. Vanessa tuvo que defenderse con uñas y dientes y seguramente también arañó a su agresor o agresores, pero las uñas las pudieron limpiar.

Un profesor que daba clases en la Escuela de Policía me dijo: la base de una buena investigación es que, ante todo, sea metódica, es decir, que vayamos haciendo las cosas con cierto orden y no dando palos de ciego.

09.00

A las nueve de la mañana me acerco hasta la comisaría y subo a mi despacho. El oficial de guardia que hoy está de servicio cuchichea a mi paso con el responsable de seguridad. Está claro que el crimen del viernes ha traspasado las puertas de la corporación. No es de extrañar, ya que hay unas diligencias y un asentamiento en el libro de detenidos. De todas formas, estas noticias corren como la pólvora y no me sorprendería que a estas horas lo supiera toda la comisaría y toda la ciudad. El tiempo, como se suele decir, no juega en favor de la investigación.

09.12

Cuando pasan doce minutos de las nueve, saco un folio de la impresora de mi despacho y me dispongo a anotar todo lo que tengo hasta ahora. La noche del viernes había tres policías de servicio, además de los coches patrulla, aunque esto no quiere decir que pudiera entrar o salir alguien más de comisaría. Solo hay dos puertas de acceso: la principal, donde está sentado el policía de seguridad, y una pequeña portezuela en la parte posterior por donde salen algunos funcionarios, entre ellos el jefe, que así evita la mirada indiscreta de los agentes de servicio. Las cámaras apuntan a todas partes, así que primero haré una lista de los funcionarios y después visionaré las cintas de vídeo grabadas. Esa noche estábamos en comisaría: el oficial de guardia, el responsable de seguridad, el encargado de los calabozos y los cuatro policías de las patrullas: el Charly-10 y el Charly-20, que entraban y salían. Siete personas en total, ocho incluido yo. Uno o varios de ellos es el asesino.

—¿Estas son las cintas grabadas? —le pregunto al policía que está sentado en seguridad.

—Sí, aquí las tiene inspector, ordenadas por días —me indica—. Están de lunes a domingo y cada una graba durante veinticuatro horas. Cada mañana, a las nueve en punto, se cambia la que corresponde al día y las grabaciones se guardan durante una semana entera, hasta que se graba encima de la cinta del día correspondiente.

—Entonces la del viernes por la noche es esta —pregunto esgrimiendo la cinta en mi mano, como si de un trofeo se tratara.

—Así es —responde el agente.

Cojo la cinta y me la llevo, indicando al policía que se la devolveré cuando la visione. En el vídeo aparecerán todas las grabaciones que se hicieron el viernes en las cámaras que tiene la comisaría repartidas, a saber: dos en los flancos del edificio, una en el garaje, una en el vestíbulo principal y una en los calabozos. Cinco cámaras que vigilan y graban todo lo que ocurre.

10.30

Con el sueño olvidado y removiendo una taza de café, me siento en la sala de proyecciones de la tercera planta y me dispongo a visionar la cinta. En teoría debería estar veinticuatro horas viéndola, si lo hiciese a tiempo real, pero agarro en mi mano el mando a distancia y pongo el dedo encima del botón de avance rápido; solo visionaré las imágenes que van desde las ocho y media de la tarde del viernes quince, hasta las once de la noche, hora en que trasladaron el cuerpo al tanatorio municipal.

La imagen se ve partida en cuatro partes. En el cuadro superior izquierdo se observa uno de los laterales de la comisaría. En el cuadro superior derecho la puerta de acceso al garaje. En el inferior izquierdo el vestíbulo principal y en el inferior derecho los calabozos. Las imágenes no son de muy buena calidad, pero aun así se contemplan perfectamente los lugares enfocados por las cámaras.

A las veinte y treinta, según el reloj que aparece en letra pequeña en la parte superior de la pantalla, entra por la puerta del garaje la patrulla que detuvo a Vanessa. Meten el coche de culo y lo aparcan al lado de la rampa de acceso a los calabozos. El encargado de seguridad se asoma a la puerta del estacionamiento y hace una señal de congratulación, con el pulgar hacia arriba, a los agentes que hacen apearse del coche a la detenida.

Detengo la imagen y rebobino; no quiero perder detalle de nada.

La señal de aprobación del encargado de seguridad se puede entender de dos formas: primera, que aplauda la detención por la belleza de Vanessa, ya que el agente de la puerta no sabe que es un transexual, o eso creo, y el signo de aprobación se refiera a las buenas formas que muestra la chica, ataviada con una minifalda roja y una camiseta de tirantes blanca, por la que traspasan sus pechos; que aun a través de la filmación se pueden percibir enormes y perfectos. Segundo, y no menos desechable, que esperara la detención de la chica y que esta fuera previsible, con lo cual estaríamos ante el agravante de premeditación, ya que el asesinato sería algo así como la crónica de una muerte anunciada.

10.47

El café se ha enfriado en el vaso de cartón y lo lanzo a la papelera, derramándose por la bolsa de plástico y salpicando gotas al suelo. Presiento que el domingo lo voy a dedicar a visionar la cinta y a buscar todo lo que me ayude para descubrir a los culpables.

Pasa un buen rato de cinta sin que se vea nada anormal. El encargado de seguridad permanece en su puesto y por el pasillo del vestíbulo veo andar a uno de los policías que participa en la detención de Vanessa; es Arturo, el macarra. Los dos se apoyan en el mostrador y encienden un cigarro mientras charlan de forma animada; las cámaras no tienen sonido, por lo que no puedo saber de qué hablan...

—¡Dios mío! —exclamo—. La cámara que filma el calabozo ha sido tapada.

De los cuatro recuadros que se visionan en la grabación, el que corresponde a las celdas, el inferior derecho, ha sido cubierto con algún objeto...

He podido distinguir una mano..., ha puesto algo encima de la cámara, un trapo seguramente. Un escalofrío recorre todo mi espinazo: «Acabo de ver la mano del asesino».

Rebobino la cinta tantas veces que al final me duele el dedo de tanto apretar los botones.

Avanzo. Paro. Retrocedo. Pausa.

Es una mano de hombre. Lleva un anillo en el dedo anular de la mano derecha. No se distingue bien, pero es de oro. «Una alianza», pienso. El asesino está casado y tiene un mordisco en alguna parte de su cuerpo. Recapacito. No necesariamente, hay regiones donde el anillo en la mano derecha es señal de noviazgo. A estas horas el asesino ya se habrá quitado el anillo del dedo y se habrá recuperado del mordisco, o por lo menos no se verá; tendría que ser muy profundo para que después de dos días aún quedara marca.

Los policías trabajan a turnos, vuelven a entrar de servicio el lunes a las seis de la tarde. Los haré pasar uno a uno por mi despacho y les exhortaré a desnudarse para buscar la marca del mordisco. Mejor aún, el que lleve un anillo en el dedo anular de la mano derecha: a ese lo haré desnudar. «¿Y si no quiere?» Necesitaría una orden judicial para obligarle y el comisario dijo que se trataba de una investigación interna.

El sueño ha vuelto y los ojos se me cierran por momentos. Solo pienso tonterías...

Bajo hasta la planta principal y saco otro café de la máquina y me lo subo hasta la sala de proyecciones. Utilizo las escaleras para despejarme del acuciador sueño que me llena los ojos de arena.

Me siento otra vez delante del proyector y procuro meditar bien y pensar con claridad.

«Tranquilo, Simón», me digo a mí mismo. «La cosa no puede ser tan grave.»

Aprieto el botón del vídeo y me dispongo a seguir

con el visionado de la cinta. Parte del misterio del asesinato del transexual pasa por lo que hay grabado en ella. No tengo que desechar ningún camino para descubrir quién mató a Vanessa y por qué...

—¡Cielo Santo! La cinta no está en el reproductor —exclamo asustado y confuso, pero sobre todo asustado.

Estoy seguro de haberla dejado dentro. No la saqué. Alguien ha entrado en la sala de proyecciones y ha quitado la película.

¿Quién? —me pregunto.

El asesino ha estado aquí. Y eso solo significa una cosa: que sabe que voy tras él.

Salgo de la sala de proyecciones. Corro por todo el pasillo de la última planta y voy accionando las palancas de las puertas de los despachos. Paso de largo de los que están cerrados y entro en los abiertos. Llevo mi revólver en la mano; una persona que ha sido capaz de matar a Vanessa, será capaz de matarme a mí. Entro en los lavabos, primero en el de hombres y luego en el de mujeres.

Nada.

Bajo hasta la segunda planta. Recorro todo el pasillo y entro en las oficinas que permanecen abiertas.

Nada.

Finalmente llego hasta la planta principal. Miro en los lavabos, los calabozos, el garaje. Me acerco hasta la entrada.

—¿Qué ocurre inspector? —me pregunta el responsable de seguridad—. Le he oído corretear por la planta de arriba. ¿Todo marcha bien?

—¡Bien! —respondo—. Estaba haciendo un poco de ejercicio —le digo para no levantar sospechas, aunque creo, por su mirada, que piensa que estoy loco. Yo también empiezo a creerlo.

—¿Ha entrado alguien en la comisaría?

—Sí, los habituales de los domingos —responde mirándome fijamente.

—El periódico —digo para ver si él termina de nombrar la relación de personas.

—¡Exacto! —contesta—. Ha entrado el chico del periódico, el de mantenimiento de la máquina de café, un matrimonio que está denunciando la sustracción de una cartera y el inspector Fregolas —dice.

«¿Ernesto Fregolas?», me pregunto. «¿Qué hará el responsable de Documentación y Extranjería un domingo, y estando de vacaciones, en la comisaría? Es hora de que añada otro sospechoso más a la lista.»

—¿Dónde está? —le pregunto al responsable de seguridad.

—Creo que en su despacho —responde.

Miente. Acabo de mirar todos los despachos de la comisaría, uno por uno, y están todos vacíos. El inspector Fregolas esconde algo...

El sudor me empapa la camisa hasta parecer un obrero de la construcción en plena tarea. Subo por las escaleras y llego hasta el despacho de Ernesto Fregolas. Está sentado en su oficina y encima de la mesa tiene abiertos varios expedientes que mira con notable inquietud.

—¡Simón! ¡No sabía que estuvieras aquí! —me

dice nada más verme entrar—. ¿Estás bien? Te encuentro muy acalorado.

—Estoy bien —le digo—. Un poco cansado por el calor. ¿Trabajando?

—Pues, sí. ¿Conoces a esta chica? —me pregunta mostrándome la foto de Vanessa.

—La conocí el viernes por la noche —le digo mientras mis ojos se cierran a causa del sueño—. La mataron —asevero.

—¿Asesinada? —pregunta en voz alta Ernesto—. Creo que murió en la celda a causa de una sobredosis. Era yonqui... ¿sabes?

—Sí, ya sé que era una drogadicta y que también se dedicaba a la prostitución y que en verdad era un transexual —le digo al inspector de Documentación y Extranjería—. Y también sé que la mataron en los calabozos de la comisaría.

—¡Vamos, Simón! —me dice—. No saques las cosas de quicio. Necesitas descansar, el agotamiento te hace ver fantasmas en la noche.

El inspector Ernesto Fregolas es de los más veteranos de la comisaría. Hace años que se separó, según dicen, y desde entonces es un habitual del puticlub de Santa Margarita. Él y Fermín, el dueño del Caprichos, han hecho buenas migas e incluso se les ve a la luz de día paseando juntos. Yo mismo me los encontré una vez en el centro comercial tomando un café.

—¿A qué has venido? —le pregunto.

No estaba dispuesto a dejarme manipular por cuatro inspectores viejos y anclados en el pasado. Había llegado la hora de enseñar los dientes.

—He venido porque ayer por la noche me llamó el jefe. Estaba preocupado por el asesinato de un transexual en los calabozos de la comisaría y me dijo que te había encargado la investigación interna a ti. Estoy aquí para ayudarte —afirma.

Huelo la sinceridad en sus palabras y él lo debe notar también porque yo he rebajado el nivel de la mirada instigadora que puse al entrar en su despacho.

—El jefe me dijo que no se lo contara a nadie —asevero.

—Sí, pero no te dijo lo que él haría. Ya sé que es difícil de creer, pero todos estamos en el mismo barco. Este asunto es muy feo y es importante llevarlo con la mayor discreción. ¿Tienes algún sospechoso? —me pregunta.

Justo le iba a decir que sí y que el primer sospechoso era él, cuando me fijo en sus manos y veo que no lleva anillo. Ernesto estaba separado desde hacía muchos años y era lógico que no llevara alianza. Me tranquilizo. A lo mejor dice la verdad y solamente ha venido para ayudar en la investigación. Además, la noche del viernes no estuvo en comisaría y no tenía motivos para matar a Vanessa. No sé. El caso es que me estoy volviendo un paranoico con todo esto del asesinato.

—¿Qué sabes de la chica? —le pregunto mientras veo que se desnuda—. Ernesto, ¿qué haces?

—El comisario me dijo que le arrancaron los dientes y que tú crees que fue porque mordió a su agresor. Si te voy a ayudar deberás confiar en mí.

El inspector de Extranjería se queda completamente desnudo y da varias vueltas para que vea que no hay ni un arañazo y ni una mordedura en su cuerpo. A pesar de tener cincuenta años cumplidos, ostenta el físico de una persona más joven: nada de barriga y la piel morena como un devorador de sol playero. Me esfuerzo para que mis ojos no se posen en su miembro, descomunalmente grande.

La situación es embarazosa, pero ha conseguido que confíe en él. Ahora sé que no participó directamente en el asesinato de Vanessa. O eso creo.

—¡Ten! —me dice nada más vestirse y enseñándome la ficha de Vanessa—. El transexual se llamaba Vasili Lubkov, aunque no sabemos si era su verdadero nombre. Nació en Perm hace ahora veintisiete años y llegó a España para trabajar como prostituta en locales de alto *standing*, ya que a los dieciocho años inició su transformación en mujer, que culminó a los dos años. No se operó los genitales, lo que le hizo ser muy valorada entre los viciosos que accedían a su cama. Hace unos meses entró a trabajar para Fermín, el propietario del Caprichos.

—Entonces... ¿la conocías? —le pregunto mientras ojeo su ficha.

—Sí, el propio Fermín me llamó hace unos meses para decirme que la chica estaba asustada. Huía de algo, aunque no sé de qué, pero encontrando al asesino sabremos muchas cosas.

—Pero... al entrar en tu despacho me has dicho que no la mataron, sino que murió de una sobredosis —apuntalo, confundido por la ambigüedad de Ernesto.

—Vamos a ver, Simón —dice mientras se pone de pie y termina de vestirse—, realmente estás extenuado y confundes los términos: una cosa es que dijera que murió de sobredosis en su celda, lo cual mantengo, y otra bien distinta es que esa sobredosis se hubiera producido por el suministro de droga en mal estado. Quien le facilitó la droga fue el que la envenenó.

—Veneno de serpiente de mar —refuerzo.

—Así es. Veo que ya lo sabes —reafirma Ernesto—. El veneno de algunas variedades de serpiente de mar tarda hasta tres horas en hacer efecto...

—Eso quiere decir... —le interrumpo—. Que ya estaba muerta cuando la detuvieron.

—En efecto, el veneno corría por su sangre cuando la trajo la patrulla.

—¿Y los dientes? —pregunto—. Se los quitaron en la celda.

—No necesariamente —contradice Ernesto—. Se los pudieron arrancar durante las seis horas que tardó en llegar el cuerpo al tanatorio municipal.

—No puede ser —asevero—, yo mismo vi la sangre en el calabozo cuando entramos el viernes por la noche.

—La muerte por envenenamiento puede provocar hemorragias internas en las víctimas; aunque es difícil, no se puede descartar esa posibilidad —proclama Ernesto tratando de rebatir mi teoría del crimen en el interior de la celda—. Si te fijaste lo suficiente, también debiste ver moratones por todo su cuerpo producidos a causa del veneno.

El inspector de Extranjería parece saber demasiado del asesinato de Vanessa. No quiero ahondar y preguntarle de dónde ha sacado tantos datos, pero intuyo que el comisario habrá ordenado dos investigaciones paralelas para, de esta forma, saber toda la verdad del asunto. Es lógico, Ernesto lleva mucho tiempo en Santa Margarita y por lo tanto debe tener más confianza con el jefe, y yo solamente soy un inspector recién llegado que no tengo ni pajolera idea de la policía. Tenía muchas preguntas que hacer, pero como dijo el comisario cuando me encargó la investigación del crimen del transexual: lo mejor es que no me fíe de nadie. Así que opto por callar y no comentarle a Ernesto lo de la desaparición de la cinta de vídeo de seguridad, ni nada referente al avance de las pesquisas, como que el asesino tiene una alianza en el dedo anular de la mano derecha o lo del falso médico que diagnosticó la muerte.

—¿Dónde vas a comer? —me pregunta Ernesto mientras guarda el expediente de Vanessa en un cajón.

—Pues he quedado con un amigo —respondo mintiendo. La verdad es que no había quedado con nadie, pero prefería comer solo e intentar dormir un poco por la tarde.

—¡Ok! Mañana nos vemos, ya te llamaré por teléfono a la hora del almuerzo y quedamos. ¿Te parece?

Asiento con la cabeza y me voy a mi despacho para recoger los papeles de encima de la mesa y echar un último vistazo al ordenador. Los domingos no solían llegar correos electrónicos, pero aun así esperaba alguna noticia de Carmen que me hiciera cambiar el rumbo de la investigación.

Tras observar el correo y ver que no ha llegado nada, apago el ordenador y cierro el despacho. Sin llave. A estas alturas ya no importa quién pueda husmear en mis carpetas.

Subo a la tercera planta, la de la sala de proyecciones, y entro para cerciorarme de que el reproductor de vídeo está apagado...

«¡Mierda! La cinta de seguridad está dentro. Quien se la llevó la ha vuelto a dejar en su sitio.»

14.30

A las dos y media de la tarde me siento en una mesa del restaurante el Rincón del Gato. Ya no sé si tengo más hambre que sueño o viceversa, el caso es que tan pronto como termine de comer me iré al piso y me tiraré en la cama a descansar. Por hoy ya he tenido bastante.

Martín se acerca a la mesa con su peculiar risa cínica y me ofrece el menú de los domingos: ensalada y bistec de ternera con patatas.

—Los festivos no hacemos menú —dice, mientras se sienta en la silla de enfrente.

Martín es una persona jocosa y atrevida, trata a todos los clientes por igual, a pesar de que algunos habituales dejaron de frecuentar su bar por el exceso de confianza; pero a mí no me importa.

—Viene poca gente... ¿verdad? —le digo mientras me vierto un poco de agua en el vaso.

—Sí, el dinero lo hago de lunes a viernes —afirma—. Los sábados menos y los domingos nada. Me estoy planteando no abrir el domingo y tomarlo como día de descanso semanal.

—Harías bien —sugiero—. Todos necesitamos por lo menos un día a la semana de descanso.

—Es verdad —ratifica—. Y tú deberías irte a dormir tan pronto termines de comer, los ojos se te cierran por momentos.

—Tienes razón, esta semana está siendo muy larga.

—¡Ya! Lo que pasa es que las noches son muy movidas, ¿verdad? —me dice guiñando el ojo.

—Te refieres al trabajo —digo sin entender muy bien qué es lo que insinúa.

—El trabajo que te da la inspectora joven con la que viniste el otro día a comer.

—¡Vaya! —le digo—. Te refieres a Carmen. No es lo que te piensas. Solo somos compañeros y nada más...

—Al viejo Martín no se le engaña tan fácilmente. Vi como os mirabais el otro día y sé reconocer cuando dos personas se gustan. Esa chica está colada por ti.

En otras ocasiones que había frecuentado el Rincón del Gato, había sorprendido muchas veces a Martín hablando de mujeres y de relaciones incestuosas. Los clientes de este local son muy dados a este tipo de comentarios y les gusta jactarse de relaciones imposibles, aunque a mí no me gustan estas cosas. Le sigo la corriente y él piensa que ha dado en el clavo con mi relación con Carmen. Personalmente la encuentro atractiva, sobre todo porque la conozco y las personas las vamos viendo más bellas a medida que las conocemos, pero yo no voy de ese palo. La inspectora tiene novio y yo no me inmiscuiré en la relación de ellos. Además, hay un dicho que reza: «Donde comas la olla no metas la polla.»

Casi estoy terminando de comer cuando suena el teléfono móvil.

Es Carmen.

—Dime, guapa.

—Hay novedades —me dice con voz asustada.

—¿Dónde estás?

—En mi piso. ¿Puedes venir?

—Estoy terminando de comer en el Rincón del Gato —le digo—. En unos minutos estoy contigo. ¿Es grave?

—Bastante —asevera.

—¿Lo ves? —dice Martín desde la barra—. ¡Ella va a por todas!

No tengo tiempo de explicarle que hay cosas más importantes que resolver y que la llamada de Carmen no es para echar un polvo, sino por asuntos de trabajo, pero me callo y le pido la cuenta.

—¡Suerte! —me dice cuando salgo del local.

Carmen vive en un piso de alquiler a las afueras de Santa Margarita. Podía haber encontrado uno en el centro, pero prefirió irse al barrio de la Trinidad. Nunca me ha dicho el porqué. Su novio aún no ha estado aquí y es ella la que suele irse, siempre que puede, a verlo a su plantilla de destino.

Aparco mi coche en unos jardines que hay detrás de su bloque y subo las cuatro plantas, sin ascensor, hasta llegar a su puerta. Está abierta...

—¡Carmen! —grito desde la puerta—. ¡Carmen!

—¡Pasa, Simón! —oigo desde el interior.

La inspectora está en la cocina.

—¿Café? —me pregunta mientras saca una botella de leche de la nevera.

—Sí, gracias. ¿Esperabas a alguien? —pregunto.

—A ti. ¿Por qué?

—Por nada. Como tienes la puerta del piso abierta —le digo.

—Por eso, porque sabía que venías.

Carmen me ha llamado para decirme que había problemas. He venido todo lo rápido que he podido, incluso he cogido el coche para llegar antes. Textualmente me ha dicho que había novedades y cuando le he preguntado si era grave, me ha respondido que bastante. Sin embargo, ahora parece que no ocurre nada y está aquí, tan tranquila, preparando café. A ver si Martín tenía razón y solo me ha hecho venir para echar un polvo.

—¿Te ha llegado el resultado de la analítica de Vanessa? —me pregunta mientras me acerca el azucarero para que me sirva.

—Sí, esta mañana —respondo—. Está claro que ha sido asesinada —le digo.

—Eso es verdad —ratifica—. Además del veneno en la sangre, he encontrado otra cosa que quizá nos diga quién la asesinó.

—¿Otra cosa? —pregunto intrigado, mientras me echo dos azucarillos en el café.

—Sí —afirma Carmen—. A pesar de que el asesino limpió el conducto anal con agua y luego aplicó un espermicida para matar los espermatozoides, he podido rescatar una muestra de semen de su pelo.

—¿De su pelo?

—Sí, te parecerá raro, pero el criminal limpió el

ano, las uñas de las manos, la sangre de la cara y hasta enjabonó las piernas a Vanessa para que no quedaran restos de su asesino, sin embargo no pensó en el pelo. Curioso, ¿verdad? A través de un peinado conciezudo de su cabello, he podido sacar una muestra seca de semen que servirá para identificar al autor.

—¿Por qué hablas en singular? Podían ser varios autores.

—No, ya he descartado esa posibilidad —asevera Carmen mientras se echa un poco de leche en la taza de café—. Solo ha podido ser uno el autor del crimen, porque solamente una persona fue necesaria para ello...

—Ahora sí que no te entiendo. ¿Qué quieres decir? —le pregunto.

—Eso me lo explicó un profesor en la academia de policía —argumenta—. Puede parecer una tontería a simple vista, pero cuando lo oigas te parecerá lógico.

—Y bien...

—Pues que para cometer un delito, ya sea un robo o un asesinato, habrá tantos autores como sean necesarios. Así, de esta forma, si para robar una caja fuerte se necesitaran tres personas, pues el investigador tendrá que partir de la base de que los autores del robo son tres —asienta Carmen mientras sus ojos se iluminan—. Ya sé que es difícil de creer y hasta te puede parecer una teoría infantil y con poco fundamento, pero la idea es que un crimen que requiera la participación de dos personas significa que no puede haber sido cometido por un solo autor.

—¡Ya! Entiendo —le digo—. Pero eso tiene sentido de menos a más, ¿pero al revés? —pregunto buscando comprender lo que me quiere decir la inspectora.

—Pues es una base para empezar. Yo parto de la idea de que el autor del asesinato de Vanessa solamente fue uno, porque solo hizo falta uno para matarla. En el caso de ser necesario dos, hubieran sido dos. ¿Lo entiendes?

Las suposiciones de Carmen me parecían absurdas, pero no dejaban de tener un punto gracioso. Pero después de todo era un buen soporte sobre el que sujetar la investigación del crimen. A partir de ahora pensaría que el autor fue uno y que no la mató en el calabozo, sino que vino envenenada de la calle, lo cual amplía el abanico de sospechosos hasta el infinito. Cualquiera la pudo envenenar. Además, el resultado de la prueba de ADN que podríamos hacer al semen hallado en su pelo no serían vinculantes con el asesino; ningún juez del mundo la aceptaría como prueba acusatoria contra nadie. Con lo cual podíamos tener varias personas con las que Vanessa estuvo la noche del viernes y ninguno de ellos tuvo por qué matarla. Lo que no encajaba en toda la historia era la desaparición momentánea de la cinta de vídeo, que no pude seguir viendo y que seguramente estaría borrada, y el doctor falso que diagnosticó la muerte natural. El que estuvo en la sala de proyecciones tuvo que ser un policía: nadie podía pasar desapercibido en el interior de la comisaría. Así que, seguramente, teníamos un asesino y varios colaboradores y encubridores.

—¿Y por qué estaría el semen en el pelo? —pregunto a Carmen.

—Pues porque el último que estuvo con ella no usó preservativo —responde.

—¿Y eso qué tiene que ver? No te entiendo...

—Simón, a veces pareces tonto —me dice mientras sorbo el delicioso café que me ha preparado, para ver si me despierto.

—¡Qué se corrió encima de ella! —exclama—. ¿Lo quieres más claro?

—Perdona —me excuso—. Estoy dormido.

—No te preocupes. ¿Quieres repasar lo que tenemos hasta ahora?

—De acuerdo —asiento—. Eso me ayudará a mantenerme despierto.

—Bueno, pues a las ocho y media de la tarde, una dotación de policía identifica a una prostituta que espera a un cliente en la esquina de la calle Avellaneda. ¿Es así?

—Sí. Los policías comparecieron en la Inspección de Guardia de la comisaría y le leyeron los derechos al transexual por un delito de tráfico de drogas y otro por infracción de la Ley de Extranjería —anoto—. Aunque el tema de las drogas lo cogieron con pinzas, ya que una papelina de coca es muy poca cantidad para detener a nadie.

La expresión «coger con pinzas» era muy típica de los policías y hacía referencia a las detenciones excesivamente rebuscadas.

—Bien —asiente Carmen—. A las nueve la ingresaron en el calabozo, ¿cierto?

—Cierto —confirmo.

—¿Pidió ser visitada por un médico?

—Pues..., no lo recuerdo —declaro.

Todo policía sabe que la asistencia del médico es requisito indispensable de la lectura de derechos, por lo que el oficial de guardia tuvo que ofrecer a la detenida la visita a un centro hospitalario.

—Creo que lo rechazó —digo finalmente, sin estar seguro.

—¿Lo rechazó? —pregunta Carmen—. Cómo no iba a querer visitar al médico si el veneno se la estaba comiendo por dentro —argumenta la inspectora—. Lo normal es que quisiera ir al hospital, ¿no?

—Pues no había pensado en eso, pero de todas formas miraré la copia de la lectura de los derechos y ya te diré qué escogió.

—Ok. También es importante saber quién fue la primera persona que encontró el cuerpo en la celda y por qué fue a ver a la detenida —dice Carmen, mientras pone un poco más de café en la vitrocerámica.

—¿Y eso qué importancia tiene? —pregunto otra vez, sin entender las exégesis de Carmen.

—La tiene... Y mucho —afirma—. El cuerpo fue hallado a las nueve y cuarto de la noche, justo quince minutos después de ser ingresada en la celda. ¿No te has preguntado por qué fue el oficial de guardia hasta la celda de Vanessa, cuando eso es algo que le corresponde al responsable del calabozo?

—Sí que es extraño, pero supongo que a lo mejor faltaba la firma de los derechos o algún dato de la filiación de la detenida o...

—Con suposiciones no vas a averiguar nada —me interrumpe la inspectora—. Es mejor trabajar sobre datos concretos y comprobados.

—¡Vaya! —exclamo—. Me lo dice la persona que afirma que el asesino es solo uno, basándose para ello en la ley del mínimo esfuerzo aplicada a la criminalística.

—Bien, sigo —dice Carmen, ignorando mi comentario sarcástico—. Entonces el oficial de la Inspección de Guardia fue el primero en ver a la chica y corrió por el pasillo porque la puerta del calabozo estaba cerrada, ¿con llave? —pregunta.

—¿No has ido nunca a los calabozos? —le pregunto yo a la inspectora.

—Sí, pero no he reparado en saber cómo cierran las puertas —se defiende.

—Pues ya te lo explico yo —le digo con tono socarrón—. Las puertas son de hierro y cierran con dos cerrojos tipo tranca, que pasan por en medio de dos bridas de acero. Al final de cada pestillo hay un clavo con una cadena para asegurar que no se abran por error.

—Creo recordar que me explicaste que el oficial gritaba desesperado, preguntando dónde estaba la llave para abrir la puerta. ¿No dices que no hay cerradura? —pregunta Carmen.

—¡Es verdad! No había pensado en eso. ¿Para qué quería la llave? —cuestiono mientras bebo un poco de agua. El sueño y tanto hablar me han secado la boca.

—Otra pregunta más para el rompecabezas —dice Carmen.

—¿Otra? ¿Cuál era la primera?

—Anda, Simón, ve a tu casa a dormir —aconseja la inspectora—. Ya no coordinas. La primera pregunta era saber por qué no llevaron a la chica al médico si se encontraba mal.

—Sí, y además tengo otras más —le digo—. Como el médico que no existe, el mordisco, las seis horas que tardó el furgón en llegar al tanatorio, la desaparición de la cinta de vídeo...

—¿Qué cinta? —me interrumpe Carmen.

—¡Ah! Es verdad, no te había dicho nada. He pedido al encargado de seguridad de la comisaría que me entregara la cinta que graban las cámaras, para ver lo que ocurrió en el calabozo antes de morir Vanessa. Ha ocurrido algo muy extraño...

—Chico, me lo has de contar todo —me recrimina Carmen.

—Eso hago, lo que pasa es que son muchas cosas para contar de una sola vez. Pues bien, como te decía, me he puesto a visionar la cinta en la sala de proyecciones de la última planta y he visto cómo alguien tapaba la cámara con un trapo o con un pañuelo, no sé. El caso es que llevaba una alianza en el dedo anular de la mano derecha. Me he puesto tan nervioso que he pensado en ir a la máquina de café y sacar una taza para seguir viendo la grabación.

—Si estás nervioso... ¿para qué tomas más café? —me pregunta Carmen.

—Tienes razón, pero el caso es que cuando he vuelto para seguir visionando la cinta, esta no estaba en el proyector.

—¡Vaya! Eso implica la participación de varias personas. Puede que haya un asesino y cómplices, colaboradores, encubridores...

—Lo mejor es que me lo digas tú, basándote en tu teoría de la connivencia. ¿Cuántas personas hacen falta para asesinar a un transexual, ocultar su cuerpo durante seis horas, limpiarlo y esconder o manipular las pruebas que incriminen al autor?

—Lo tomaré como una broma —dice Carmen, visiblemente molesta por mi comentario poco apropiado—. Pero supongo que harían falta tres personas y al menos uno ha de ser de los nuestros.

—¿De los nuestros? Quieres decir un policía...

—Sí, seguramente hay un policía implicado. ¿Quién crees que pudo esconder la cinta de vídeo?

—Bueno, no te lo he contado todo. Recorrí la comisaría en busca de alguien y cuando llegué al despacho del inspector Fregolas, lo vi sentado en su silla.

—¿Fregolas? ¿En domingo? ¿De vacaciones?

—¡Vale! ¡vale! Yo también me hice la misma pregunta —digo para que Carmen deje de reírse de mí—. Pero el caso es que estuvimos hablando un buen rato y creo que no tiene nada que ver con la muerte de Vanessa, pero el comisario le ha encomendado una investigación paralela para aclarar lo sucedido.

—Bueno, lo dejamos por hoy —me aconseja Carmen—. Te veo muy cansado.

—Sí. Lo estoy —asiento.

Me marcho a mi piso a echarme un rato en la cama. No hay nada como una buena y reparadora siesta para recuperar fuerzas.

21.00

Me despierto descansado. Miro el reloj de la mesita. Anochece o amanece. No lo sé. Son las nueve. Recuerdo que he estado en el piso de Carmen y que hemos tomado bastante café. La cinta de vídeo desapareció unos minutos y después no seguí visionándola, creyendo que la habían borrado.

Vuelvo a la comisaría.

El agente que está en seguridad me saluda con un: «Buenas noches, inspector.»

Subo hasta mi despacho. La cinta está en el tercer cajón de mi mesa, donde están los asuntos pendientes de resolver.

La cojo.

Me voy a casa con ella. En mi piso la podré visionar con más calma, sin interrupciones, sin desapariciones misteriosas. El agente de seguridad me despide con un: «Hasta mañana inspector.»

21.50

Cuando faltan diez minutos para las diez de la noche me siento en el cómodo sofá de casa y me dispongo a terminar de ver la cinta de seguridad del viernes quince de julio. Avanzo el vídeo hasta el momento en que una mano misteriosa tapa la cámara de los calabozos. Solo hay una cámara y está situada justo encima del marco de la puerta de entrada. Hasta el momento la cinta está igual a como la vi ayer antes de que desapareciera del proyector de la tercera planta. Pulso el botón de avance rápido y sigo viendo la misma imagen negra en el recuadro inferior derecho, el que corresponde a la grabación de los calabozos. En el recuadro inferior izquierdo se observa el vestíbulo principal y el encargado de seguridad sentado en su silla, delante del mostrador de la entrada. Sigo avanzando la cinta y veo salir del garaje el coche patrulla con los dos agentes que han participado en la detención de Vanessa. Bueno, los policías no los veo, pero es el mismo coche. No es mucho, pero el agente de seguridad de la comisaría ya lo puedo descartar de la investigación, porque durante el rato que está tapada la cámara, él permanece en su puesto.

Se destapa la cámara.

No sé qué hora es, porque no tiene ninguna indicación y el cambio de cinta por las mañanas no es exacto, así que la hora del vídeo no me sirve como referencia. Pero alguien ha estirado del trapo que tapaba la cámara de seguridad y se observa el calabozo. Entra el oficial de guardia y se asoma a la mirilla de la celda de Vanessa. Apenas han pasado unos minutos, pero bien podría ser él quien ha quitado el obstáculo que impedía el visionado de todo el calabozo. No lo sé, pero lo anoto como posible sospechoso. Lo último que se ve es al oficial como sale corriendo despavorido de la puerta de la celda del transexual. En la siguiente imagen se me ve a mí entrar en el vestíbulo y conversar con el oficial de la Inspección de Guardia, el responsable de seguridad y el encargado de la custodia de detenidos y recuerdo cómo hablamos acerca de las llaves para abrir la puerta.

Detengo la cinta.

«Las celdas no se abren con llave», recuerdo entre bostezos.

En la siguiente imagen se ve cómo entramos los cuatro al calabozo y se abre la puerta de la celda, pero nadie introduce ninguna llave, entonces, «¿para qué las quería el oficial?», me pregunto, mientras echo la imagen hacia atrás y hacia adelante varias veces, intentando ver qué hace con la llave que lleva en la mano el responsable de los calabozos.

¡Un momento! ¿Qué es esto? En el recuadro inferior izquierdo, donde se visiona la grabación del vestíbulo principal, se ve cómo alguien sale de la comisaría.

Detengo la imagen.

Rebobino hacia atrás. Vuelvo a mirar. Justo en el momento en que los agentes están en el calabozo, una figura pasa por delante de la cámara del vestíbulo. Lo veo de espaldas, no lo puedo distinguir bien. Pero... ¿quién es?

Entra el médico por la puerta principal. Saluda al encargado de seguridad que acaba de regresar del calabozo y estrecha la mano del oficial, que sale a su paso. Le acompaña hasta el calabozo y aparecen, junto con el responsable de las celdas, para ver el cuerpo sin vida de Vanessa. El médico me es muy familiar; ahora que lo veo en la cinta, tengo la sensación de conocerlo. Tiene el pelo blanco y el bigote también y a pesar de semejar una persona mayor y lucir unas enormes arrugas, camina con paso decisivo. Yo no lo vi y tampoco recuerdo qué estaba haciendo o dónde me encontraba yo cuando entró el médico, pero seguramente estaría en mi despacho repasando las diligencias. «¿Hablé con él?», me pregunto dándome cuenta de que en apenas cuarenta y ocho horas he olvidado los detalles pequeños del crimen. No hay ninguna imagen donde yo salga hablando con el médico. Ninguna. Pero creo recordar que sí que hablé con él.

Rebobino la imagen hacia atrás y hacia adelante, varias veces, y detengo el vídeo para ver al médico con minuciosidad. Creo que el pelo y el bigote son falsos.

Sea quien sea... iba disfrazado.

Me quedo dormido delante de la televisión.

7

Está mirando la cinta de vídeo de la noche del viernes...

No puedo dejar que me vea. No puedo permitir que el inspector sepa quién es el asesino de Vanessa. Avanza la cinta, la para, retrocede, vuelve a avanzar... ¡ha visto mi mano!

Espero un momento...

Se levanta y sale hasta el pasillo. Baja por las escaleras. Saco la cinta del reproductor y la guardo en uno de los cajones de la habitación. No la encontrará...

Tengo miedo...

Estoy seguro de que no dejé nada al azar. No hay ninguna prueba que pueda culparme. Me escondo. Ha llegado otro inspector... Ernesto Fregolas.

Cuando se vaya, y pueda..., volveré a dejar la cinta en su sitio. Todo está bien.

8

Lunes, 18 de julio
09.00

Son las nueve de la mañana cuando me reúno con Ernesto Fregolas, el inspector de Documentación y Extranjería, en su despacho de comisaría, para avanzarle algo de mi investigación interna para el esclarecimiento del crimen del calabozo, como lo empezamos a llamar entre nosotros. A las doce tenemos que personarnos en el tanatorio municipal para que el forense informe del resultado de la autopsia y conviene tener claros algunos aspectos del asesinato, ya que a estas alturas sabemos, de sobra, que Vanessa fue asesinada. Ella sola se podía haber suicidado inyectándose el veneno de serpiente de mar, pero lo que no pudo hacer, en ningún caso, es arrancarse los dientes y lavarse después de morir desangrada por dentro.

—Buenos días, Simón —me dice un trajeado Ernesto—. ¿Cómo estás?

—Bien —respondo—. Ayer por fin descansé. Me

eché a dormir por la tarde una enorme siesta y luego por la noche continué con la modorra hasta las ocho de la mañana, en que me he despertado sin una pizca de cansancio.

—Eso está bien. ¿Has avanzado algo en la investigación del crimen? —pregunta mientras cierra la puerta de su despacho para asegurarse de que nadie nos oye.

—Poco —contesto enseguida para que no piense que le oculto pruebas—. Sé que el asesino solo fue uno y que lleva, o llevaba, la noche del viernes, una alianza en el dedo anular de la mano derecha. También he averiguado que no es ninguno de los agentes que estuvieron ese día de servicio, sino que es alguien de fuera, aunque no descarto que sea policía.

—¡Vaya! —exclama Ernesto—. Has hecho los deberes, de verdad. Ya me contarás en que te basas para corroborar lo que dices o si son simples conjeturas. Yo también he averiguado algo —dice sacando una foto de una carpeta que hay encima de la mesa—. ¿Es este? —pregunta señalando a una de las tres personas que están en la instantánea y que toman café sentadas en la terraza de un bar.

—¡Dios mío! ¡Es el falso médico! —grito al ver la imagen.

—¿Estás seguro? —me pregunta Ernesto volviendo a señalar la foto.

—Segurísimo —ratifico mientras estudio con detenimiento la imagen. El falso médico está sentado en una mesa redonda de plástico, de esas que hay en las terrazas de los bares. Junto a él hay dos personas más: una mayor, de unos sesenta años, que no conozco, y otra mirando a la cámara y de la cual me suena mucho su cara.

—¡Cielo Santo! ¡Es Carlos Salinas, el inspector de Seguridad Ciudadana! —voceo mientras Ernesto se ríe a carcajada limpia—. Vale —digo rojo de ira—, todo esto ha sido una broma, ¿verdad?

—Nada de eso, Simón —me tranquiliza Ernesto—. El transexual fue asesinado en los calabozos de la comisaría. Eso es tan cierto como que tú y yo estamos hablando ahora mismo en mi despacho. Pero el que has señalado con el dedo es Carlos Salinas, el inspector de Seguridad Ciudadana, como muy bien has dicho. A su lado está un amigo de los dos: José Sato, un vecino de Santa Margarita y que Carlos y yo conocemos desde pequeños.

—Pero el falso médico está sentado en la mesa con ellos —exclamo, sin entender la broma.

—No es la persona que tú crees —me dice Ernesto entre risas—. Míralo bien. ¿Lo conoces ahora?

—¡Hostia! Pero si eres tú —afirmo al ver que se trata del inspector Ernesto—. ¿Mataste tú a Vanessa? —le pregunto, al mismo tiempo que me acerco a la puerta del despacho para salir huyendo si hiciera falta.

—¡Calla hombre! —exclama—. ¡No la maté yo! Ni siquiera vine a diagnosticar la supuesta muerte natural. El médico que se presentó en comisaría la noche del viernes iba disfrazado. Fuese quien fuese llevaba una peluca blanca, un bigote postizo y lentillas de color azul. Lo que no me explico es cómo nadie se dio cuenta de que era un disfraz —pregunta el inspector de Extranjería.

—¿Y cómo sabes tú que era un disfraz? —pregunto sin comprender nada de lo que Ernesto quiere decirme.

—Porque el domingo por la tarde, es decir, ayer, vino a comisaría un trabajador del Ayuntamiento y nos dijo que el viernes por la noche vio una persona que se desprendía de una peluca, según sus propias palabras, y la arrojaba a un contenedor de basura del Parque Central. Casualmente estaba aquí Carlos Salinas, el inspector de Seguridad Ciudadana, y me llamó para comentármelo, por si tenía que ver eso con algo relacionado con unos inmigrantes nigerianos que se disfrazan para cometer hurtos por la zona del parque. El empleado se presentó en el despacho del inspector de Seguridad Ciudadana, con una bolsa de basura negra conteniendo una peluca blanca, un bigote también blanco y una lentilla, ya que la otra no se ha encontrado. No tardé en relacionarlo con lo que me dijiste del falso médico y junto con Carlos, y un amigo común, nos hicimos la foto para tontear un poco y quitarle hierro al asunto de la investigación. Tienes que relajarte Simón —me dice finalmente Ernesto, mientras saca del cajón de su mesa la peluca, el bigote y una lentilla.

—Vale, de acuerdo —le digo—. Entonces Carlos también está al corriente de todo.

—Así es —dice Ernesto—. Le he contado todo lo que tenemos hasta ahora y me ha dicho que nos ayudará en lo que pueda para encontrar al asesino.

—Sí, pero el hombre de la peluca no tiene por qué ser necesariamente el asesino de Vanessa, puede solamente ser un colaborador o un cómplice —alego.

—Ya lo sé, pero de momento sabemos que esa persona existe y que es alguien conocido, si no... ¿para qué se iba a disfrazar?

—Pues se arriesgó mucho viniendo a la comisaría

el viernes por la noche. Podíamos haberlo descubierto —manifiesto.

—Lo importante era quitarse el cadáver de encima
—argumenta Ernesto—. Si se hubiera diagnosticado
el asesinato, el cuerpo no hubiera sido trasladado al
tanatorio municipal, sino que hubieran tenido que sacar al juez de guardia de la cama para que levantara el
cadáver, con la consiguiente publicidad negativa que
eso hubiera supuesto para la comisaría en particular y
para la policía en general.

—Entonces insinúas que el falso médico era alguien de dentro —opino.

—Solo digo que el falso médico, como le llamas tú,
es lo de menos. Podía haber sido un policía que no quisiera que el asesinato del transexual saliera a la luz, solo
eso. No te obceques con él. Busca al asesino. ¿Café?
—me pregunta metiendo la peluca, el bigote y la lentilla en el mismo cajón de donde los había sacado.

—Sí, gracias.

Ernesto dice la verdad. Puede que el autor solo
fuese una persona. Que el falso médico fuera alguien
de la comisaría que quisiera evitar un diagnóstico de
asesinato en el calabozo y que las seis horas que tardó
en llegar el furgón de la morgue al tanatorio solamente sea un azar del destino y que no tenga nada que ver
con el crimen. Pero en ese caso... ¿quién limpió el cadáver y por qué? Todavía quedaban un montón de
preguntas y no sabríamos las respuestas hasta que el
forense terminara la autopsia.

—Hay otra cosa más —me dice Ernesto antes de

acompañarme hasta la máquina de café del vestíbulo—. Vanessa tenía un amante secreto —afirma, con la misma contundencia que un juez dicta sentencia.

—¿Un amante? —pregunto confuso—. Si era una puta tendría muchos amantes —argumento.

—¡No! Me refiero a otro tipo de persona, alguien importante —asevera.

—¿Y cómo sabes eso? —cuestiono intrigado.

—Bueno —chasquea los labios—. He llamado a Fermín, el dueño del Caprichos, y me ha dicho que una persona pudiente sacaba a Vanessa del puticlub un par de noches a la semana y tras pagar una importante suma...

—¿Y Fermín no sabe quién es esa persona? —cuestiono receloso.

—No creo. Me lo hubiera dicho —afirma Ernesto.

—Y entonces... ¿cómo sabe que es una persona rica? —pregunto.

—Porque Fermín me ha dicho que pagaba cuatro veces más de lo estipulado, para que Vanessa dejara el puticlub a las ocho de la tarde y se fuera con el extraño amante —argumenta Ernesto, mientras aprieta el botón del ascensor que nos llevará al vestíbulo principal.

—¿Y cómo le hacía llegar el dinero a Fermín? —vuelvo a preguntar, tirando de la lengua del inspector de Extranjería que me está dando la información por fascículos.

—Eso no lo sé, pero supongo que a través de Vanessa o de otra chica —arguye Ernesto—, no conozco el sistema de pago de un puticlub.

Un profesor, que daba clases en la academia de policía, explicaba que para saber quién es el asesino de alguien, debíamos conocer a fondo a la víctima. «A través de ella llegaremos a su *matador*», decía riéndose. Pero la verdad es que no le faltaba razón y estaba claro que entre Vanessa y su asesino había un vínculo sentimental o sexual. Que más da, el caso es que se conocían y existía una conexión entre los dos.

—Tienes que dejarme el expediente del transexual —le digo a Ernesto mientras se abren las puertas del ascensor.

—Ya te he dicho todo lo que sé de ella —replica enojado.

—¡Ya! Pero si voy a realizar una investigación exhaustiva de un crimen, necesito conocer todo sobre la víctima. A través de ella llegaré al asesino —le digo parafraseando al profesor que tuve en la academia.

—Después de tomar café subimos a mi despacho y te dejo el expediente de Vanessa. ¿Solo normal o solo largo? —pregunta introduciendo una moneda en la máquina.

Ernesto me ha dicho que el amante de Vanessa la sacaba del puticlub a las ocho de la noche. Por lo que yo sabía del Caprichos, era un garito que abría sus puertas a las seis de la tarde y que cerraba a las cuatro de la mañana, el permiso de apertura no le permitía tener las puertas abiertas pasadas esas horas, pero la policía hacía la vista gorda y el puticlub no cerraba antes de las siete.

—¿Has reparado en la coincidencia de las horas? —le digo a Ernesto, que está terminando de sacar un cortado de la máquina.

—¿Qué?

—¡Ah! Perdona —le digo—, estaba pensando y te he hecho partícipe de mis razonamientos internos. Pues nada, que me acabo de dar cuenta de las coincidencias de las horas. Vanessa fue detenida a las ocho y media de la tarde en la calle Avellaneda, y tú me has dicho que su amante la sacaba a las ocho del puticlub...

—Bueno —me interrumpe Ernesto—. Es una hora aproximada.

—¡Ya! Pero el hecho de que ella saliera a las ocho del Caprichos y que fuera detenida a las ocho y media en la calle, supone que estaba esperando a su amante, ¿verdad?

—Verdad —replica Ernesto—. Entonces la patrulla la detuvo justo antes de que llegara su desconocido galán...

—Ahí voy yo, el amante tuvo que ver cómo la dotación policial la metía en el coche y se la llevaban de allí.

—Sí, pero ella ya estaba muerta porque el veneno de la serpiente corría por su sangre —apunta Ernesto.

—¡Claro! —exclamo—. Seguramente se había inyectado la cocaína mezclada con el veneno.

—Entonces su amante no es quien la mató —opina Ernesto.

—Me está empezando a doler la cabeza con todas estas exégesis —afirmo—. Lo mejor será terminar el café e ir al tanatorio para saber qué resultados ha extraído el forense del cadáver.

—¿Quieres el informe? —me pregunta Ernesto.

—¿Qué informe?

—El de Vanessa, habíamos quedado que te lo entregaría.

—Gracias. Ya no me acordaba.

A las doce menos cinco llegamos al tanatorio municipal. Hemos ido con el coche de Ernesto. En la puerta nos espera Carlos Salinas, el inspector de Seguridad Ciudadana. Carlos debe de tener unos cuarenta y cinco años, bien plantado y siempre viste traje. Luce una prominente calva, pero que al llevarla siempre bien rapada le hace parecer más joven. De los tres, yo soy el peor vestido, ya que me presento en el tanatorio con unos pantalones vaqueros, camisa a cuadros azules y calzado deportivo.

—Buenos días —dice el inspector de Seguridad Ciudadana, mientras cierra con el mando a distancia su enorme coche. Los cuatro intermitentes se encienden y se apagan un par de veces.

—Buenos días —saludamos los dos a la vez, Ernesto y yo.

—¿Cómo estás, Simón? —me pregunta Carlos Salinas, colocándose bien el nudo de la corbata.

—¡Bien! —respondo—. Ya sé que Ernesto te ha informado del asunto.

—Normal —dice Carlos—. Como jefe de Seguridad Ciudadana tengo que estar enterado de todo lo que ocurre en comisaría.

Es verdad, Carlos Salinas era el jefe de todos los uniformados de la policía de Santa Margarita. Eso quiere decir que los agentes que detuvieron a Vanessa, el oficial de guardia y los responsables de Seguridad y Calabozos, están bajo su mando. Por lo tanto, y teniendo en cuenta que se estaba investigando un crimen cometido en las dependencias policiales y bajo la custodia de agentes de uniforme, era lógico que Carlos estuviera al corriente de todo.

—¡Vamos! —brama Ernesto—. El forense nos espera a las doce y llevamos unos minutos de retraso.

El tanatorio municipal de Santa Margarita es increíblemente lujoso, a pesar de que la ciudad es pequeña y no tiene suficientes habitantes como para constituirse en una capital próspera. Es una provincia extensa y la mayoría de las autopsias y velatorios se realizan aquí, por lo que el tanatorio cuenta con unas excelentes dependencias, grandes y bien acondicionadas.

Los tres entramos por la puerta principal y recorremos un largo pasillo, de cuatro salas, donde en dos de ellas hay familiares velando a sus muertos. La población envejece a pasos agigantados y casi mueren más personas de las que nacen; lacra que afecta los países civilizados, donde el ritmo de vida dificulta criar niños.

Al final, y tras atravesar una pequeña puerta de madera, que se esconde detrás de unas cortinas, accedemos a la sala donde están las neveras. Solamente hay dos, pero en caso de necesitar más, se utilizan unas viejas que hay en una habitación contigua y que normalmente están cerradas. El forense nos espera en la primera sala sosteniendo una carpeta debajo del brazo, lo que le hace parecer más un abogado que un médico.

—Buenos días, señores —saluda—. ¿Son ustedes los agentes de comisaría?

—Sí, buenos días —contesta Ernesto, que se ha erigido en la voz cantante de los tres—. Venimos a comprobar los avances de la autopsia del transexual. ¿Ha terminado?

—Así es. He terminado hace unos minutos —responde—. Había mucho trabajo que hacer y muchas cosas que mirar. Si quieren seguirme —nos indica con un gesto de la mano, mientras se cambia la carpeta de brazo.

Andamos detrás del forense y, atravesamos la segunda habitación y entramos en una especie de quirófano con las paredes de yeso desconchado y en cuyo centro hay una camilla de hospital y encima de ella el cuerpo desnudo de Vanessa. Las cicatrices cruzan cada una de las partes de su excelente figura. Su rostro está irreconocible.

—¿Han visto alguna vez una autopsia? —nos pregunta el forense, mientras deja la carpeta encima de una silla y se quita la chaqueta y la coloca cuidadosamente en el respaldo.

Carlos y yo asentimos con la cabeza, mientras que Ernesto dice:

—¡Seguramente no habré visto tantas como usted, pero ya llevo unas cuantas!

La respuesta del inspector de Documentación y Extranjería la encuentro de lo más pedante. Ver casi tantas autopsias como un médico forense es mucho decir, pero bueno, casi se podía tomar como una broma por parte de Ernesto.

—¡Bien! —exclama el forense—. Les voy a explicar lo que he averiguado. No hace falta que tomen notas, ya que todo lo reflejo en mi informe —dice al ver cómo saco una libreta pequeña y un bolígrafo.

Carlos y Ernesto se ríen.

Después de la broma de Ernesto, cuando se disfrazó junto con Carlos y un amigo de ellos y fingieron ser el falso médico que diagnosticó la muerte natural de Vanessa, me di cuenta de que el humor de los lugareños de Santa Margarita es muy especial. Demasiado especial. Tanto los inspectores como los policías solían gastar unas irrespetuosas bromas, nada graciosas, y eso también era habitual entre el resto de la población. Yo, por mi parte, venía de Cataluña, y allí el humor era más conservador y más considerado hacia los demás. Más deferente.

—¡Aquí! —dice el forense señalando la boca del cadáver, mientras la sostiene abierta con los dos dedos—, se observa como han sido arrancados los incisivos y los caninos.

La boca del transexual ofrece un aspecto deplorable, casi siniestro. Carlos y Ernesto parecen más acostumbrados que yo. Supongo que los años de servicio te endurecen, pero yo aún tengo que ver muchos cadáveres para habituarme a ellos.

—El autor ha utilizado unos alicates... —afirma el forense, sin soltar la boca de Vanessa.

—¿Cómo lo sabe doctor? —pregunta Carlos, interrumpiendo las explicaciones del forense.

—Porque al hacerlo ha dañado la encía que rodea los dientes y las marcas son de unos alicates de pelar cables eléctricos —responde mientras se pone unos guantes de goma en las manos—. Ve —indica abriendo la boca de Vanessa—, aquí, aquí y aquí también —dice señalando unas marcas rayadas en la boca.

—No es mucho —argumenta Ernesto—. Pero podemos buscar la herramienta que usó el asesino.

—¿Cómo sabes que el asesino es quién le arrancó los dientes? —pregunta Carlos.

—Ya lo hablaremos más tarde —replico yo, viendo venir que íbamos a interrumpir constantemente al forense con nuestras preguntas sobre si la mató uno y otro ocultó las pruebas o fue al revés.

—Bueno, me pueden interrumpir tantas veces como quieran y hacerme las preguntas que crean oportunas —advierte el forense en un espíritu colaborador.

—Lo que está claro es que el que le quitó los incisivos y los caninos lo hizo para evitar que se identificara al autor del asesinato —sugiere Carlos.

—Eso ya lo pensamos Ernesto y yo —le digo—. Lo más lógico es que Vanessa hubiera mordido a su asesino, seguramente para defenderse, y que este le hubiera quitado los dientes para evitar identificar las marcas del mordisco.

—Pero eso no tiene sentido —replica el forense, participando de la investigación.

Los tres paramos de hablar y volvemos la mirada hacia él, esperando las explicaciones del motivo por el que no tiene sentido.

—Bueno, el cadáver presenta signos de haberse operado la mandíbula. El hoyuelo —dice mientras señala su barbilla— es fruto de una operación.

—¡Vaya! No sabía yo que eso se pudiera operar también —profiere Ernesto—, pero ¿qué tiene que ver con la extracción de sus dientes? —pregunta.

—Pues que una operación de ese tipo no se puede hacer sin una radiografía de toda la boca, lo que los dentistas llaman una panorámica bucal —advierte el forense.

—Ya entiendo —dice Carlos—. Quiere decir que en algún dentista o centro médico tiene que haber una radiografía panorámica de la boca de Vanessa y que con ella se podía identificar igualmente las marcas de la dentellada.

—Así es —ratifica el forense—. Si el autor de la extracción dental quería evitar ser reconocido por el bocado del transexual, se ha equivocado de lleno, ya que hallando las radiografías que se hizo en su día se podrían cotejar igualmente con el mordisco de su asesino.

—Pero a lo mejor no existe esa radiografía —pregunto.

—Seguro que sí —contradice el forense—. Los dentistas tienen la obligación de guardar las radiografías de sus pacientes. Forman parte del historial clínico. Además, una radiografía de la boca es una estupenda huella digital y los médicos las usan mucho para el reconocimiento de cadáveres en el caso de accidentes de aviación, por ejemplo.

—Pues ya tenemos dos sitios por dónde empezar —clama Carlos—. Buscar por los centros odontológicos de Santa Margarita para ver dónde se hizo la panorámica bucal y, más sencillo, dónde se operó el hoyuelo de la barbilla.

—Bueno —interrumpe el forense—. No tenemos todo el día, ¿saben? —dice en tono irónico—. Y me gustaría acabar de explicarles el informe de la autopsia. ¡Bien! —exclama al ver que los tres callamos, para seguir escuchando sus comentarios tan detallados de la necropsia—. He hecho, como cabía esperar, una exploración rectal de la víctima...

—Fue violado..., violada, ¿verdad? —pregunta Carlos ajustando el nudo de su corbata.

—No exactamente —replica el forense—. Más

que una violación fue una relación consentida. He encontrado restos de lubricante soluble al agua en el interior de su ano y en sus uñas, lo cual indica que ella misma se aplicó la crema antes de ser penetrada.

—Entonces también habrá hallado restos de semen —indica Carlos, que no sabe nada de la autopsia paralela de la inspectora Carmen.

—Pues no en el ano —comenta—. Pero sí en su pelo.

—¡Vaya! —exclama Ernesto—. El violador se corrió fuera, ¿verdad?

—Sí —ratifica el forense—. Además, no hay signos de violencia...

—Lo que abre dos posibilidades más —afirmo—. Una, que el que se lo folló y el asesino fueran dos personas distintas, y la otra, que el asesino fuera el amante y la matase después de acostarse con ella.

—En ese caso se esparcen los caminos de la investigación —dice Ernesto—, al no haber relación entre las pruebas encontradas y el asesino. Vanessa pudo tener sexo con su amante, morderlo y este correrse en su pelo, y el que la mató ser una persona completamente distinta de la cual no tenemos el más mínimo indicio de quién puede ser.

—Pues lo que hay que hacer es buscar una prueba del asesino —afirma Carlos.

—Yo, si quieren, me marcho —vuelve a clamar el forense en tono jocoso.

—Por favor, continúe —le indica Ernesto, mientras nos hace un gesto para que callemos y dejemos nuestras deducciones para luego.

—¡Bien! —brama el médico, mientras enciende un cigarro debajo justo de un letrero de prohibido fu-

mar—, supongo que sabrán el motivo de la muerte...
¿no se lo han preguntado?

Los tres nos miramos con cara de extrañeza.

—Sí, ya sé que es tonto decirlo —sugiere el forense—, pero en ningún momento me han preguntado cómo murió.

Yo sabía que a Vanessa la mató el veneno de una serpiente de mar y que, seguramente, le fue inyectado momentos antes de ser detenida. Ernesto sabía lo mismo que yo, ya que se lo comenté y, supongo, que Carlos sabía lo mismo. Así que los tres pensamos que el arma homicida fue el veneno administrado por vía intravenosa. Pero para no entorpecer la labor del médico forense y para que no supiera que una inspectora de policía se había inmiscuido en su trabajo, opto por no decir nada y esperar sus deducciones.

—Pues bien —sigue diciendo el médico—, el transexual fue asesinado mediante una inyección de veneno. Este le produjo una coagulopatía de origen multifactorial con alteraciones electrolíticas, acidosis metabólica e hipoxemia.

Ya sabía yo que, de un momento a otro, el médico aprovecharía para soltar una frase de tercero de medicina y regocijarse con la mirada de perplejidad de sus oyentes.

—¿Y cuánto tardó en morir? —pregunta Ernesto.

La consulta del inspector de Extranjería es clave, ya que es muy importante determinar a qué hora se inyectó el veneno.

—Pues este veneno es lento pero seguro, como se suele decir —afirma el médico—, pero no me equivocaría de mucho si dijera que fue inyectado en el cuerpo del transexual una hora y media antes de su muerte.

—Una hora y media antes —repito en voz alta—. Lo que sitúa el inicio de su muerte en las ocho de la tarde...

—Justo antes de ser detenida por la patrulla —dice Ernesto, sin dejarme terminar la frase.

—Entonces no la mataron en los calabozos —dice Carlos, soplando como si se hubiera quitado un peso de encima.

Todos éramos responsables en mayor o menor medida de la muerte del transexual. Yo por ser el inspector que estaba de incidencias, Ernesto porque Vanessa era extranjera y como responsable del grupo de Extranjería debía conocer los entresijos de la investigación, y Carlos por ser el jefe de Seguridad Ciudadana y encargado de todos los uniformados de la comisaría. Los tres sabíamos que, cuando empezaran a rodar cabezas, las nuestras serían las primeras y el comisario no tendría piedad de nosotros. Saber que Vanessa no inició el periplo de su muerte en los calabozos de la comisaría, era algo así como una ventana de aire fresco que nos permitía respirar por unos instantes.

—¡No! —le contesto—. Por lo que parece ya entró muerta. Pero eso no quita que alguien quiso tapar su muerte enviando un falso médico y quitándole los dientes, porque se los arrancaron en la celda y la lavaron en el trayecto de comisaría al tanatorio.

Ernesto me hace un gesto para que no siga hablando, ya que estoy diciendo cosas que el forense no debería escuchar.

Los tres nos marchamos del tanatorio y quedamos

en trabajar de forma conjunta, pero independiente. Así abarcaríamos más. Tanto como yo, que estoy de incidencias, como Ernesto y Carlos convenimos no cejar hasta resolver este crimen, el más importante, que se recuerda, de Santa Margarita.

14.00

A las dos de la tarde quedo para comer con el comisario en el Rincón del Gato. El jefe quiere saber cómo va la investigación.

Puntual como siempre, Alberto Mendoza está sentado en una mesa de las más cercanas a la ventana. Le gusta mirar el tránsito de la gente mientras come. Manías.

—Buenas tardes, jefe —le digo nada más llegar.

—Hola, Simón. ¿Qué tal estás?

—Pues bien. Descansado —digo—. Al final pude dormir un poco ayer por la tarde y esta noche he conciliado el sueño perfectamente.

—Señal de que van bien las cosas —argumenta, mientras ojea la carta del restaurante—. Uno solamente duerme de un tirón si no tiene problemas que le atormentan.

—La verdad es que no sabemos gran cosa, pero he avanzado en la investigación...

—¿No sabemos? —pregunta el comisario—. ¿Hay alguien más trabajando contigo?

—Vamos, jefe —le digo—, ya sabes que Ernesto Fregolas y Carlos Salinas están informados de todo, ¿no?

—Sé que Ernesto está informado, porque se lo dije yo mismo y además le recomendé que hiciera una investigación paralela, lo que no significa que hagáis la misma investigación —amonesta visiblemente enfadado—. Dos líneas paralelas son aquellas que por más que se prolonguen no pueden cortarse nunca, ¿entiendes?

No me gusta el tono cínico del jefe. Me incomoda.

—Sí, ya sé qué quieres decir, pero pensaba que aunando esfuerzos conseguiríamos averiguar más cosas.

Yo entendí al comisario cuando me dijo que trabajara solo. Él quería dos investigaciones diferentes y que no se cruzaran, para así poder averiguar la verdad sin que hubiera factores ajenos. Pero fue Ernesto el que se ofreció a ayudarme y no me parecía ético rechazar esa mano tendida y que tanto suponía para descubrir al asesino de Vanessa.

—¿Y Carlos Salinas? —pregunta el comisario—. ¿Por qué trabaja él también en esta investigación, si yo no le he dicho nada?

El tema del jefe de Seguridad Ciudadana es diferente, a él lo metió Ernesto y sus motivos tendrá. Así que, como no quiero acarrear con las culpas de otros, le digo:

—De Carlos no sé nada. Vino con Ernesto al tanatorio municipal. Supongo que él lo habrá invitado.

—¿Qué vas a comer? —me pregunta, dejando la carta encima de la mesa—. Dicen que el solomillo con setas es muy bueno...

—¿Qué van a tomar los señores? —pregunta Martín, que se acaba de acercar a nuestra mesa con una pequeña libreta en la mano.

—Para mí el solomillo con setas, ¿y tú? —me pregunta el jefe.

—Yo también quiero lo mismo. Gracias.

—¿Querrán algo de primero? —pregunta Martín—. Como, por ejemplo, un gazpacho o una ensalada de la casa...

—Yo no. Gracias —responde el jefe.

—Yo tampoco —le digo a Martín, que está serio, casi enfadado, algo poco acostumbrado en él—. ¿Estás bien Martín? —le pregunto—. Te noto muy serio.

—No me pasa nada, estoy bien, gracias. Un poco cansado —alega.

Por la forma de mirar al comisario, capto que los dos no se llevan muy bien. Alberto lleva toda la vida en Santa Margarita y Martín es de aquí, por lo que ambos se tienen que conocer a la fuerza. Además, el hecho de que el comisario venga a comer a este restaurante implica que ya se conocían de antes. Sin embargo, algo ha debido ocurrir entre los dos para que apenas se saluden, pero, como no es asunto mío, no pregunto.

—Habrás visto que Martín y yo no nos tratamos —me dice el comisario, justo cuando iba a coger una rebanada de pan de la cesta de mimbre.

—Pues no me he dado cuenta —respondo para no parecer indiscreto.

—¡Ya! —exclama—. Te has tenido que percatar a la fuerza. Martín es una persona muy alegre y siempre está haciendo bromas. Sin embargo, conmigo guarda las distancias.

—Bueno —digo para cambiar de tema—. Te voy a contar los últimos avances en la investigación de la muerte de Vanessa.

—¿Los últimos avances? —me interrumpe el comisario, sin dejarme acabar de hablar—. Si apenas hace setenta y dos horas que la asesinaron.

—Sí, pero en ese tiempo hemos averiguado muchas cosas.

—Ya veo que hablas en plural. ¿Cuántos estáis trabajando en la investigación finalmente? —pregunta, mientras coge un trozo de pan de la cesta y lo desmigaja—. Recuerda que cuántos más seáis, menos posibilidades de éxito tendréis.

—No lo entiendo —replico—. Se supone que la unión hace la fuerza.

—No necesariamente —objeta el jefe—. Puede ocurrir que cuando muchas personas trabajan en la misma investigación, unos entorpezcan a los otros. Todo depende de la dirección que toméis cada uno.

—Eso ya lo sé —digo para que vea que no me chupo el dedo—. Pero también ocurre que, si varios investigadores trabajan en la misma línea, entre todos pueden encontrar más pruebas que uno solo.

—Bueno —dice el comisario, un poco molesto por mi atrevimiento a discutir sus consejos—. ¿Qué habéis averiguado tú y tu grupo de investigadores? —pregunta, mientras saca un paquete de tabaco del bolsillo de su camisa y enciende un cigarro.

—La noticia importante —le digo en primer lugar— es que Vanessa no fue asesinada en los calabozos de comisaría, sino que el veneno corría por su sangre cuando fue detenida.

—¿Ya es seguro que fue envenenada?

—Sí, tengo el dictamen del forense y el informe de la inspectora Carmen. Los adjuntaré a la información que te entregaré cuando esto termine —le digo, sabiendo que el jefe lo quiere todo documentado.

Martín se acerca a la mesa, sosteniendo en su mano

izquierda una bandeja y encima de la bandeja trae dos platos de solomillo con setas, una botella de vino tinto y otra panera. El comisario deja de hablar.

—¿Es todo señores? —pregunta solícito.

—Sí. Está bien —dice el jefe.

Yo asiento con la cabeza y me pongo la servilleta encima de las rodillas mientras agarro el cuchillo con la mano derecha y el tenedor con la izquierda.

—Esto tiene una pinta buenísima —digo.

—La verdad es que sí —asiente el comisario mientras corta un trozo del solomillo—; bueno, cuenta —indica el jefe—, dices que cuando fue detenida ya corría el veneno por su sangre.

—Así es. Le inyectaron veneno de serpiente de mar aproximadamente una hora y media antes de morir.

—Pero ella estaba en la esquina de la calle Avellaneda cuando la identificaron los agentes —afirma el comisario—. Si de verdad la hubieran envenenado se lo hubiera dicho a los policías cuando la pararon.

—Sí, pero es que ella no sabía que le habían inyectado veneno.

—¿Y cómo explicas eso? —pregunta el comisario, bajando la voz para que no nos oiga una pareja que se acaba de sentar a la mesa de al lado.

—Seguramente le mezclaron el veneno con una dosis de cocaína y se la inyectó ella sin saberlo —comento, basándome en los informes de la inspectora Carmen y del forense.

—Entonces —opina el comisario—, el transexual se inyectó el veneno de la serpiente mezclado con la coca sin saberlo, ¿es así?

—Sí —respondo sin saber a dónde quiere ir a parar el jefe repitiendo mis palabras.

—¿Dónde estaba el pinchazo?

—En su hombro derecho —contesto.

—¿Y cuántos yonquis has visto tú que se inyecten la droga en el hombro? —pregunta.

Mi encogimiento de hombros es todo lo que puedo ofrecer por respuesta. Ni Carmen, ni el forense, habían comentado nada al respecto de que Vanessa presentara el pinchazo en el hombro, en vez de la vena del brazo, como es habitual. Todos habíamos dado por hecho que el veneno entró a través de esa vía, pero ahora que el jefe lo ha comentado, me doy cuenta de que hay algo que no encaja. «¿Por qué se pinchaba en el hombro?», me pregunto. Esa cuestión la debe contestar mejor un médico, así que la anoto en mi mente y se la preguntaré a la inspectora Carmen. No recuerdo que el forense comentara nada acerca de la drogadicción de Vanessa, ni si en la analítica de su sangre había salido la cocaína que se inyectó la última vez. Solo hablamos del veneno de serpiente.

—Bueno, el caso es que no murió en los calabozos de comisaría —le digo al jefe para no retrasar mi informe verbal, con los datos del pinchazo en el hombro—. Lo cual exculpa a los agentes que la detuvieron y a los policías que había de guardia esa noche.

—Incluido tú —me dice el comisario, ruborizándome por su afirmación tan contundente.

—¿Yo? —pregunto mientras me señalo el pecho—. ¿De verdad crees que la maté?

—Vamos, Simón, realmente estás tenso —me dice—. ¿No ves que es una broma al hilo de tus declaraciones? Como has dicho que el hecho de que el transexual entrara al calabozo con el veneno corriendo por su sangre exculpa a los agentes que había de servicio esa noche, he supuesto que también te dispensaría a ti de cualquier sospecha, ¿no? —pregunta mientras pone un pellizco de salsa sobre el solomillo.

—En caso de encontrar a quién mordió Vanessa —digo cambiando de tema y esperando que se me baje la rojez de la cara—, podíamos cotejar la marca con una panorámica bucal, que es una radiografía de toda la boca. —No estoy seguro de que se llame así, pero espero que el jefe valore el lenguaje científico—. El transexual se operó el hoyuelo de la barbilla y según el forense no se puede realizar una intervención de ese tipo sin la radiografía que te he dicho.

—¿Y dónde está esa radiografía? —pregunta el comisario.

—Pues la hemos de buscar todavía, pero seguro que estará en algún dentista o en algún centro odontológico o en alguna clínica de cirugía estética —le digo sin poder aportar más datos.

—No es mucho —replica el jefe, mientras se lleva un trozo de solomillo a la boca—. Pero supongo que menos da una piedra, ¿verdad?

—Sí, pero en el caso de encontrar algún sospechoso con señales de mordedura, podríamos cotejar la herida con las radiografías —le digo mientras corto la carne de mi plato, que aún no he probado.

—Me estás aportando pocos datos sobre la investigación —comenta el comisario—. De momento solo tenemos un pinchazo en el hombro que no sabemos por qué se lo hizo ahí, unos dientes arrancados que tampoco sabemos por qué, unas radiografías que no están o no sabemos dónde están. ¿Te das cuenta de que no tienes nada? —me recrimina el jefe, haciendo que yo parezca un alumno de primaria.

Martín se acerca a la mesa, posiblemente alertado por el tono de voz del comisario, que lo alza de manera estridente.

—¿Está todo a su gusto señores? —pregunta.

—Sí, el solomillo está muy bueno —contesta el jefe, mientras yo asiento con la cabeza.

La interrupción de Martín no ha podido ser más proverbial, ya que gracias a ella hemos conseguido romper el calor de la conversación entre el comisario y yo, que empezaba a subir de tono. Sea como fuere, el jefe tiene razón, en apenas unos minutos me ha desmontado todas las teorías sobre la muerte de Vanessa y me acabo de dar cuenta de que no tengo nada. Así que prefiero no decirle lo del falso médico y el hallazgo de la peluca, el bigote y una lentilla.

—¿Puedes traer un poco más de vino, por favor? —le pido a Martín, mientras unto un trozo de solomillo en la salsa de setas.

—Enseguida —responde.

—¿Qué más tienes? —me pregunta impaciente el comisario.

—La cinta de vídeo de seguridad, donde se ve salir a una persona de la comisaría.

—Muy bien, Simón. Y... ¿quién es esa persona? —pregunta.

—No lo sé —respondo—. Solo se ve de espaldas mientras recorre el vestíbulo principal y se marcha de la comisaría.

—¡Bien! —exclama el jefe—. Hoy es lunes dieciocho de julio, el viernes veintidós volveremos a quedar para comer aquí y espero que tengas más información de la que me has dado hoy. De seguir así —sentencia—, nunca sabremos cómo murió el transexual, por qué lo mataron y mucho menos quién lo hizo.

Por la tarde me tumbo en la cama de mi piso y miro el techo. Recompongo en mi cabeza los trozos del rompecabezas e intento atar los cabos de la muerte del transexual.

«¡El informe!», recuerdo de repente. Ernesto me hizo entrega del historial de la vida de Vanessa. «¿Dónde está?»

Me lo dio justo al salir de su despacho y lo dejé en la guantera de mi coche.

«¡Qué poco cuidadoso!»

Me pongo los pantalones y bajo hasta la calle para recogerlo. Tengo el coche aparcado justo debajo de una farola. Me gusta que, cuando oscurece, el vehículo esté iluminado y así persuado a los pocos cacos que hay en Santa Margarita. Al salir a la calle, observo un Renault Megane aparcado en la esquina de mi bloque. En el interior hay dos personas. El conductor está fumando y el copiloto apenas puedo verlo. Están aparcados en una zona oscura, debajo de un árbol y detrás de unos contenedores de basura. Miro el reloj. Las cuatro de la tarde.

«¿Qué hacen ahí esos dos?»

Tomo nota mentalmente de la matrícula y voy hasta mi coche. Abro la puerta. Entro. Arranco y me voy de allí. Al salir a la calle mayor miro por el retrovisor cerciorándome de que el Renault Megane no me sigue. No lo hace. Doy varias vueltas por las afueras de la ciudad. Cojo el dossier de Vanessa de la guantera y regreso a mi calle, aparcando el coche donde estaba. El Renault Megane ya no está.

Son las cuatro y veinte de la tarde cuando me estiro encima de la cama y duermo una buena siesta.

«¿Quiénes eran esos del coche?», pienso.

Me despierto casi a las nueve de la noche. Voy a la nevera y vierto un puñado de cereales en un cuenco con leche desnatada. Me siento en el sofá delante del televisor y pongo el informe de Vanessa sobre mis rodillas para leerlo detenidamente.

Vanessa nació hace veintisiete años en Perm, una ciudad de Rusia, situada en las orillas del río Kama, al pie de los Urales. Su nombre real era Vasili Lubkov y a los dieciocho años inició su transformación en mujer, que culminó en un plazo de dos años. No se operó los genitales, por lo que era muy valorada en los ambientes sórdidos de la prostitución, ya que a ciertos hombres les reporta un morbo especial el poder mantener relaciones con un transexual. Hacía unos meses que había llegado a Santa Margarita, pero su español era muy bueno, por lo que no fue su primer destino en nuestro país. Había llegado a Madrid hacía cinco años, cuando contaba veintidós y en el informe de Ernesto no especifica de qué estuvo trabajando, pero supongo que de lo mismo que en Santa Margarita, de prostituta. Llevaba unos meses trabajando en el bar Caprichos, bajo la tutela de Fermín.

Y nada más, el informe finaliza con un número de teléfono móvil, donde intuyo que se podía localizar a Vanessa cuando aún vivía para concertar una cita. Recuerdo que la chica no tenía teléfono entre sus pertenencias, hubiera figurado en las diligencias de los agentes en caso contrario.

«¿Dónde está su móvil?», pienso.

Cuando la detuvieron esperaba a un cliente, o a un camello, o a quien fuera, lo lógico es que llevara su teléfono encima. Esa es otra cosa que tengo que encontrar. El teléfono móvil de Vanessa nos puede esclarecer muchas cosas: quién fue la última persona a la que llamó, por ejemplo. Igual concertó la cita con su asesino y este esperó en la esquina de la calle Avellaneda para ver cómo moría a causa del veneno que corría por sus entrañas.

Ahora lo mejor que puedo hacer es descansar y mañana será otro día. Anoto el número de teléfono que figura en su expediente en un papel aparte y me lo guardo en el cajón de la mesita de noche. Pero cuando abro el cajón veo un plástico redondo, cóncavo y pequeño encima de mis calzoncillos.

«¡Dios mío!», es una lentilla azul.

9

Ha descubierto la peluca. ¡Qué descuidada soy! No debí arrojarla a esa papelera. El inspector es muy listo. Mucho. De seguir así no tardará en dar con mi rastro y encontrarme. Tengo que tenderle alguna trampa para quitármelo de encima. Tengo que conseguir echarle las culpas de todo. Él tiene la culpa. Aún no lo sabe, pero tiene la culpa de todo lo que ocurrió. Se portó mal. Muy mal.

Busco entre sus cosas. Con cuidado de no dejar huellas. No tiene que saber que he estado aquí. Ni siquiera me pongo aquel perfume que tanto le gustaba. Olería mi rastro. Hurgo en sus cajones, entre su ropa interior. Nada. Dejo la lentilla encima de unos calzoncillos. Eso le confundirá...

10

La peor noche que he pasado desde que murió Vanessa. No he parado de dar vueltas al asunto en la cama, y cuando parecía que conciliaba el sueño, entonces escuchaba los correteos de la vecina de arriba. Yo no sé qué se lleva esa mujer entre manos por las noches, pero no para de caminar por el piso y de abrir y cerrar puertas.

«¿Qué hace una lentilla azul en mi mesita?», me pregunto.

No tiene que ser, necesariamente, la misma lentilla que llevaba puesta el falso médico el viernes por la noche cuando accedió al interior de la comisaría. Solo puede ser una terrible casualidad. Eso es. La lentilla se me quedó enganchada en la ropa en algún momento y al entrar en casa la arrastré hasta el cajón de mi habitación. La debí pillar en el despacho de Ernesto, cuando guardó la peluca y el bigote postizo en su cajón, y me la llevé prendida en alguna parte de mi ropa. Si es así tiene fácil remiendo. Iré hasta el despacho del inspector de Extranjería y la devolveré a su sitio. Eso haré.

Envuelvo la lentilla en un klínex y la guardo en el bolsillo de mi camisa para que no se chafe ni se pierda. Salgo de casa.

En la calle lateral a mi bloque está aparcado el Renault Megane. Es la misma matrícula, pero esta vez no hay nadie en su interior. Deben de ser vecinos que se quedaron charlando dentro del coche. No tengo que permitir que la paranoia se ancle en mi cerebro y me vuelva loco, hoy estoy especialmente cansado.

07.50

Llego a comisaría antes que nadie. Cuando llegue Ernesto a su despacho, la lentilla tiene que estar allí.

Subo por las escaleras para evitar cruzarme con alguien en el ascensor. Entro en la oficina del inspector de Extranjería. Abro el cajón donde ayer guardó la peluca y el bigote falso y... ¡Cielo Santo! En el interior del cajón hay la peluca, el bigote, unos cuantos folios sueltos, una caja de grapas y la lentilla. La cojo con los dedos. Abro el pañuelo de papel que llevo en el bolsillo de mi camisa. Saco la lente de contacto y la pongo al lado de la otra. Son idénticas.

Lo primero que pienso es que alguien me quiere tender una trampa. Igual estoy metiendo las narices demasiado y el asesino quiere desviar la atención y endosarme el crimen de Vanessa. Relaciono en mi cabeza los hombres del Renault y la aparición de la lentilla en mi mesita de noche. Fueron ellos los que la metieron en mi cajón, aprovechando el momento en que bajé al coche a coger el dossier de Vanessa y me marché a dar una vuelta.

«¿Quiénes son esos hombres y quién los envía?»

Vuelvo a dejar el cajón del escritorio de Ernesto tal y como estaba. Voy hasta mi oficina y enciendo el ordenador. Saco la nota donde apunté la matrícula del coche y la introduzco en la base de datos de la Dirección General de Tráfico. El ordenador piensa unos instantes.

«¡Es un coche oficial!»

Eso significa que el Renault que ayer vigilaba mi casa pertenece a la policía o a la Guardia Civil.

Accedo a la búsqueda especial de la base de datos para saber más cosas del coche. El monitor parpadea unos segundos... El Renault Megane pertenece a la Dirección General de la Policía. Es un coche camuflado.

No hay más datos.

«Hay que tener amigos hasta en el infierno», me decía un amigo de la academia. Busco el número de su oficina en la agenda de mi móvil y lo llamo por teléfono desde mi despacho. Alfonso Carrasco y yo compartíamos habitación en la Escuela de Policía y llegamos a ser buenos amigos. Está destinado de inspector en El Escorial, la sede central del ordenador más grande que existe en España. *Berta* es el centro informático de la policía. Por sus circuitos transcurre toda la información de interés policial. Lo que no está allí metido no está metido en ninguna parte.

—¡Buenos días! —digo a la chica que responde—. El inspector Carrasco, por favor.

—Un momento, ¿de parte? —pregunta.

—Soy el inspector Simón Leira, llamo de la comisaría de Santa Margarita.

Una voz de fondo acompasada por una melodía soporífera me advierte de que las conversaciones telefónicas de El Escorial son grabadas por motivos de seguridad.

—Hola, ¿quién es? —pregunta mi amigo.

—Se te saluda, Alfonso —le digo—. ¿Qué tal estás?

—¡Simón! Cuánto tiempo —exclama al conocer mi voz—. Esta mañana estaba pensando en ti. ¿No estarás en Madrid? —me pregunta.

—No, qué va. Estoy en el culo del mundo, en la comisaría de Santa Margarita, donde Jesús perdió una zapatilla —le digo, haciendo un chiste de la lejanía de mi destino como inspector—. Y tú, ¿cómo lo llevas?

—Aquí, rodeado de ordenadores. Ya sabes que es lo mío —afirma.

—Sí. Siempre se te ha dado bien la informática. Mira, te llamo para pedirte un favor.

—Ya me parecía a mí raro que después de tanto tiempo llamaras para saludarme —dice en tono irónico, pero conociendo a Alfonso sé de sobra que se trata de una broma suya.

—Sí, pero he tenido un problema aquí, dentro de la comisaría, y cada vez se complica más.

—¿Qué tipo de problema? —pregunta mi amigo, mientras yo recuerdo que las conversaciones se graban.

—No te lo puedo decir por teléfono, pero el caso es que necesito que me mires una matrícula de un coche.

—Oye —me dice—, envíame un SMS con la matrícula y te llamo a tu móvil para darte el resultado, ¿te parece bien?

«¡Qué tonto!», pienso para mis adentros. Podía haber llamado a su teléfono móvil desde el mío y así evitar que registraran la conversación. Aunque, bien pensado, si lo que sospecho es cierto, a estas horas mi teléfono móvil también estará intervenido. Yo sabía que se podían pinchar las comunicaciones habladas, pero que los SMS, los mensajes cortos de móvil a móvil, no se podían intervenir.

—¡Ok! —le digo finalmente—. Te envío un SMS con la matrícula y te ruego que me respondas por la misma vía, ¿vale? —le digo a Alfonso, esperando que no haya cambiado mucho desde que compartimos habitación en la Escuela.

—Correcto —dice, mientras cuelga el teléfono.

Anoto la matrícula del Renault en mi teléfono móvil y se la mando vía mensaje corto.

08.55

Bajo hasta la máquina de café y allí espero a que lleguen los demás inspectores. No diré nada del incidente de la lentilla y de los extraños ocupantes del Renault. Una cosa estaba clara: no me podía fiar de nadie.

Justo estoy sacando un café largo cuando entra por la puerta Ernesto. El jefe de Documentación y Extranjería atisba unos pasos largos, a pesar de haber entrado en la cincuentena. Saluda al encargado de seguridad y recoge una carpeta de la entrada donde están las últimas novedades relacionadas con las competencias de su grupo.

—¿Algo más? —Oigo que le pregunta al oficial de guardia.

—¡Buenos días, Simón! —me dice desde la puerta del ascensor—. Has madrugado, ¿eh?

—Sí —respondo sin demasiado énfasis—. Tenía cosas que hacer y he venido pronto.

—Espera aquí —me dice—. Dejo un momento la carpeta en mi despacho y bajo a tomar un café contigo.

Justo detrás de Ernesto llega Carlos Salinas, el inspector de Seguridad Ciudadana.

—Pero... ¿no estabas de vacaciones? —le pregunto.

—Buenos días, Simón. Me he quedado unos días hasta que se solucione el tema del asesinato del transexual —responde—. El jefe está especialmente interesado en resolver este tema cuanto antes. Según él —comenta—, para el mes de agosto tiene que estar todo atado y bien atado.

—Sí —le digo—. La verdad es que es un asunto bastante engorroso. Imagínate lo que supone para mí, un inspector recién salido de la academia —comento, mientras extraigo un café de la máquina—. ¿Quieres un cortado? —le pregunto.

—Sí. Gracias. ¿Ha venido alguien más?

—Ahora mismo bajará Ernesto de su despacho —contesto, mientras introduzco una moneda en la máquina.

—Pues lo esperaré aquí contigo.

Justo entra por la puerta Carmen cuando me llega un mensaje al teléfono móvil. Me imagino que es Alfonso de Madrid, respondiendo a mi SMS.

—Perdón —digo a Carlos y a Carmen, que se ponen a hablar entre ellos.

Saco el teléfono del bolsillo de mi pantalón y lo abro. Efectivamente, es Alfonso. El mensaje dice:

Matrícula corresponde a coche Inspección Interna. Asunto delicado. Ya me dirás lo que sea. Saludos desde El Escorial.

Inspección Interna eran los Asuntos Internos nuestros. Así que me estaban vigilando. El que lo hicieran desde Madrid significaba que, seguramente, los de aquí no sabían nada. Pero aunque no lo supieran el resto de los inspectores, quién seguro que sí lo sabía era el comisario. Conocía bien las normas de procedimiento en estos casos y lo que estaba claro es que no podían llegar unos policías de Madrid para investigarme y que el jefe de la comisaría de Santa Margarita no supiera nada.

—Buenos días, Simón —me saluda Carmen, sacándome de mi abstracción.

—Hola guapa, ¿qué tal estás? —contesto—. No te veía desde el domingo.

—¡Bien! He venido para echaros una mano con la resolución del crimen del transexual. ¿Quiénes estamos en esto? —pregunta, mientras abre el bolso para sacar unas monedas y tomar café.

—Estamos Ernesto, Carlos, tú y yo —respondo—. ¿Quieres un café? —pregunto—, ya te invito.

—Sí. Gracias —responde—. Doble de azúcar.

—Cuando baje Ernesto nos reuniremos en mi despacho y agruparemos pruebas y líneas de investigación —afirmo, mientras remuevo mi vaso de café.

A las nueve y media de la mañana del martes diecinueve de julio, nos sentamos en mi despacho los cuatro inspectores autorizados para resolver el crimen
del transexual. Aquí están Ernesto Fregolas, inspector de Documentación y Extranjería, con casi treinta
años de servicio en el cuerpo y con un conocimiento
exhaustivo de los ambientes sórdidos de la ciudad,
como es el puticlub Caprichos, el cual frecuentaba
con excesiva asiduidad. La veteranía no tenía que ser,
precisamente, un grado en este caso. La amistad de
Ernesto con Fermín, el dueño de la casa de citas, hacía
que yo desconfiara de su ayuda, pero no podía deses-
timar su experiencia adquirida durante su dilatada carrera policial. Más confianza me otorgaba Carlos Salinas, el elegante inspector de Seguridad Ciudadana,
más joven que Ernesto y por lo tanto más próximo a
Carmen y a mí. La edad era un condicionante a la
hora de crear grupos de afinidad. Carlos tenía cuarenta y cinco años y estuvo trabajando mucho tiempo en
Barcelona, lo que le dotaba de un cosmopolitismo la-
tente. Carmen tenía la misma edad que yo: treinta
años; y aunque era de una promoción anterior a la
mía, habíamos congeniado sobremanera. La soledad
une a las personas: yo estaba separado desde hacía
poco y vivía en un apartamento de alquiler del centro,
mientras que ella estaba lejos de su novio, un recién
incorporado en la carrera policial y que tenía problemas con los de Inspección Interna. Igual que yo.

—¡Bien! —digo dirigiendo la investigación—. Ya
que somos los encargados de resolver el crimen del

transexual, debemos distribuirnos las tareas —afirmo, mientras saco una libreta del cajón de mi escritorio y la pongo encima de la mesa.

—Yo me encargaré de saber en qué puticlubs ha trabajado Vanessa antes de llegar a Santa Margarita —dice Ernesto, en una reacción previsible.

Al inspector de Extranjería le gustaban mucho esos lugares y toda la comisaría sabía la debilidad que tenía por las mujeres de moral distraída, como las llamaba él jocosamente.

—Yo buscaré todo lo relacionado con la vida de Vanessa en la ciudad: dónde comía, dónde compraba, con quién se juntaba en sus ratos libres y si tenía amigos... o enemigos —dice Carlos, ajustándose el nudo de la corbata—. Ya sabéis que conociendo a la víctima conoceremos a su asesino —dice el inspector Carlos, en una frase muy conocida y que yo mismo repetía en alguna ocasión.

—Bueno, pues a mí me dejáis la parte médica —asevera Carmen—. Buscaré todo lo relacionado con el historial médico de Vanessa, me pondré en contacto con el Instituto Anatómico Forense y me informaré de todos los detalles de la autopsia.

—¡Correcto! —exclamo, contento por la capacidad de organización del equipo—. A través de las averiguaciones que hagamos profundizaremos más en aspectos ocultos del crimen, como por qué se pinchaba la droga en el hombro o dónde está la radiografía de la boca, la cual me encargaré de buscar yo o...

—O dónde está la lentilla que falta —dice Ernesto, interrumpiéndome.

Hago un esfuerzo horroroso para no enrojecer y

que no se note que oculto algo. Es verdad, casi me había olvidado de la dichosa lentilla que aún guardo envuelta en el pañuelo de papel en el bolsillo de mi camisa.

—Pues eso —digo finalmente—. También de la lentilla del falso médico y del teléfono móvil de Vanessa, que tampoco ha aparecido aún.

—¿Qué teléfono? —pregunta Carlos Salinas.

—Entre las pertenencias de Vanessa no había ningún teléfono móvil y eso es algo inconcebible, hoy día todo el mundo lleva un móvil encima, y mucho más tratándose de una prostituta, sino... ¿cómo contactaban con ella sus clientes?

Los demás inspectores se encojen de hombros, como si eso no fuese importante, excepto Carlos que dice:

—Pues entonces tiene que aparecer por algún sitio. Seguramente esté entre sus pertenencias en el tanatorio o se ha quedado en la caja fuerte de la comisaría.

—Ya aparecerá —digo.

—A propósito —continua hablando Carlos—, ¿se ha localizado algún familiar de la muerta?

Nadie responde.

—¡Manos a la obra! —grita Carlos dando una sonora palmada—. Hoy es martes, el jueves nos juntamos aquí de nuevo, a las nueve, y vemos los avances que hayamos hecho. ¿Ok?

Todos asentimos con la cabeza.

—Vale —digo yo—. Además, el viernes he quedado con el comisario y le tengo que avanzar algo de la investigación. Según él, este asunto tiene que estar resuelto para el mes de agosto.

Cuando todos los inspectores se han marchado, me quedo solo en mi despacho. Saco de mi bolsillo la lentilla del falso médico. La miro. Voy al lavabo de la planta de arriba y la arrojo al váter. Fin del problema. Los de Asuntos Internos buscan un cabeza de turco y quieren culparme a mí para solucionar el problema.

«¡Qué le carguen el muerto a otro!», pienso mientras tiro de la cadena.

12.05

Pasan cinco minutos de las doce del mediodía, cuando una pregunta ronda mi cabeza: «¿Qué llave buscaba el oficial de guardia la noche del crimen?».

Ya había quedado claro que las puertas de las celdas se cierran con trancas de acero y que no necesitan llave para abrirse.

Aprovechando que hoy está de servicio el mismo turno de la comisaría que la noche del viernes, haré las averiguaciones pertinentes para solucionar una de las incertidumbres del asesinato de Vanessa.

Entro en los calabozos. Desde la puerta de la Inspección de Guardia hasta la entrada de las celdas no hay ninguna cámara de seguridad. Así que todo lo que ocurre en ese trayecto no puede ser grabado. Nada más traspasar la puerta de entrada hay una pequeña mesa con dos cajones, donde se guarda el tabaco de los detenidos, el libro de registro, guantes de látex, mechero para encender los cigarros y cualquier cosa que necesite el encargado de los calabozos y que no pueda estar al alcance de los presos. Delante de la mesa hay una silla donde se sienta el policía que custodia este sitio. Al lado, una papelera con un cenicero encima. No hay nadie. Entro en el pasillo de las mazmorras, un corredor de unos diez metros con celdas a ambos lados, de forma alternativa; no hay puertas enfrentadas. Al final: dos baños, uno completo con ducha y el otro un aseo sencillo. En la esquina superior de la entrada hay una pequeña cámara que fue tapada la noche del viernes por la misteriosa mano del anillo. Vanessa murió en la primera celda de la izquierda y me llama la atención que no haya sido precintada. La puerta está abierta y el responsable de los calabozos no está en su lugar.

«Habrá salido a tomar un café», pienso.

Entro en la celda donde murió Vanessa. El suelo está limpio y hay tres mantas amontonadas sobre la cama de piedra donde duermen los detenidos. Nada hace entrever que aquí murió una persona hace apenas cuatro días. Las mujeres de la limpieza han hecho bien su trabajo. Levanto las mantas y el ruido de algo golpeando el suelo me asusta hasta el punto de que me cae la manta que sostengo en las manos.

«¡Hostias!», es un teléfono móvil.

Lo recojo del suelo de la celda. No puede ser que nadie se haya dado cuenta de que estaba aquí. Ni el juez que levantó el cadáver, ni el falso médico, ni el oficial de guardia, ni el responsable de los calabozos, ni yo, nos hemos percatado de que la chica entró en la celda con un teléfono móvil. Está apagado, seguramente se quedó sin batería. Aprieto el botón de encendido. Nada. Lo guardo en el bolsillo del pantalón. Salgo de la celda y justo en la puerta me cruzo con el policía que custodia los calabozos.

—¡Ah! Es usted inspector —exclama el agente—. He oído un ruido y no sabía quién podía ser. ¿Todo bien? —me pregunta.

—Sí, todo marcha bien —respondo—. Estaba echando un vistazo a la celda donde murió el transexual. Parece que está limpia, ¿eh?

—Sí —replica el policía—. Las de la limpieza se han esmerado, no quedaban muy bien todas esas manchas de sangre por la pared. —Sonríe.

—¡Vaya nochecita! —le digo—. Al final pudimos abrir la puerta para entrar en la celda.

—Sí, es verdad, aunque el transexual ya estaba muerto y no pudimos hacer nada por salvarlo.

—Por cierto —le digo—, el oficial de guardia gritaba buscando unas llaves, ¿lo recuerda? —le pregunto al agente, que también estaba esa noche—. ¿A qué llaves se refería?

—A las llaves de la puerta principal —responde.

—¿La puerta principal? —cuestiono—. No lo entiendo, ¿qué puerta principal?

—Es la que hay justo antes de entrar en los calabozos —me dice mientras sale hasta la primera puerta—, esta. —Señala con la mano.

—¿Y esa puerta está cerrada con llave?

—Es la única que se cierra con llave y solamente la tengo yo —argumenta el encargado del calabozo—. De esta forma me puedo ir a tomar un café o al baño sin que nadie pueda entrar.

—¿Y cuántas copias de esa llave hay? —pregunto, al darme cuenta de que hay algo que no encaja.

—Pues habrá muchas, todos los que hayan querido hacerse un duplicado dispondrán de una —contesta mientras se mete la camisa por dentro del pantalón.

—Pero aquella noche el oficial de guardia gritaba pidiendo la llave de los calabozos para acceder a ellos y, sin embargo, él venía del interior de la celda, ¿para qué quería la llave si ya estaba dentro? —cuestiono, mientras el encargado de la custodia de detenidos me mira sin saber adónde quiero ir a parar.

—Pues no sé nada de eso, mejor se lo pregunta a él —opina.

Salgo del calabozo con otra duda dando vueltas en mi cabeza y me encamino a la Inspección de Guardia. Es una oficina de unos diez metros cuadrados, con una enorme mesa, dos sillas para los agentes y tres sillas para los denunciantes. Encima de la mesa hay un ordenador y por la pared penden un sinfín de planos de la ciudad y de todas sus pedanías, que son ayuntamientos dependientes de Santa Margarita.

—¡Buenos días! —saludo al oficial de guardia que está sentado en la silla delante del ordenador.

—Hola, inspector —responde—. No le he visto entrar. ¿Cómo va la investigación del crimen? —pregunta mientras se pone en pie.

—Vamos avanzando —respondo—. Pero hay bastantes cabos sueltos que aún tenemos que ligar hasta llegar al asesino.

—Sí, ya me figuro —replica—, debe ser difícil llevar una investigación de este calado. ¿Le puedo ayudar en algo? —se ofrece mientras me siento en una silla que hay delante de su mesa y le indico con la mano que haga lo mismo.

—La noche del crimen —le digo para no andar con rodeos e ir directamente al grano—, usted estuvo todo el rato gritando algo de unas llaves, ¿lo recuerda?

—Sí —responde—. Recuerdo que no podía entrar en los calabozos porque la puerta estaba cerrada.

—Sin embargo —le digo mirándolo directamente a los ojos—, las celdas no tienen cerradura —afirmo—, están cerradas con una tranca de acero.

—Sí —replica—. Pero eso son las celdas interiores, la puerta exterior está cerrada con llave.

—Entiendo —contravengo—, pero cuando usted pidió ayuda venía de la celda de ver al transexual desangrado, por lo que supongo que la puerta que dice no estaba cerrada.

—Vamos a ver —lamenta—, parece que no nos entendemos inspector. Yo entré en la celda de Vanessa para preguntarle si era urgente la asistencia del médico.

—Luego pidió ir al médico en la lectura de derechos como detenida —asevero.

—Así es —comenta el oficial de guardia, mientras se tambalea en la silla visiblemente incómodo—. El transexual solicitó ir al médico en la lectura de derechos, pero en ese momento no teníamos coches disponibles, así que le dije si era urgente y ella contestó que podía esperar. Sigo con lo que le estaba diciendo —anuncia—, más tarde entré de nuevo en la celda de la detenida y le pregunté otra vez si era urgente la asistencia al médico o si la podíamos trasladar más tarde, a lo que ella contestó que no le corría prisa, pero que se encontraba muy mal, le dolía mucho el estómago, me dijo. Luego se tiró encima de la cama y empezó a balbucear y vi como le salía sangre de la boca, por lo que salí corriendo en dirección al baño para traer un poco de agua. Fue cuando quise volver a entrar de nuevo, cuando la puerta principal de acceso a los calabozos estaba cerrada con llave.

—Ahora comprendo —le digo al oficial— y... ¿quién pudo cerrar esa puerta? —pregunto intrigado.

—Pues eso ya no se lo puedo decir —responde—, cualquiera que pasara por allí en ese momento y viera la puerta abierta.

Estaba escuchando las explicaciones del oficial de guardia, pero solo pensaba en la persona que vi salir de las dependencias policiales a través de la grabación de las cámaras de seguridad. Ese, sin duda, fue el que cerró la puerta con llave y tapó la cámara de seguridad, «¿con qué finalidad?», me pregunto, si Vanessa ya estaba prácticamente muerta. A no ser que esa misteriosa persona se encargara de acelerar el proceso de su muerte. De ser cierta esta hipótesis, entonces estaríamos hablando de que el transexual fue asesinado en la celda y no antes de entrar y eso daría un vuelco al informe que tenía que elaborar. El Ministerio del Interior era implacable con las muertes en Dependencias Policiales y no creo que el comisario se atreviera a ocultar un asesinato de este tipo.

—Gracias, oficial —le digo finalmente—, no quiero entretenerle más. Y otra cosa..., no comente a nadie nada de lo que hemos hablado.

—Por supuesto.

13.12

Pasan doce minutos de la una del mediodía, cuando salgo de la Inspección de Guardia. Justo en el vestíbulo principal me cruzo con el comisario acompañado del alcalde.

—¡Don Lorenzo! —exclamo—. ¿Cómo está usted?

—Muy bien, señor Leira —responde, cortés como siempre.

—¡Qué tal, Simón! —saluda el jefe mientras me guiña un ojo.

—Bien, me disponía a ir a comer.

—Ok. Recuerda que el viernes tenemos una cita para que me expliques cómo van las cosas —dice, lo que entiendo como que no quiere hablar de la investigación delante del alcalde.

Don Lorenzo Friegas es un hombre opulento, de buena familia y que había nacido y vivido en Santa Margarita durante sus sesenta años de vida. Su exceso de peso lo disimula con una notable altura; debe medir más de metro ochenta. También, y era muy característico de él, siempre estaba sudando. La imagen que tengo del alcalde es la de un hombre seboso agarrado a un pañuelo blanco con el que constantemente se está secando el sudor de la frente.

—Ya nos veremos —digo antes de salir de la comisaría.

14.00

A las dos en punto de la tarde entro por la puerta del Rincón del Gato. Martín me recibe con una de sus mejores sonrisas.

—Buenas tardes, Simón, ¿qué tal estás? —me dice—. ¿No has venido con el idiota de tu jefe? —pregunta refiriéndose al comisario. Lo que corrobora mi idea de que estos dos no se llevan nada bien.

—No, he venido solo —respondo—. Quiero comer algo rápido y me marcho enseguida. Tengo mucho trabajo —asevero.

Martín me acompaña hasta la mesa que está al lado de la ventana, donde comí ayer con el comisario.

Al sentarme noto un bulto en el pantalón.

«¡El teléfono móvil de Vanessa!», exclamo para mis adentros.

Ya no me acordaba de él. Me lo metí en el bolsillo cuando estuve en la celda y con la charla del responsable de seguridad y el oficial de guardia y el encuentro con el jefe y el alcalde, me había olvidado de él. Lo saco del mi bolsillo aprovechando que hay poca gente en el restaurante, ya que el mes de julio no es bueno para los bares de Santa Margarita, la mayoría de los habitantes se van a la playa. Es un móvil de última generación, muy plano y de pequeñas dimensiones, lo que posiblemente ha facilitado su ocultación entre las mantas de la celda. Miro la marca y el modelo para comprar un cargador, ya que el mío no sirve. Esta tarde lo pondré a cargar y miraré la agenda, espero que no esté bloqueada con una clave de seguridad, algo así como un PIN, con lo cual me sería prácticamente imposible acceder a los contactos del teléfono.

—¿Qué quieres? —me pregunta Martín—, tenemos ensalada de primero y unas croquetas caseras muy buenas. Las ha hecho María —dice mientras señala a una chica de aspecto ecuatoriano que se asoma por la ventana de la cocina.

—¡Vale! —respondo.

No tengo tiempo de entretenerme. Tengo muchas cosas que hacer esta tarde y comer es algo secundario.

La muerte de Vanessa me estaba desbordando. Aunque era un reto para mi carrera profesional, el desarrollo de los acontecimientos me anegaba y por momentos pensaba que no iba a salir bien parado de esta investigación. No me gustaba nada que hubiera aparecido una lentilla del falso médico en el cajón de mi mesita de noche; aunque no había que alarmarse, ya que las casualidades son así. Es posible que fuera arrastrada hasta mi cuarto enganchada en alguna prenda de vestir y que la metiera yo mismo, sin querer, en el cajón. Pero aun así, era demasiado casual y además coincidía con la aparición de las dos personas del Renault Megane y que seguramente eran policías de Asuntos Internos que me estaban investigando, algo tampoco descabellado, ya que el crimen de Vanessa se produjo durante mi servicio y era un asunto muy delicado. En fin, que para final de mes tenía que haber un culpable. Eso estaba claro y me temía que, de no hallarlo, lo inventarían. Un asesinato en los calabozos de una comisaría local como esta no podía quedar impune. De lo contrario, el Ministerio del Interior y la prensa se nos echarían encima.

16.03

Entro en unos grandes almacenes de las afueras de la ciudad, tengo que comprar un cargador para el móvil de Vanessa. El vigilante de seguridad me reconoce, me saluda y me pregunta cómo estoy. Le digo que bien y no me entretengo más, hay mucho que hacer. Camino con paso decidido hasta el expositor de telefonía móvil. Miro la marca que tengo apuntada en un trozo de papel. No está. Esa es una de las Leyes de Murphy: cuando buscas algo importante, nunca lo encuentras.

Se me acerca una dependienta:

—¡Buenas tardes, señor! —saluda—. ¿Le puedo ayudar en algo?

—Sí —respondo amablemente—. Estoy buscando un cargador de móvil.

—¿Para qué marca?

—Esta —le digo, mientras saco el teléfono móvil de mi bolsillo y se lo muestro.

—No queda ninguno —me dice—. Pero estoy segura de que hay en la otra tienda.

«Siempre hay otra tienda», pienso.

—¿Dónde está la otra tienda? —pregunto.

—En la calle Avellaneda, ¿la conoce?

Que si la conozco, me pregunta la dependienta. Qué casualidades tiene la vida, fue allí donde detuvieron a Vanessa.

—Sí, gracias, ¿estará abierta ahora?

—No, señor —responde la chica—, abre a las cinco de la tarde.

Salgo de los grandes almacenes y me dirijo andando hasta la calle Avellaneda.

16.48

La calle Avellaneda no es demasiado larga. La cruza una avenida grande que desemboca en unos porches con columnas de grandes arcos. Apenas hay cinco comercios: un bar, una tienda de ropa, una administración de lotería, una perfumería y una tienda de telefonía. Mientras espero a que abran esta última para comprar el cargador del móvil, observo el bar. En la puerta es donde detuvieron a Vanessa el viernes por la tarde. Bar Arcadia, leo en el rótulo que hay justo encima del arco de la entrada. Vanessa debía esperar a su amante justo cuando fue identificada por los agentes.

«Si habían quedado más veces aquí, alguien debió verlos», me pregunto, mientras ojeo el interior del bar a través de unos cristales transparentes. Sentado en el mostrador hay un abuelo. Ya lo había visto alguna vez por la ciudad, es de esos jubilados que cunden mucho y que se pasan el día andando por las calles de Santa Margarita sin ningún rumbo fijo y sin nada que hacer.

Entro dentro del bar.

—¡Buenas tardes! —saludo.

En la barra está el camarero, un hombre mayor de rostro antiguo y con una prominente barriga. Se asemeja a los cantineros de la Edad Media.

—Hola —saluda visiblemente incómodo por mi presencia—. ¿Qué desea, señor?

—Un café solo. Parece que hace calor —digo para romper el hielo y entablar conversación con el abuelo de la barra.

El hombre se gira para no darme la espalda.

—Mucho —dice con voz afónica—. Aunque en esta época es normal —asevera—, lo malo es que hiciera frío.

Se ríe.

—Vaya historia la del viernes por la tarde —afirmo.

—¿Qué ocurrió? —pregunta el abuelo.

—La detención de aquella chica, ¿no fue aquí en la puerta del bar?

—Sí —asiente el viejo—, yo estaba aquí mismo —dice señalando hacia la barra—, cuando llegó la policía y la metieron en el coche patrulla.

—¿La conocía? —le pregunto al hombre, mientras le hago un gesto al camarero para que le llene la copa de vino, que está prácticamente vacía.

—Solo la había visto una vez.

—¿Aquí mismo? —pregunto ante el gesto fastidiado del camarero.

—Sí, la semana pasada —responde el abuelo.

—Debía quedar con el novio, ¿no? —comento.

—Pues vino a buscarla otra chica. Más alta que ella, pero no tan guapa, más bien era feúcha y de rasgos muy varoniles.

—¿Otra chica? —cuestiono.

—Sí, una morena de treinta y pico años. Bien vestida. Una señora se veía —asevera el abuelo mientras sorbe un trago de vino—. Aunque por sus manos y la nuez creo que era un hombre disfrazado.

—¿Un hombre?

—Sí, a mi edad hay cosas que no se me escapan. Creo que era eso que llaman un travestí —afirma—, un hombre vestido de mujer.

—¿Vino en coche? —pregunto.

—No, andando. Llegó hasta la puerta del bar y se fueron las dos juntas, calle abajo.

—¿Había visto alguna vez a esa..., lo que sea?

—Era la primera vez que la veía, pero me gustaría verla otra vez. Bueno —rectifica el abuelo—, me gustaría verlas a las dos... y juntas. —Se ríe.

Pago el café y el vino y me voy ante la mirada insidiosa del camarero.

Aquella chica morena seguramente era otro transexual y acompañaría a Vanessa. Ya le preguntaría más tarde a Ernesto, que, como buen amigo de Fermín, el dueño del Caprichos, sabría si la muerta se juntaba con otros transexuales o travestís y si tenía ficha policial de ellos. Un asesinato por despecho encajaría en la crueldad y sutileza empleadas para asesinar a Vanessa.

17.00

Puntualidad inglesa. La tienda de telefonía móvil sube su persiana a las cinco en punto. Una joven aniñada de pelo corto esconde, con la punta del pie, el cilindro del candado en el suelo.

—Buenas tardes, señor. Enseguida le atiendo —dice mientras deja las llaves en un cajón y se pone detrás de un pequeño mostrador, atestado de teléfonos y complementos.

—Quiero un cargador para este móvil —solicito sacándolo del bolsillo y mostrándoselo.

—Un momento —dice al mismo tiempo que se

esconde detrás de una cortina de tela a rayas, que destaca ante el decorado tan moderno de la tienda.

En unos segundos sale con una caja blanca.

—Aquí tiene. ¿Alguna cosa más?

—No, gracias. Es todo.

Pago y me voy hasta mi apartamento. Estoy ansioso por saber qué secretos esconde el teléfono de Vanessa.

17.50

Dejo cargando el móvil en la mesita de noche y me echo encima de la cama para descansar. Hoy es un día especialmente caluroso, no corre ni una pizca de aire y casi no se puede respirar por culpa de la calima.

Me duermo...

21.10

Me despierto sobresaltado. Hacía tiempo que no consumaba una siesta tan larga. He dormido como un ángel y hasta me he permitido el lujo de soñar. Una luz verde en el móvil de Vanessa indica que ya está cargado.

Pulso el botón de encendido.

Introduzca el número PIN

Me lo temía. Todos los móviles tienen una clave para evitar que los utilice otra persona. Me va a ser difícil averiguar los dígitos del teléfono de Vanessa. Pero no pienso dejarlo aquí, así que llamo otra vez a Alfonso, el compañero de habitación de la Escuela de Policía. Él sabrá cómo desbloquear un móvil.

—Alfonso, buenas noches —le digo nada más sentir como descuelga el teléfono.

—¡Vaya! —responde—. Es la segunda llamada en un día, ¿te llegó mi SMS? —pregunta.

—Sí, lo recibí —contesto—. Pero ahora te llamo por otro tema.

—Espero que no estés metido en líos —afirma—. Los de Asuntos Internos deben buscar algo muy gordo para desplazar dos agentes hasta un pueblo como Santa Margarita —asevera.

—No, no es por eso que te llamo. Es sobre una investigación que llevo entre manos de tráfico de drogas —le digo, sin ahondar en explicaciones—. Casualmente ha caído en mis manos el teléfono móvil de uno de los sospechosos y me gustaría sacar la lista de las últimas llamadas recibidas y enviadas.

—¿Quieres saber el PIN? —me pregunta.

—Sí, me lo ha solicitado nada más encenderlo.

—Dime la marca y el modelo —me pregunta Alfonso con un chasquido de sus labios.

—¡Apunta! —le digo mientras paso los datos que me ha solicitado.

—Un momento.

Alfonso Carrasco era un *crack* de la informática, por eso estaba prestando servicio en El Escorial y formaba parte del grupo de elite de los programadores del ordenador de la policía. Yo sabía que no supondría ningún problema para él desbloquear un teléfono móvil o averiguar la contraseña de un programa. Por eso le he llamado. Si el teléfono de Vanessa se puede desbloquear, Alfonso es la persona capaz de hacerlo.

—Simón, sigue mis pasos —indica—. ¿Tienes el móvil en las manos?

—Sí.

—¿Está apagado?

—Sí.

—Pues pulsa el botón de encendido y la tecla «C» al mismo tiempo. Y espera.

—¡Ya está! —le digo.

—Cuando salga un recuadro de texto en blanco introduce el código que te voy a decir.

—Ok.

Seguidamente Alfonso me dice un montón de caracteres alfanuméricos entremezclados con asteriscos y puntos, hasta que consigo acceder al menú de llamadas del teléfono. Nunca pensé que fuera tan fácil. Alfonso me explica que cada aparato tiene su propia combinación de claves y que no sabía de ninguno que no fuera infranqueable.

—Ya quedaremos un día de estos —le digo agradeciendo su ayuda.

—Tendrá que ser en Madrid, porque es difícil que tenga que ir a Santa Margarita para algo —me dice.

Nos despedimos y me quedo solo delante del teléfono de Vanessa. He tenido buen cuidado de apuntar en un papel la combinación para acceder al menú, no me gustaría tener que volver a llamar a Alfonso. Tres favores en un día son muchos favores.

La agenda tiene pocas llamadas entrantes. Tres en total. Todas desde teléfonos móviles. Solamente hay una llamada saliente. La realizó el viernes a las ocho de la tarde, justo cuando el transexual fue identificado por los agentes...

«¡Cielo Santo, Vanessa llamó a mi número!»

Recuerdo que el viernes por la tarde estaba en el despacho cuando sonó mi teléfono. El sonido de la banda sonora de *El exorcista* me estremeció. No solía recibir muchas llamadas durante los meses de verano, ya que la mayoría de personas que llamaban a mi teléfono eran personas relacionadas con el trabajo y ahora estaban de vacaciones. Saco mi móvil del bolsillo del pantalón y busco las llamadas entrantes. Vanessa realizó una única llamada el viernes por la tarde a las ocho y dos minutos, según mi móvil. A las ocho en punto, según el suyo. Utilizó el modo oculto para que no pudiera ver el número que llamaba.

«¿De dónde sacó mi número?», me pregunto, intentando anidar la investigación, que cada vez se complicaba más. «¿Por qué me llamó a mí?»

Estaba claro que la última llamada de Vanessa desde su teléfono fue para mí, pero yo no conocía a ese transexual de nada y no lo había visto en mi vida; aun así mi número figura en su agenda con el nombre de Confondu.

Confondu era la forma cariñosa que tenía de llamarme mi ex pareja. Guillermina siempre decía respecto a mí que estaba confundido, que no me enteraba de nada. Era francesa, aunque de padres españoles. Nació en Perpiñán y estudió en París hasta los veintidós años cuando vino a trabajar a España. La conocí en Barcelona, en unas vacaciones que fui a pasar a casa de unos tíos de mi madre. Fue un amor a primera vista. Nos colamos como dos quinceañeros y enseguida intercambiamos direcciones y teléfonos. Cuando ingresé en la academia de policía, tuve que ir unos días a Madrid a terminar un curso de crimen organizado y allí coincidimos otra vez. «¡El mundo es un pañuelo!», exclamó Guillermina nada más verme. Ella también estaba allí, pero de profesora, ya que aquella chica de mirada tierna era una eminente psicóloga. Cuando salí de la Escuela de Policía me fui a realizar las prácticas a Barcelona y ella se vino conmigo para estar a mi lado. Pero lo nuestro no cuajó y a Santa Margarita llegué solo.

Durante el año que compartimos piso en Barcelona, Guillermina me llamaba Confondu. Lo hacía de forma cariñosa y es que siempre he sido un despiste mayúsculo y nunca he sabido dónde dejaba las cosas. Es una palabra demasiado exclusiva como para que Vanessa la hubiera utilizado para incluirme en la agenda de su teléfono. La única persona que le podía haber dado mi número es Guillermina.

11

El monitor está apagado. No hay nadie en los calabozos ni en la mesa de seguridad. El responsable devora un bocadillo sentado en una poltrona de la parte de atrás. No me ve.

Abro con cuidado la puerta de la celda. Quito el pasador de las trancas de acero. Saco los pestillos. La celda está tal y como la dejaron el viernes por la noche. Han limpiado la sangre.

Aparto las mantas y en medio de ellas avisto el teléfono móvil de Vanessa. Lo tapo con cuidado para que no se vea, de momento. Simón lo encontrará...

... Sé que lo hará.

12

Miércoles, 20 de julio

Me despierto sudoroso sobre la cama de mi habitación. Tengo un terrible dolor de cabeza. Recuerdo que ayer por la noche di buena cuenta de una botella de licor de manzana que guardaba en el congelador. Me encuentro inmerso en una investigación kafkiana. Hay tantos lazos sueltos y tantas pruebas apuntando hacia mí, que si fuese otro el encargado de las indagaciones del crimen del transexual pensaría, sin dudarlo, que el sospechoso número uno era yo. Lo de la lentilla en el cajón de la mesita de noche es fácilmente explicable: los sabuesos de Asuntos Internos no se van a volver a Madrid sin un culpable que echar a los lobos de sus jefes. Así que ellos fueron los que la metieron en el cajón. Pero... «¿por qué no pidieron una orden de entrada y registro de mi piso?», pienso, mientras me encamino a la cocina para preparar una cafetera. «¿Y el teléfono de Vanessa?», medito. Seguramente no es de ella y lo dejó alguien en la celda para que yo lo encontrara y me volviera loco. Pudo ser cualquiera el que llamó desde ese móvil el viernes por la tarde y luego lo metió entre las mantas de la celda donde murió Vanessa.

Mientras sube el café, me preparo unas rebanadas de pan inglés en la tostadora. Es el mejor desayuno que hay: pan tostado con mantequilla y café solo. La vecina de arriba debe de estar de vacaciones, porque hace días que no la oigo. Normal. En esta época del año todo el mundo huye de Santa Margarita. Yo debería haber hecho lo mismo, en vez de ser el chico de las incidencias.

Mañana me reuniré con el resto de inspectores para cotejar los avances de la investigación y el viernes tengo entrevista con el comisario para ponerle al corriente del transcurso de las pesquisas. De momento ya hay dos cosas que no puedo decir: la primera es la aparición de la lentilla del falso doctor en mi apartamento, la otra es el registro de llamadas de Vanessa.

El sonido del móvil me abstrae de mis pensamientos. Lo busco encima del mueble de la entrada, donde lo suelo dejar. Está ahí, pero no es el mío el que suena...

¡Es el de Vanessa! Alguien la llama...

Corro hasta la habitación de matrimonio. Busco un lápiz y apunto el teléfono que se ve en la pantalla. Descuelgo...

—¡Diga!

Un chasquido es todo lo que obtengo por respuesta. Quién sea ha interrumpido la llamada. «Un cliente del transexual», pienso. «O su asesino...»

10.07

Mientras sorbo el café, recién hecho, me da por meditar acerca del veneno que mató al transexual. Un veneno de ese tipo, de serpiente de mar, debe ser muy exclusivo y no creo que sea fácil de encontrar. Pero es mejor no preguntarlo en una tienda de Santa Margarita, así que lo mejor es que me desplace hasta Alcalá de los Santos, la capital de provincia limítrofe. Es la sexta ciudad más grande de España y apenas está a cien kilómetros de aquí. Allí visitaré tiendas de animales y espero me puedan informar sobre las serpientes de mar.

11.57

Del dicho al hecho. Cuando casi son las doce del mediodía, me encuentro llegando con mi coche hasta Alcalá de los Santos. Conozco esta ciudad desde hace tiempo y sé que es de los mejores núcleos urbanos para circular en coche. Las calles están estructuradas de tal forma que es imposible perderse. Lo copiaron del ensanche de Barcelona y todas tienen el mismo sistema entrelazado de travesías: una calle va en un sentido y la siguiente en el sentido contrario.

Aparco el coche en la plaza de los Retablos, una enorme glorieta con dos ermitas de finales del siglo dieciocho y que el Ayuntamiento ha conservado como reclamo turístico.

Tomo un café en uno de los bares de la plaza y pido al camarero una guía para consultar los comercios. Lo que busco es una tienda de animales, ya que creo que es el mejor lugar donde buscar la forma de conseguir el veneno de la serpiente de mar que mató a Vanessa.

12.45

A la una menos cuarto entro en Todo Animales, una tienda del centro de Alcalá de los Santos, casi tan grande como unos grandes almacenes. El dependiente, un joven de tez morena y terriblemente atractivo, me atiende ataviado con una bata azul cielo.

—¡Buenos días, señor! ¿En qué puedo ayudarle? —pregunta solícito.

—Hola —saludo—. Estoy buscando serpientes de mar —pregunto, yendo al grano.

—¡Vaya! —exclama el vendedor—. Debe tener usted un buen acuario.

—Así es —asiento, al darme cuenta de que debe ser un requisito indispensable para contener las serpientes de mar.

—Tener, tenemos, pero no las tenemos aquí —comenta—. Es una petición poco habitual y tendríamos que encargarlas —afirma.

Para no marear al pobre muchacho con extensas explicaciones, decido decirle la verdad.

—Soy inspector de policía —afirmo, mientras muestro mi placa—. Estoy investigando una muerte producida por la picadura de una serpiente de mar y quería saber si es fácil conseguir una y cuántas serían necesarias para producir un efecto mortal y, más o menos, rápido.

—Depende —responde el chico, mientras camina hacia el mostrador principal de la enorme tienda—, las serpientes de mar tienen un tamaño aproximado de un metro y son delgadas. La picadura de una sola no mata, pero varias a la vez sí que pueden producir un efecto mortal. Pero de todas formas es difícil, por no decir imposible, que una *pelamis* ataque a una persona.

Entiendo que *pelamis* es el nombre científico de la serpiente de mar.

—¿Qué quiere decir? —pregunto.

—Que este tipo de serpiente solo vive en el océano Pacífico y que se caracteriza porque en su ambiente natural, como en cautiverio, no es una especie agresiva, además de producir muy poca cantidad de veneno para ser mortal —afirma.

—¿Y sabe quién podría disponer de bastantes serpientes de estas?

—Pues hay una tienda en el barrio de Santa Ana, donde están especializados en animales exóticos. Si lo que busca son tarántulas, serpientes o ranas venenosas..., esa es su tienda —afirma en un tono sarcástico, por lo que entiendo que no debe ser un negocio muy limpio la venta de animales prohibidos—. Si no tienen lo que usted busca... se lo encuentran enseguida —sentencia.

13.32

Pasan dos minutos de la una y media del mediodía, cuando entro por la puerta de La Selva, una tienda estrambótica situada en una de las callejuelas que bordean la plaza Santa Ana, de Alcalá de los Santos. Si solo me fijara en el aparador de la puerta, seguramente no hubiera accedido al interior, me recuerda a esas tiendas endemoniadas que salen en las películas de Nueva Orleans, con aparadores de cristales negros y figuras horribles de diablos. El dependiente, un punki de pelo puntiagudo y cadenas de acero por su cuello, se acerca hasta el mostrador de la entrada, cuando me ve.

—¿Qué quieres? —me pregunta, mientras observo, detrás de él, una hilera de peceras, conteniendo peces de la más variada índole.

—Quería información sobre las serpientes de mar —le digo, sin quitar el ojo a una serpiente pitón que cuelga de un tronco y que, pese a estar enjaulada detrás de un grueso cristal, temo que de un momento a otro lo atraviese y se abalance sobre mi cuello.

—¿Cuántas quieres? —me pregunta el dependiente, sin dejar de pasarse la lengua por el *piercing* que tiene en el labio inferior.

Por un momento estoy tentado de mostrarle mi placa de policía y decirle que lo que realmente quiero es averiguar quién envenenó a un transexual en Santa Margarita, pero estoy seguro de que su colaboración se reduciría a cero, así que opto por seguir simulando que soy un cliente interesado en las serpientes de mar.

—¿Cuántas puedo comprar de una vez?

—Depende. El pedido más gordo que he tenido fue una chica que compró veinte serpientes de una tacada.

—¿Una chica? —pregunto intrigado.

—Sí, bueno, una chica un poco rara.

—¿Rara? ¿Qué quieres decir con rara?

—Pues que más bien era un travestí o algo por el estilo —afirma el joven mientras sonríe—. No serás policía, ¿verdad? —pregunta—. No me gusta la policía.

—¿Yo? —le digo señalándome el pecho—. ¿Por qué lo dices?

—No, porque fue muy raro como ella compró las serpientes de mar y además nadie quiere tantas a no ser que sea para algo siniestro.

Estaba claro que este punki tenía ganas de hablar y de contarme las circunstancias tan extrañas en las que se realizó la compra de las serpientes.

—¿Quieres decir que te las compró un transexual? —le pregunto, sin andar por las ramas.

—No exactamente —replica—. Era una chica de pelo moreno y muy elegante. Entró en la tienda de noche y no pasó de la entrada. Desde donde estás ahora tú —me dice señalando mis zapatos—. Tampoco quiso que yo me acercara hasta donde estaba ella.

—¡Qué raro! ¿Te dijo que no te acercaras?

—No, no me lo dijo, pero cuando llegué a un metro de distancia de ella, se echó para atrás.

Pensé que con la pinta que tenía el vendedor, no era de extrañar que cualquier persona normal se asustara de él.

—¿Te pidió serpientes de mar?

—Sí, me preguntó cuántas *pelamis* le podía vender.

—¿*Pelamis*? —pregunto haciéndome el tonto, aunque ya sabía por el dependiente de la otra tienda que era el nombre científico de las serpientes de mar.

—Sí —responde—. Es el nombre científico de las serpientes. La chica cogió las veinte que tenía en *stock* y las metió en un transportador de gatos. Además, ella sabía lo que quería porque las pidió por su nombre: *pelamis* —repitió el dependiente más despacio.

—¿Un transporte para gatos? —vuelvo a preguntar al no entender a qué se refiere.

—Sí, una de esas cajas grandes de plástico donde se transportan los gatos cuando uno se va de viaje. —El dependiente buscó con la vista en las estanterías para mostrarme una, pero no debió hallarla—. Aquí no tengo ninguna para enseñártela.

—Pero las *pelamis* necesitan agua para sobrevivir.

—A eso me refería cuando te dije que hizo una compra muy extraña —replica el joven—; a la chica no le importaba que se murieran. La caja para llevárselas tenía los respiraderos tapados.

—¿Y no te has preguntado para qué las quería? —demando a este descerebrado, cuando en realidad le debería propinar un puñetazo y romperle todos los dientes.

—No. Yo solamente vendo animales, lo que el cliente haga con ellos no es de mi incumbencia.

—O sea —digo elevando la voz—, que vendiste un puñado de serpientes venenosas a alguien que se las llevó muertas. ¿Es así? Entonces ya deberías suponer que las quería por el veneno. ¿O acaso pensaste que las quería para comer?

—¿Estás seguro de que no eres un poli?

—Ya te he dicho que no.

—No sé, tío, esto es muy extraño. En pocos días habéis venido dos personas preguntando por las *pelamis*, cuando en todo el año no he vendido ninguna. ¿Quién coño quiere una serpiente de mar venenosa?

—Eso digo yo. ¿No se lo preguntaste a esa chica?

—Pues no. Ya te he dicho que a mí eso ni me va ni me viene.

—¿Te pagó con tarjeta de crédito?

No creo que lo hubiera hecho, de ser así podría saber la identidad del asesino de Vanessa, pienso.

—Tú eres poli...

—Y dale. Que no soy policía.

—Entonces... ¿por qué haces tantas preguntas? Solamente los policías hacen ese tipo de preguntas.

—El tema de la chica que te compró las serpientes de mar venenosas lo has sacado tú, no yo.

El dependiente punki arruga el rostro, viendo que yo tengo razón.

—Bueno... ¿quieres *pelamis* o no?

—No, solamente quería información de cuántas se podían comprar. No son para mí, son para un amigo —me excuso, antes de salir por la puerta de la tienda.

—¿Y el precio? —me pregunta el dependiente desde la puerta, cuando ya estoy en la calle.

—¿Qué precio?

—¿No te interesa saber cuánto cuestan las serpientes de mar?

—El precio es lo de menos —digo antes de irme.

Era del todo imposible que Vanessa hubiera comprado ella misma las serpientes para envenenarse a sí misma, así que no creo que fuese ella la que llegó a esa horrible tienda a comprarlas. Yo podía haberle mostrado la fotografía de la chica al dependiente, por si la reconocía como la persona que compró las serpientes de mar, pero era preferible no ir enseñando fotografías del transexual, máxime cuando el comisario me había ordenado que se llevara la investigación con discreción. Recuerdo como el abuelo del bar Arcadia me comentó algo de una chica que acompañó una vez a Vanessa. Aquel viejo también coincidió en decir que parecía un transexual o un travestí, algo que nunca nadie ha dicho de la chica asesinada, por lo que deduzco que la misteriosa mujer no destaca precisamente por su feminidad y que debe ser fácil reconocerla. De cualquier forma, ya tenía una pista para seguir: un travestí fue el que compró las serpientes que envenenaron a Vanessa.

14.27

Con mal sabor en la boca, después de hablar con el dependiente de la tienda de animales, prescindo de comer y aprovecho la visita a Alcalá de los Santos para averiguar por qué Vanessa se pinchaba la droga en el hombro y no en el brazo, como todos los drogadictos. No hay que olvidar que el veneno se lo introdujo ella misma mezclado, seguramente, con cocaína, y que su última jeringuilla se la preparó alguien de su confianza y que aprovechó para meterle el veneno de la serpiente, así que de momento todas las sospechas apuntan al misterioso travestí desconocido.

En Alcalá de los Santos solamente había un hospital donde se operaban los transexuales de forma integral, es decir: entraban como hombres y salían como mujeres. La Clínica Andros estaba en plena zona universitaria y era conocida y afamada hasta el punto que incluso venían transexuales de toda Europa a cumplir aquí su sueño de convertirse en mujer.

El taxista no puede evitar que se le escape una sonrisa cínica cuando le digo: «A la Clínica Andros, por favor».

Si Vanessa se había operado en España, la Clínica Andros seguro que fue el centro elegido. Por lo que yo sabía, no había otra clínica capaz de realizar la operación tan perfecta que convirtió a Vanessa en una auténtica belleza. Aunque Vasili Lubkov no se castró, la turgencia de sus pechos era una obra de arte. Había leído que quitando una costilla flotante se podía reducir la cintura. El físico que albergaba Vasili Lubkov, alias *Vanessa*, era espectacular desde el punto de vista estético.

15.18

En el interior de la clínica, una sonriente joven me acompaña hasta la sala de espera.

—¡Espere aquí señor! —me dice—. Enseguida le atenderá el doctor.

Me identifico como policía y digo que estoy investigando la desaparición de un transexual. No tengo que olvidar que el crimen de los calabozos aún no ha salido a la luz, y que el jefe no quiere que transgreda nada fuera de la comisaría, hasta que el asesinato esté resuelto.

La sala es pequeña, solamente hay tres sillas para sentarse. En el centro hay una mesita de cristal que contiene un puñado de revistas de moda, muy actualizadas; compruebo que todas son de este mes. Por los altavoces del techo se oye una balada de acordeón. El aire acondicionado está a una temperatura soportable, ya que algunos centros comerciales tienen el climatizador tan alto que casi hiela. En la pared cuelgan infinidad de diplomas, certificados y doctorados de las más prestigiosas universidades europeas y americanas. Doctor Fernando Gorriz, reza en todos los documentos.

—Señor, puede seguirme —me dice una chica, igual de guapa que la anterior.

Camino por un largo pasillo acristalado, de paredes blancas y de suelos encerados. La joven que va delante taconea como si de una modelo de pasarela se tratara y su figura se contonea de forma sublime, serpenteando. Me pregunto si también será un transexual. No sería descabellado que, en una clínica que convierten a hombres en mujeres, las enfermeras fuesen andróginas.

Torcemos por una sala exquisitamente decorada con plantas de interior y llegamos hasta un despacho con la puerta abierta.

—Pase —me dice una voz desde el interior.

Sentado, detrás de una enorme mesa de madera, hay un señor de unos sesenta años y con la piel más estirada que Julio Iglesias. Apenas puede sonreír.

—Buenos días —saluda extendiendo la mano hasta estrecharla con la mía—. Soy el doctor Fernando Górriz. ¿Qué le trae por nuestra clínica, inspector?

—Estoy investigando la desaparición de un transexual.

—¿Un transexual? —se rasca la barbilla—. Haremos todo lo que esté en nuestra mano por ayudarle.

El doctor habla en plural, como si hubiera alguien más con él. Debe ser un defecto de forma, pienso. Una tendencia innata al corporativismo.

—¿La conoce? —le pregunto, mientras le muestro una fotografía sacada del archivo personal de Ernesto y que guardo en mi cartera.

El doctor examina la foto como si acabara de ver un fantasma y dice:

—¡Vanessa! Mi obra suprema.

—Entonces sabe quién es —le digo mientras guardo la foto en mi cartera de nuevo.

—Sí, Vanessa terminó de hacerse mujer en nuestra clínica —afirma mientras se pone en pie y se encamina hacia la ventana, presagiando que me va a explicar toda la historia de su transformación.

—Vino hace tres años, no recuerdo bien cuándo. Es rusa, era una chiquilla llena de ilusiones y había iniciado la transformación en su país, pero le faltaban los retoques de la cirugía.

—¿Entonces se operó íntegramente aquí? —pregunto.

—No, no —replica el doctor—. Vanessa conservaba sus atributos masculinos.

Yo ya sabía ese detalle, pero al decir íntegramente me refería a que se hizo todas las operaciones en esta clínica.

—Salió de aquí convertida en una esplendorosa mujer —dice el médico, mientras mira la entrada de la clínica desde la ventana—. ¿Dice que ha desaparecido? —me pregunta.

—Sí, una chica ha denunciado que hace días que no la ve —le digo, sin que se me ocurra otra excusa más tonta—. Sería bueno que me dejara algún dato identificador de ella, como una radiografía de la boca.

—¿Ha desaparecido, inspector, y usted me pide radiografías de su boca?

El médico no era tonto y yo estaba haciendo un ridículo espantoso. Pedir radiografías de la boca del transexual argumentando que había desaparecido era del género tonto, la verdad.

—Las condiciones en las que se ha producido la desaparición nos hacen sospechar que igual Vanessa ya no está viva —digo tratando de convencer al médico.

—Entiendo. —Se sigue frotando la barbilla.

—¿Podrá ayudarme?

—No se preocupe, inspector —replica—. Le dejaré todos los informes sobre Vanessa que obran en poder de la clínica. Una chica se los dará enseguida —dice mientras pulsa un botón que hay al lado del teléfono.

—Una cosa más —le digo mientras espero a que venga alguien para acompañarme—, ¿se drogaba Vanessa?

—No, no creo que la dulce Vanessa se drogara —protesta visiblemente enfadado—. Ustedes los policías siempre piensan que todo el mundo se droga —critica.

—La amiga que ha denunciado su desaparición —le digo para argumentar mi atrevimiento— dice que Vanessa se pinchaba una jeringuilla en el hombro cada día.

—Hormonas...

—¿Perdón? No le he entendido.

—Digo que se pinchaba hormonas —repite el doctor—. La mayoría de los transexuales empiezan la transición tomando dosis pequeñas de hormonas femeninas, lo suficiente para causar una feminización hasta cierto grado.

—Entonces Vanessa seguía tomando hormonas.

—Así es. Aquí se sometió a un tratamiento de electrólisis para quitarse el vello facial, se implantó unos preciosos pechos y el resto ya lo tenía ella, ya que Vanessa nació mujer. Se pinchaba las hormonas en el hombro porque no quería que se le vieran las marcas.

La primera joven que me recibió al llegar a la clínica me conduce por un largo pasillo y llegamos hasta un ascensor. Subimos dos plantas y entramos en una habitación repleta de archivadores. Andamos hasta una estantería. La chica la abre con una llave que porta en el bolsillo de su bata.

—Tenga —dice con una voz increíblemente fina, mientras me entrega una carpeta.

Es la ficha personal de Vanessa. Supongo que no la quieren guardar y me la suministran entera. La cojo y me marcho, acompañado por la bella joven, hasta la calle.

Una vez en el coche abro la carpeta. En su interior hay bastantes radiografías de distintas partes del cuerpo de Vanessa: de la boca, del tórax, de las piernas. Mi teoría de la costilla flotante era cierta, se la quitaron para perfilar su cintura. Análisis de sangre y de orina. Informes médicos y psicológicos de toda índole.

«Ahora solamente quedaba encontrar una persona con un mordisco donde encajar los dientes de Vanessa», pienso con cierta resignación al darme cuenta de que, posiblemente, nunca descubra al asesino.

Seguramente, pasado el mes de julio, el comisario

no querrá que se haga público el asesinato, ya que eso acabaría con la comisaría de Santa Margarita. La nota de prensa sería escueta:

Un detenido en los calabozos de la comisaría de Santa Margarita, fallece por sobredosis de droga.

Todos los informes médicos avalaban esa teoría. Yo, por mi parte, estoy reuniendo muchas pruebas, pero no tengo a quién aplicarlas, por lo que son del todo estériles.

«¿Por qué tenía Vanessa mi número de teléfono?», me pregunto, retomando la idea de que detrás de todo está Guillermina, la compañera sentimental que más ahondó en mí. El par de años que estuvimos juntos nuestra vida sexual fue muy azarosa: Guillermina era una auténtica gata salvaje y le gustaba probar las cosas más extravagantes en lo que al sexo se refiere.

18.06

Pasan seis minutos de las seis de la tarde, cuando estoy sentado en mi coche y medito sobre todo lo que tengo hasta la fecha, relacionado con el asesinato de Vanessa. Aún no sé dónde encaja mi ex pareja en todo esto, pero estoy convencido de que algo tiene que ver. Que yo recuerde, solamente Guillermina me llamaba Confondu, en referencia a mis continuas idas de cabeza. Yo era un soñador y, como toda persona imaginativa, me pasaba el día en las nubes y ella se daba cuenta de esa situación, y, en vez de apoyarla, como corresponde a una pareja sentimental, reprochaba mis despistes y se reía de ellos. Recuerdo que a Guillermina le atraían los mundos sórdidos y no me extrañaría nada que se hubiera liado con un transexual en su afán interminable de buscar nuevas experiencias. Si mi teoría era cierta, Guillermina sería la encargada de preparar las hormonas de Vanessa y mezclarlas con el veneno de las serpientes de mar. Así, de esta forma, la tarde del viernes el transexual se inyectó su última dosis de hormonas femeninas antes de que los policías la identificaran. Sabiendo que la muerte corría por sus venas, decidió llamarme. No me conocía, pero sabía, por Guillermina, mi número de teléfono y que yo era inspector de policía. No llegó a hablar conmigo, seguramente porque la patrulla de policía la trajo a comisaría y pensaría que allí sería más fácil localizarme. Recuerdo que cuando vivía con Guillermina siempre se estaba disfrazando, se ponía pelucas de diferentes medidas y colores para salir a cenar o quedar con amigos del consulado francés, donde ella trabajaba de traductora. Guillermina era muy aficionada al transformismo e incluso una vez me llevó a un local de intercambio de parejas de la parte alta de la ciudad, disfrazada de hombre, con un bigote postizo y buscando saciar su deseo de nuevas y excitantes experiencias, a pesar de que le dije que a mí no me gustaban esos sitios. Guillermina era la única que tenía un duplicado de las llaves de mi piso y se lo entregó a quien entró y dejó en mi mesilla de noche la lentilla del falso médico, que seguramente sería alguien enviado por ella.

19.03

Pasan tres minutos de las siete de la tarde, cuando recompongo el crimen en mi cabeza y, mire por donde mire, todo encaja para hacerme creer que a Vanessa la mató Guillermina y que el móvil del crimen fueron los celos; aunque no recuerdo a Guillermina como una persona celosa, pero a lo mejor se enamoró perdidamente del transexual y no pudo soportar que se acostara con otros hombres y mujeres. A Guillermina también le gustaba mucho jugar y a lo mejor ponía a prueba mi capacidad como inspector de policía, algo que ella siempre cuestionó. Guillermina era muy dada a menospreciarme como persona, uno de los motivos por el que terminó nuestra relación. Me rio por mis ocurrencias, pero la verdad es que no podía encontrar mejor culpable.

Saco mi teléfono móvil. Busco en la agenda el número de Guillermina. La llamo.

«El número al que llama no existe o no se encuentra operativo», responde una voz robotizada de mujer.

Me lo tenía que haber imaginado. Guillermina ha cambiado el número de teléfono para perder todo contacto conmigo. Ahora es demasiado tarde para llamar al consulado francés de Barcelona, pero mañana por la mañana me comunicaré con ellos o iré personalmente, si hace falta, y localizaré a Guillermina, cueste lo que cueste. Es una de las piezas que falta en el rompecabezas del crimen del transexual. Seguramente la más importante.

Conduzco una hora hasta llegar a Santa Margarita. Estoy cansado. Cuando termine todo esto le pediré al comisario las vacaciones de agosto. Necesito irme unos días a la playa y descansar de esta investigación tan complicada y extraña.

21.20

A las nueve y veinte de la noche llego hasta mi calle. Aparco en la misma puerta de la entrada a mi edificio. En la esquina del bloque está aparcado el Renault Megane, con los dos agentes de Asuntos Internos sentados en el interior, leyendo.

El teléfono de Vanessa es de contrato, eso significa que existe un registro de las llamadas realizadas y las recibidas. Todos los comunicados pasan por una centralita y quedan grabados durante un tiempo. Eso es lo primero que se investiga cuando se produce un asesinato de este tipo: las llamadas de teléfono. Seguramente la jefatura habrá pedido a la operadora un listado de las llamadas realizadas desde el móvil de Vanessa y mi número habrá aparecido entre ellos. Nunca debí coger el móvil de Vanessa de la celda. Seguro que fue una trampa de los muchachos de Asuntos Internos. Lo dejaron allí para que yo lo encontrara y al llevarlo encima he corroborado todas las sospechas que pudieran tener de mí.

Me acerco hasta el coche de los agentes. Tengo que explicarles muchas cosas. Tengo que decirles que alguien me ha tendido una trampa. Tengo que demostrar que mi ex pareja está detrás del asesinato de Vanessa. No sé cómo, pero es ella. Seguro.

No me creerán.

Cómo me van a creer si ni siquiera sé lo que digo. Es absurdo. Cuánto más lo pienso, más cuenta me doy de que no tiene ningún sentido que Guillermina haya venido desde Barcelona para hacerme la vida imposible.

El conductor del coche se baja antes de que yo llegue hasta donde están ellos. Es un buen policía y no permite que les hable a través de la ventanilla del coche mientras están sentados dentro.

—¡Buenas noches! —me saluda con una voz ronca, de fumador.

—Hola —digo, mientras me quedo parado delante de él esperando a que dé el primer paso y explique qué hace delante de mi casa.

Pasan unos segundos, pero parecen horas.

—Eres policía, ¿verdad? —me pregunta.

Asiento con la cabeza, mientras miro de reojo al otro agente.

—Somos guardias civiles —dice mientras saca su carné profesional de una cartera de piel y lo abre mostrándolo.

«No sé qué hace la Guardia Civil en una ciudad de más de veinte mil habitantes», pienso.

—¿Qué ocurre? —pregunto al trajeado agente.

—Estamos investigando la desaparición de la señora Victoria —afirma.

Victoria López es la vecina del piso de arriba. Ahora que el guardia civil lo dice, caigo en la cuenta de que hace bastantes días que no la oigo. Echaba de menos los golpes con el palo de la escoba a través de la ventana del tragaluz, cuando yo accionaba el molinillo de café por las mañanas, pero había estado tan liado con la investigación del crimen de Vanessa, que apenas me había percatado de la ausencia de la vecina. Doña Victoria vivía sola desde que su marido murió hace cinco años. Lo sé porque me lo contó ella misma, un día de cháchara en el rellano de la escalera. La mujer tiene sesenta años, pero atisba la vitalidad de una señora más joven. No quería ir a vivir con ninguna de sus dos hijas porque las encontraba unas pesadas y porque no quería ser una carga para ellas. Eso me había dicho en alguna ocasión. Lo cierto es que hacía días que no sabía nada de la buena mujer, aunque tampoco había prestado mucha atención a sus idas y venidas.

—¿Os puedo ayudar en algo? —me ofrezco a los agentes—. Soy inspector de la Policía Judicial —digo— y vivo justo debajo del piso de Victoria. Si hay algo que pueda hacer solo tenéis que decírmelo...

—Sí, inspector, ya sabemos que es usted policía, lo que pasa es que no queríamos molestar y estamos llevando la investigación de la forma más discreta posible. Es un asunto delicado... ¿sabe?

Por un momento intento buscar un paralelismo entre la muerte de Vanessa y la desaparición de Victoria, algo así como una fatal coincidencia. Claro que el guardia civil, no me iba a decir qué ocurría exactamente, lo mismo que yo no le iba a contar nada del asunto del transexual. Lo poco que sabía de Victoria es que su marido fue militar de alto rango y que estuvo destinado en la primera guerra del golfo. Era la única explicación que se me ocurría para entender que fuese la Guardia Civil la encargada de la investigación de la desaparición de la señora López.

—Pero... ¿ha desaparecido Victoria? —pregunto, intentando sonsacar algún dato sobre mi vecina.

Los agentes se miran de reojo antes de responder a mi pregunta.

—El caso es que no lo sabemos —manifiesta el guardia civil, mientras su compañero sale del coche y se mete un cigarro en la boca.

—Hola —dice el copiloto del Megane—. Soy Elías —se presenta, mientras extiende la mano para estrecharla contra la mía.

No me gusta que me den la mano en situaciones de estrés, porque me sudan y no quiero que se sepa que estoy nervioso.

—El lunes, a las ocho de la tarde, la señora López realizó una llamada al 112 —afirma el agente que estaba fuera del coche, mientras coge un cigarro del paquete de su compañero, que aún no lo ha guardado.

Los dos encienden los cigarros.

El 112 es el número de emergencia de la comunidad, desde él se canalizan todas las llamadas de urgencia y desde allí son distribuidas a quien corresponda.

—¿Qué tipo de llamada? —pregunto intrigado.

—Dijo que estaba siendo atacada por un hombre y colgó —asevera el agente Elías, mientras da una enorme bocanada al cigarro que sostiene entre los dedos.

—Eso es terrible —exclamo—. Pero... ¿por qué custodian la casa en vez de llamar a la puerta? —curioseo sin entender qué es lo que vigilan—. Es posible que la vecina esté en su piso malherida, esperando a ser atendida...

Había algo que no encajaba en las explicaciones de los guardias civiles. No entiendo por qué vigilan la calle desde hace tantos días cuando lo único que saben de la vecina de arriba es que llamó pidiendo ayuda.

—¿Habéis entrado en el piso? —pregunto, intentando sonsacar más información de la que me están dando.

Una mirada de los dos agentes es suficiente para darme cuenta de que no me dicen la verdad. Mienten. Y el que finge de esa forma es porque oculta algo que me concierne a mí. No hay otra explicación: me están vigilando.

—La vecina está muerta, ¿verdad? —pregunto, poniendo toda la carne en el asador.

Los dos agentes se vuelven a mirar.

—En realidad me estáis vigilando a mí porque pensáis que yo tengo que ver algo con su muerte —exclamo mientras la ira asoma por mis ojos.

Los dos guardias civiles lanzan los cigarros que estaban fumando al suelo y se suben al Megane sin decir palabra. El conductor arranca el coche.

—Suerte, inspector —me dice desde la ventanilla del coche, antes de abandonar la calle.

13

—¡Alberto! Soy yo...

—Hola, Lorenzo, ¿qué tal estás?

—Mal. Sabes que no me gusta nada lo del asesinato de ese transexual. ¿Cómo va la investigación?

—La lleva un inspector joven, recién salido de la academia.

—¿Es bueno?

—No. Es un torpe.

—Mejor. ¿Hay más agentes investigando?

—Sí, en total son cuatro. Una inspectora joven y los otros dos ya los conoces.

—¿Crees qué resolverán el caso?

—¡Espera! No hables por teléfono. No es seguro.

14

Me levanto más cansado de lo normal. Se me amontonan demasiadas cosas en la cabeza; esta investigación está acabando conmigo. A las nueve había quedado con Ernesto, Carlos y Carmen, en la comisaría. Había llegado la hora de recapitular y que cada uno pusiera sobre la mesa todos los avances de las pesquisas que llevasen realizadas hasta el momento. Acciono el molinillo del café, esperando que la vecina de arriba golpee la ventana de la cocina con un palo de escoba. Nada. El molinillo acaba su trabajo y no oigo a Victoria. No está. Desayuno un par de tostadas untadas con mantequilla, mientras sorbo una deliciosa y dulce taza de café.

Medito sobre lo que contaré en la reunión con el resto de inspectores. Voy con las manos atadas. No puedo explicar que encontré la lentilla que faltaba del falso médico, porque apareció en mi piso. Aún no sé cómo llegó hasta allí y si fue el azar el que la arrastró enganchada en alguna parte de mi cuerpo, pero el caso es que debo omitir ese detalle.

Tampoco puedo decir nada de la última llamada desde el teléfono de Vanessa, ya que me la hizo a mí y no sería conveniente detallar el mal rollo que había entre mi ex pareja y yo y que creo que todo esto es una burla de Guillermina para ponerme en evidencia y demostrar que el mote Confondu estaba más que bien puesto.

Hablaré de las indagaciones realizadas en la tienda de animales y de la posibilidad de que el transexual no fuera un yonqui, como pensamos en un principio, sino que lo que se inyectaba en el hombro eran hormonas femeninas. Les diré que visité la clínica donde se operó Vanessa y que tengo las radiografías de la boca y que solo queda encontrar una persona con un mordisco en alguna parte de su cuerpo.

Termino de comer las tostadas y medito sobre lo que me dijeron los dos guardias civiles ayer por la noche. Había estado tan liado estos días con el crimen del calabozo que ni siquiera reparé en la ausencia de mi vecina, Victoria López.

08.47

Estoy entrando por la puerta de comisaría, cuando solo faltan trece minutos para las nueve de la mañana. El responsable de seguridad me saluda y me entrega una carpeta con las últimas novedades ocurridas. Casi me había olvidado de que sigo siendo el inspector de incidencias. No abro la carpeta y me limito a responder al saludo.

—¡Buenos días!

Subo por las escaleras, un poco de ejercicio me vendrá bien para terminar de despertar. Entro en mi despacho y me siento en la cómoda silla que hay detrás del escritorio. Todo está igual que ayer. Las mujeres de la limpieza apartan los objetos de la mesa cada vez que pasan el paño y luego vuelven a dejarlos algo descolocados. Así demuestran que han limpiado.

El primero en llegar es Ernesto Fregolas, el eficiente inspector de Documentación y Extranjería.

—Buenos días, Simón —me dice desde la puerta de entrada de mi despacho.

—Hola, Ernesto, ¿qué tal estás?

—Bien, pero tú pareces cansado —me dice.

No le falta razón, la verdad es que estoy extenuado.

—No he dormido muy bien esta noche —le digo, mientras le indico que se siente en la silla que hay delante de mi mesa—. Toda esta investigación me está desbordando —me sincero con él—. ¿Has avanzado algo? —le pregunto.

—¡Bastante! —responde mientras saca la silla de debajo de la mesa y se dispone a sentarse—. He hecho los deberes —afirma—. ¿Has tomado café?

—He tomado uno en casa, pero no me vendría mal otra taza. Aún no he arrancado.

—Ok. Esperamos a que vengan Carlos y Carmen y bajaremos a la cafetería de enfrente.

—Está cerrada —digo al saber que están de vacaciones.

—No —niega—. Acabo de pasar por delante y he

visto a la chica como abría la persiana, las vacaciones las empiezan el día uno de agosto.

—Hola, hola —dice la inspectora Carmen al entrar en el despacho—. ¿Ya estáis aquí? —pregunta, mientras deja una enorme carpeta encima de mi mesa.

—Hola, Carmen, parece que traes muchos papeles —le dice Ernesto, sin dejar de mirar sus largas piernas apenas cubiertas con unos pantalones cortos.

—Pues cuando llegue Carlos nos iremos todos a la cafetería de enfrente de la comisaría. Allí tomaremos un café y luego recompondremos todo lo que tengamos del asesinato de Vanessa —digo, mientras extraigo del cajón de mi escritorio el sobre que me dieron en la Clínica Andros de Alcalá de los Santos.

—He averiguado que Vanessa estuvo trabajando en un puticlub de Barcelona antes de venir a Santa Margarita —dice Ernesto, mientras toquetea la caja con los clips de encima de mi mesa.

—¿Sabes cuánto tiempo hace de eso? —pregunto mirando mi teléfono móvil. Casi no le queda batería.

—Fue hace tres años —responde Ernesto, sacando un clip de la caja y estirándolo hasta dejarlo hecho un alambre.

—O sea que la chica ya trabajaba hace tiempo de prostituta —asevera Carmen, sentándose en una silla del despacho y descubriendo todavía más sus piernas.

—Sí —ratifica Ernesto—. La novedad —dice retorciendo el filamento hecho con el clip— es que allí tuvo un amante durante bastante tiempo. Un año entero —afirma riendo.

—¿Y sabemos quién es? —pregunta Carmen.

—Sí y además lo conozco —consolida Ernesto, que acaba de partir en dos el alambre resultante del desmenuzamiento del clip— y esta tarde vendrá aquí, a Santa Margarita, y hablaré con él para que me diga todo lo que sabe de Vanessa.

—No sé si eso nos servirá de mucho —arguyo en contra del alborozo del inspector de Extranjería.

—Pero si fuiste tú el que dijo que conociendo a Vanessa conoceríamos a su asesino —replica Ernesto—. Lo que está claro es que quién la mató tenía algún tipo de relación con ella.

—¿Y por qué dices eso? —pregunto, sabiendo la respuesta.

—Porque tiene todos los números de ser un crimen pasional —asevera Carmen, adelantándose a las explicaciones de Ernesto—. El asesino no solo la ha matado, sino que se ha recreado en su muerte.

—Una bomba de relojería —apoya Ernesto—. El criminal se ha asegurado de que el transexual supiera que iba a morir.

—No necesariamente —contradigo—. Es posible que Vanessa no supiera que el veneno corría por su sangre.

—Esta tarde quedaremos a las cuatro en mi despacho —dice Ernesto—. Las confesiones del amante que tuvo Vanessa en Barcelona os dejarán de piedra.

—Luego... tú ya has hablado con él —afirmo, viendo una risa cínica en el rostro del inspector de Extranjería.

—Así es —ratifica—. Y mejor que esta tarde lo oigáis directamente de su boca.

—¿El qué? —pregunta Carmen intrigada y haciendo un cruce de piernas que hace que Ernesto y yo nos miremos.

—Pues que Vanessa y su amante de Barcelona estuvieron montando un numerito en casa de una mujer que las contrató para verlas en acción a las dos.

Carmen y yo nos quedamos mudos.

—Bueno... ¡quieres contar ya lo que sabes! —exclamo—. Esto parece un culebrón venezolano por entregas.

—¡Vale! Os lo diré todo cuando llegue Carlos, así no tendré que repetirlo. Pero os aseguro que la cosa tiene miga.

09.12

A las nueve y doce minutos de la mañana entra Carlos Salinas, el trajeado inspector de Seguridad Ciudadana, por la puerta de mi despacho. Yo, personalmente, alababa el hecho de que mis compañeros hubieran suspendido sus vacaciones de forma temporal para ayudarme en esta investigación, porque el hecho de que el asesinato se hubiera cometido durante mi servicio de incidencias lo hacía más mío que de ningún otro.

—Buenos días, Carlos —saludamos los tres a la vez.

—Hola, ¿qué tal? —dice, mientras nos deslumbra a todos con un impecable traje azul y una corbata con rayas amarillas, a juego con el traje.

—Te estábamos esperando para tomar café —dice Carmen—, luego Ernesto nos contará algo muy interesante.

—Así que hay novedades —dice.

10.15

Tomamos un café en el bar de enfrente de la comisaría. Ernesto y Carmen aprovechan para comer un cruasán, mientras que Carlos y yo hablamos un poco de todo. Su experiencia, como jefe de Seguridad Ciudadana, le hacía ser uno de los inspectores más informados en todo lo concerniente a las calles de Santa Margarita. No había persona en la ciudad que no conociera Carlos Salinas. Al igual que el comisario, y que Ernesto, nació aquí, se crió aquí y tras andar unos años por Madrid y Barcelona, como todos, vino a parar a su ciudad natal. Durante la conversación sale el tema del bloque de pisos donde vivo yo. Tiene solo tres plantas y hay una puerta por rellano, en la segunda planta vivo yo. El piso lo alquilé a un matrimonio de Alcalá de los Santos. Le cuento a Carlos las excentricidades de la vecina de arriba y los golpes que da con la escoba en la ventana de mi cocina cuando yo enciendo el molinillo del café por las mañanas. Le hablo del vecino de abajo, Rasputín, como le llamo yo, y de que lo he visto muy pocas veces, en el rellano de la escalera, y que apenas sale de casa, le digo.

—Así que vivo en un bloque con una vecina mortificada por mi molinillo de café y la reencarnación de Rasputín —le digo a Carlos, que no puede evitar reír.

—Ya conozco a Valentín Cabrero —afirma—. Es todo un personaje —dice terminando la taza de café—. Sus padres eran unos ricos de Santa Margarita y él siempre ha sido un desastre. Cuando murieron, le dejaron el piso donde vive y unos terrenos a las afueras de la ciudad, en el camino de la Virgen de Loreto —afirma, refiriéndose a un sendero que lleva hasta una ermita muy conocida aquí—. No es peligroso —anuncia—, si es eso lo que te preocupa.

—No, para nada —corrijo—. Lo que pasa es que nunca lo veo y para una vez que coincidí con él, en el rellano de la planta, me extrañó su aspecto y su forma de mirar.

—No debería decirte esto, pero...

Carlos se detiene un instante.

—... Bueno, es igual —afirma finalmente.

—¡Hombre, Carlos! —le digo subiendo la voz y haciendo que Carmen y Ernesto giren sus miradas hacia nosotros—. No me dejes así ahora.

—Vamos tirando para comisaría —dice Carlos cogiéndome del hombro y acompañándome hasta la puerta del bar, lo que intuyo como que me va a contar una confidencia y no quiere que la oigan los otros dos inspectores.

—¿Qué ocurre? —pregunto, sin poder esperar a cruzar el semáforo que separa el bar de la comisaría.

—Tu vecina de arriba ha muerto —afirma, mientras yo me quedo clavado delante del paso cebra—. No digas nada, no hables hasta que termine —sugiere—, tengo buenos contactos en la Guardia Civil que son los que llevan la investigación, ya que su marido fue militar y han pedido al juez hacerse cargo ellos del asunto. La mujer realizó una llamada de emergencia al 112 el lunes a las ocho de la tarde —dice mientras espera a que el semáforo se ponga rojo otra vez, para evitar cruzar—. Lo único que dijo es:

Mi vecino se ha vuelto loco y me está matando.

—Después colgó el teléfono. La señora Victoria López solamente tenía dos vecinos: tú y Rasputín, como te gusta llamarle. Así que los dos estáis en el ojo del huracán —asevera mientras cruzamos el paso cebra, aprovechando que se acaba de poner el semáforo en verde.

—¿Cómo murió? —pregunto.

—Le cortaron el cuello con un cuchillo jamonero —responde—. La Guardia Civil encontró el cuerpo desangrado en la cocina y el cuchillo en el fregadero.

Un cuchillo jamonero, pienso. Recuerdo haber visto a Rasputín el sábado por la tarde cuando entraba en su domicilio. Había comprado un jamón.

—¡Cielo Santo! —exclamo—. El vecino de abajo ha matado a Victoria —afirmo, delante de la puerta de comisaría—. Si está tan claro... ¿cómo es que aún no lo han detenido? —pregunto a Carlos mientras abre la puerta del vestíbulo y cruzamos por delante del responsable de seguridad.

—Porque, según parece —alega—, el vecino de abajo no ha estado en casa el fin de semana. La Guardia Civil lo ha investigado y el sábado por la noche se fue a una casa que tiene en el pueblo y no ha regresado hasta esta misma noche. A las dos de la madrugada ha sido detenido y ahora le están tomando declaración en la comandancia de la Benemérita.

—Pues está claro... ¿no? El asesino de mi vecina es él —afirmo impertérrito—. Además, el sábado por la tarde lo vi delante de la puerta de su piso y, según dices, Victoria hizo la llamada de socorro ese mismo día por la noche, a las ocho. Si tengo que declarar ante la Guardia Civil les diré la verdad. Rasputín llevaba un jamón cuando me lo encontré en el rellano —asevero ante la mirada inquietante de Carlos, que espera a que se abra la puerta del ascensor para entrar.

—Puede ser —comenta Carlos, apretando el botón de la segunda planta y sin esperar a Ernesto y Carmen, que vienen detrás de nosotros—. Pero, según la Benemérita, tú también estuviste el sábado por la tarde y por la noche en el piso... ¿es así?

—Así es —ratifico—. Pero estuve descansando —le digo—. Ya sabes que tenía que atar muchos cabos con el tema del asesinato del transexual. Oye. —Me detengo un momento—. ¿No pensarás que he matado a mi vecina? —pregunto mirándole directamente a los ojos, para estar seguro de que no miente en su respuesta.

Mientras llegamos a la segunda planta y se abre la puerta del ascensor, recuerdo las palabras de Carlos y me pregunto por qué saben que estuve el sábado por la noche en casa.

—Carlos —le digo—. ¿Por qué sabe la Guardia Civil que estuve todo el sábado por la tarde y por la noche en casa?

—Bien, Simón, la cosa es la siguiente —clama mientras accedemos a mi despacho para reunirnos con los otros inspectores—: Rasputín, como le llamas tú, fue detenido el sábado por la noche. Los agentes de la Guardia Civil lo encontraron en la casa de Victoria López, la vecina degollada.

—Entonces —digo—, la cosa está clara.

—En su declaración ha contado una historia tan extraña, que es creíble de pura incredibilidad —afirma—. ¿No te enseñaron en la academia de policía

—comenta— que cuánto más inverosímil sea la coartada del sospechoso, más posibilidades tiene de ser cierta?

—Creo que no me vas a decir lo que ha declarado Rasputín, ¿verdad? —le pregunto, mientras veo asomar por el hueco de la escalera a Ernesto y Carmen.

—Un momento —les dice a los dos inspectores—, Simón y yo vamos a hablar de un asunto privado. ¿No os importa, verdad?

Carmen y Ernesto niegan con la cabeza, mientras que el inspector de Seguridad Ciudadana y yo nos introducimos en un despacho anexo y amueblado únicamente con una silla y una estantería descolgada en la pared. Al fondo, un retrato del Rey.

—Es la nueva oficina de informática —me dice—. Quieren instalarla aquí, pero aún está en obras.

Carlos cierra la puerta y a continuación abre la ventana.

—Bueno. —Se detiene un instante—. Como te decía, Rasputín ha declarado que a Victoria López, tu vecina, la mataste tú la tarde el sábado.

—¿Y por qué hay que creer las declaraciones de un pobre loco? —pregunto creyendo que se estaba sacando la cosa de quicio.

Si alguien quiere que deje la investigación del asesinato de Vanessa, no tiene nada más que decírmelo y así lo haré. Qué me importa a mí la muerte de un transexual más o menos, pero lo que no podía tolerar es que me intentaran achacar el crimen de una abuela, que según parece es lo que quieren hacer.

—Resulta —sigue explicando Carlos— que Valentín dice que oyó como Victoria pedía auxilio el sábado a las ocho de la tarde y que salió corriendo de su piso para ver qué ocurría.

—Tiene gracia —interrumpo—. Un hombre que no he visto en los últimos tres meses y que casualmente me encuentro el sábado por la tarde en el rellano de su piso y con un jamón dice que salió corriendo en ayuda de la vecina de arriba. ¿Quién se cree eso? —pregunto alterado sobremanera por las declaraciones de Carlos.

—No lo sé, Simón —replica el inspector de Seguridad Ciudadana—, el caso es que no hay que cerrar las vías de investigación —manifiesta—. Tú eres inspector como yo y sabes que en un asesinato nadie tiene que ser descartado de las averiguaciones policiales. El caso es que Valentín subió, según él, corriendo por las escaleras y se encontró contigo, justo en tu rellano. Vio como cerrabas la puerta y como tenías las manos llenas de sangre.

—¿Que me vio? —pregunto totalmente fuera de mí—, ese tío es un hijo de puta. La ha matado y ahora me quiere echar las culpas a mí —grito, ante la atenta mirada de Carlos.

—Ya te digo que no lo sé, Simón —dice Carlos sin creerme del todo—. Valentín ha aportado muchos datos. Demasiados —asevera.

—¿Datos? —pregunto bajando el tono de mis aullidos—. ¿Qué datos?

—Son secreto de sumario, pero como somos compañeros te los voy a decir —comenta, mientras se acerca a la ventana y la cierra, intuyendo que me va a comunicar algo realmente importante—. Esos pisos son muy ruidosos —afirma—, con eso quiero decir que se oye cualquier ruido que ocurra en el interior de los mismos. Valentín sostiene que escuchó cómo subiste al piso de la vecina de arriba y cómo entablasteis una discusión acerca del ruido del molinillo del café. Algo que, según él, Victoria no soportaba.

—Cierto —corroboro—. Pero no es ningún secreto que cada mañana me golpeaba la ventana del tragaluz con el palo de la escoba para que apagase el molinillo.

—Pues parece que Rasputín estaba al corriente de eso y os oyó discutir en la cocina. A las ocho Victoria llamó por teléfono al 112 y dijo que el vecino la estaba matando.

—Sí —advierto—. Valentín también es vecino.

—Cierto —atestigua Carlos—. Por eso está detenido él y no tú.

Ese último comentario hace que me calme un poco. No quería ser objeto de una trampa perfectamente tendida y que me detuvieran por algo que nunca haría. Toda mi carrera policial se iría al garete por un crimen que no cometí.

—Me has hablado de unos datos concretos que hacen que la Guardia Civil sospeche también de mí —le digo, mientras vuelvo a abrir la ventana ante el calor asfixiante que hace.

—El cuchillo jamonero que mató a Victoria es tuyo —afirma.

—¡Mío! —grito otra vez como poseído por el diablo—. ¿Qué quieres decir con eso?

—La Guardia Civil se ha puesto en contacto con el matrimonio que te alquiló el piso —dice, mientras vuelve a cerrar la ventana—. Es un matrimonio mayor, de Alcalá de los Santos.

Asiento con la cabeza, mientras noto la boca seca a causa del acaloramiento.

—Los han hecho venir hasta Santa Margarita —asegura, mientras se ajusta el nudo de la corbata—. El piso que les alquilaste tiene todos los muebles, electrodomésticos y una vajilla completa, ¿no es así? —pregunta, ante mi asombro por las pesquisas de la Benemérita, que no sabía que fuese tan eficiente.

—Así es —asiento, temiendo que me va a decir que el cuchillo que mató a Victoria es del piso donde estoy viviendo.

—Pues ese cuchillo jamonero forma parte del ajuar que te dejaron en el piso —afirma.

—Vamos, Carlos —lamento—, hay dos millones de cuchillos igual que ese.

—Igual, no —corrige el inspector de Seguridad Ciudadana—. Los Martínez —se refiere a la familia propietaria del piso de alquiler— lo compraron en Toledo y se lo hicieron grabar con las iniciales de su hija, a la que se lo regalaron: «S. M.». Susana Martínez —dice Carlos, abriendo la puerta del futuro despacho de informática para que entre un poco de aire y para salir al encuentro de los otros inspectores.

Yo recordaba un cuchillo jamonero en el piso, lo había visto, aunque no lo había utilizado nunca, como la mayoría de objetos de la cocina.

—Carlos —le digo—, si yo nunca cocino. Ya sabes que la mayoría de los días almuerzo en el Rincón del Gato o en algún restaurante que me pilla de paso.

—Ya lo sé —asevera—. Si yo, además, creo que tú no has matado a esa pobre vieja, pero la Guardia Civil lleva la investigación y me han pedido que no te diga nada. Aun así —dice antes de salir del despacho—, te he demostrado que confío en ti al hacerte partícipe del transcurso de las indagaciones de la Benemérita. ¿No ha entrado nadie en tu piso? —pregunta—. ¿No has notado nada raro, la puerta forzada? ¿Algún objeto fuera de lugar?

Estoy tentado de explicarle el asunto de la lentilla del falso médico que apareció en el cajón de mi mesita de noche. Pero pienso que sería añadir más desconcierto en Carlos, al que no veo demasiado convencido de mi inocencia. No quiero pensar qué diría si además le cuento que uno de los objetos relacionados con el crimen del transexual también ha aparecido en mi piso y, lo que es peor, que no he dicho nada.

12.09

Pasan nueve minutos de las doce del mediodía, cuando un sonriente Ernesto y una estupenda Carmen nos dicen que ya nos veremos a las cuatro de la tarde, para que el extraño testigo del inspector de Extranjería nos aleccione sobre los vicios ocultos de Vanessa. Carlos me anuncia que tiene que ir a recoger a su hijo a la piscina y yo opto por leer un rato el periódico en el Rincón del Gato, mientras espero la hora de comer.

Martín está de pie detrás del mostrador del bar. Como siempre. En su mano sostiene un trapo de cocina y seca una fila de vasos con una habilidad prodigiosa.

—Mañana es el último día —me dice.

—¿Perdón?

—Digo que mañana es el último día —repite—. Que cierro por vacaciones.

—¡Ah! Eso está bien —afirmo—. Unas vacaciones siempre van estupendamente.

—¿Vienes solo?

—Sí, hoy almuerzo más solo que la una —reniego, mientras me siento en un taburete de la barra.

El bar está vacío y solamente se escucha algún ruido de cacerolas proveniente de la cocina. Esa calma chicha es la que me motiva para hacerle una pregunta indiscreta a Martín:

—¿Qué pasó entre tú y el comisario?

—También te has dado cuenta, ¿verdad? —dice sin dejar de secar vasos—. No nos tratamos desde hace años.

—¿Se puede contar el motivo? —pregunto.

Supongo que Martín se da cuenta de que mi pregunta solo atisba curiosidad lectiva, para conocer mejor al comisario de Santa Margarita y saber de qué pie cojea. Solo llevo unos meses aquí, pero hasta la fecha, el jefe no me parece una persona digna de confianza. Sé que está mal decirlo y que no es ético de un inspector, pero Alberto Mendoza no me inspira la más mínima credibilidad en todo lo que pueda decir o hacer.

—Fue hace años —dice—. Tantos que he perdido la cuenta. El comisario Alberto es un poco más mayor que yo, aunque no mucho —especifica—. Un día, cuando los dos teníamos quince años, estábamos en el instituto y coincidimos en el patio. Nos peleamos no sé por qué, no lo recuerdo, pero propiné un puñetazo en la cara de tu comisario y le rompí la nariz. Fue una pelea limpia, pero él tuvo la culpa por sus bravuconerías —comenta, mientras sigue secando vasos—. El caso es que se vengó de aquello.

—¿Se vengó? —pregunto, mientras sorbo un trago de vermut.

—Sí —asevera, dejando el último vaso seco encima de la barra—. Unas semanas después, violaron a la hija del director del colegio. Aquello fue muy sonado —dice mordiéndose el labio inferior—. Fue él, estoy seguro, pero se las ingenió para que me echaran la culpa a mí —dice, recogiendo los vasos secos y colocándolos en la estantería.

Durante un buen rato me cuenta una historia infumable acerca de una trampa perfectamente argüida para culparle a él de la violación de la chiquilla, que apenas contaba dieciséis años. El actual comisario de policía, Alberto Mendoza, quedó con ella en el pabellón de deportes, los dos eran novios y se juntaban allí para besarse. Martín lo sabía, porque los había visto en una ocasión en que fue a entrenar, le encantaba correr y siempre que podía frecuentaba la pista de atletismo. Aquella noche entró, como solía hacer, por la puerta principal y saludó a Begoña, que es como se llamaba la chica. Ella le dijo que estaba esperando a un chico, pero no mencionó de quién se trataba, aunque Martín sabía de sobra que se trataba de Alberto.

La chiquilla estuvo esperando un buen rato y viendo que Alberto no se presentaba y que empezaba a anochecer entró en el interior del pabellón. Alberto, el futuro comisario de Santa Margarita, había accedido por la puerta de los vestuarios, ya que tenía llave, y desde el interior del vestidor masculino la llamó. Gritó su nombre en las tinieblas del pabellón, mientras Martín corría por la pista de atletismo. Begoña reconoció la voz y se adentró en el vestuario. Alberto la violó después de golpearla y se aprovechó de la oscuridad para esconder su rostro. Martín terminó de hacer deporte y se fue al vestuario masculino a ducharse. Encendió la luz y vio a Begoña tendida en el suelo. Recibió un fuerte golpe en la cabeza y me asegura que fue Alberto quien se lo dio, porque vio su reflejo en el espejo del vestuario antes de caer inconsciente en el suelo. La policía los encontró a los dos tumbados en el suelo, a la chica y a él. Vinieron acompañados de Alberto, que aseguró haber visto cómo Martín forzaba a Begoña y que fue él mismo quien propinó un estacazo al violador para inmovilizarlo hasta que llegara la ambulancia y la policía.

Cuando termina de contar la historia, le pregunto:

—¿Y no se hicieron análisis de semen para saber que tú no eras el violador?

Martín se ríe.

—Estamos hablando de hace cuarenta años —me dice sacando un cigarro de un paquete de tabaco que tiene en la estantería de atrás y poniéndoselo en la boca.

«Es verdad. Qué tonto soy», pienso. «He hablado por no callar.»

—Tienes razón —le digo—. Eso que me has contado es horrible.

No sé por qué, pero me creo la historia de este trotamundos y mi animadversión hacia el comisario se ve acentuada a partir de ahora. Así que fue eso lo que ocurrió. Por eso Martín y Alberto no se pueden ver. El dueño del Rincón del Gato tuvo que pasar unos cuantos años en un correccional de menores, mientras que el jefe de la policía de Santa Margarita es un violador. Eso me recuerda que quien lo hace una vez no le importa hacerlo más. Una pregunta me corroe la cabeza: «¿Y si el asesino de Vanessa ha sido Alberto Mendoza, comisario jefe de Santa Margarita?».

16.00

A las cuatro de la tarde quedamos todos los inspectores en mi despacho de la comisaría. Ernesto llega acompañado de una chica. Se llama Amalia y también es un transexual, aunque los genes no fueron tan dichosos como en el caso de Vanessa y, por mucho que intente disimularlo, se le nota que es un hombre. Amalia formaba un tándem perfecto con Vanessa, en la época en que esta trabajaba de prostituta en Barcelona. Ambas frecuentaban pisos de la zona alta y allí hacían numeritos para adinerados ávidos de experiencias fuertes.

El transexual no ahonda en detalles escabrosos, poco interesantes para la investigación, pero relata cómo en una ocasión estuvieron haciendo un dúo para una señora de la Avenida Diagonal. La mujer pagó para que los dos transexuales fueran a su apartamento y mantuvieran una relación entre ellos, mientras la señora miraba sentada cómodamente en una butaca.

—La recuerdo como si estuviera ahora mismo delante —dice Amalia, entornando los ojos para evocar mejor los recuerdos—. ¡Aquella mujer era un tío!

—¿Estás segura? —pregunta Carmen, que ha permanecido expectante y callada ante las explicaciones del transexual.

—Segurísima —dice sacando un cigarro de una pitillera de plata y posándolo en sus labios como si se lo fuese a comer—. He sido hombre antes que mujer —afirma— y además he visto tantos hombres en mi vida que los puedo distinguir a una legua.

—Cuenta lo mismo que me dijiste a mí —invita Ernesto, sentándose en la única silla vacía de mi despacho.

—¡Ay! —lamenta Amalia—. ¡Qué cosas nos quedan aún por ver! —dice mientras se acerca al mechero de Carlos, que nos mira con rostro sarcástico—. Aquella mujer trabajaba para el consulado francés de Barcelona —anuncia, mientras yo no puedo reprimir un salto en mi asiento.

—¡Para el consulado! —exclamo—. ¿Cómo lo sabes?

—Porque Vanessa la conocía —responde, soltando una enorme bocanada de humo—. Aunque nunca me dijo de qué, ni por qué —afirma—, pero sé que antes de irnos comentó que se llamaba Guillermina y que era traductora en el consulado.

Si me pincharan en este mismo momento seguramente no me sacarían sangre. Mi corazón palpita como una locomotora descarriada que fuese a chocar contra un edificio de quince plantas. Es horrible. Guillermina, mi querida ex pareja, está detrás de todo esto. Pero no entiendo por qué este engendro que se hace llamar mujer asegura que Guillermina es un hombre. Creo que esta tal Amalia miente como una bellaca despreciable que busca aturdirme y volverme loco. En mi mente se agolpan los últimos acontecimientos ocurridos desde el asesinato de Vanessa, los frutos de la investigación, la conversación con Martín, la muerte de mi vecina de arriba, la detención de Rasputín...

«¡Demasiadas cosas para un hombre sencillo como yo!», pienso, mientras intento disimular la incomodidad que me ha producido las declaraciones del transexual de Barcelona.

—No has dicho lo de las serpientes —recuerda Ernesto, sonriente. Como si fuese él, el que más aportaba a esta investigación.

—¡Ah! —exclama Amalia—, se me olvidaba. Cuando estuvimos haciendo nuestro numerito Vanessa y yo...

—¿En qué consistía el numerito? —interrumpe Carlos, ante la mirada censuradora de Carmen.

—Ahora no es el momento y tampoco es importante para resolver el caso —critica.

—Ya lo sé, mujer —se disculpa Carlos riendo—, solamente era una broma.

—Entiendo —dice Amalia, mientras apaga el cigarro en un cenicero de cristal que tengo encima de mi mesa—, luego te lo cuento a solas —anuncia guiñando un ojo y provocando una subida de colores a Carlos—. Pues cuando realizamos el acto sexual delante de aquella mujer —dice sonriendo a Carlos—, me fijé en que había una pecera, enorme e iluminada, llenita de serpientes.

—¿Estás segura? —pregunta Carmen mirándome a mí.

—Segurísima —responde el transexual— y además eran marinas.

—¿Y eso cómo lo sabes? —pregunta ahora Carlos, que había recuperado el color de su cara.

—Porque estaban sumergidas en agua —dice sacando otro cigarro largo y poniéndoselo en la boca, después de pasar la punta de su lengua por encima de la boquilla y provocando otro rubor al inspector Carlos.

La historia de Amalia ha dado un vuelco enorme a la investigación. Ahora sé de buena tinta que mi ex pareja está metida de lleno en la muerte de Vanessa y que tiene sentido que intente culparme a mí de eso, ya que Guillermina es una mujer vengativa y el despecho es un multiplicador de la *vendetta*. Yo no conocía su faceta de las serpientes, pero lo que ha contado el transexual sobre sus gustos sexuales sí que es característico de ella. Guillermina era una auténtica pervertida. Al principio de nuestra relación me gustaba e incluso me daba morbo, el hecho de que fuera una «cabra loca». Más tarde, a medida que fuimos formalizando nuestra ligazón, me di cuenta de que no era la pareja apropiada para mí. Ella también lo supo y por eso buscó a alguien más acorde. No la culpo. Las parejas tienen que ser afines y no tiene sentido mantener una relación cuando dos no se llevan bien.

Me siento terriblemente mal. Coartado, es la palabra exacta para definir el amasijo de sensaciones que me comen por dentro. Hay aspectos de esta investigación que no puedo comentar con el resto de inspectores, a riesgo de confundir más las cosas. Y, por otra parte, hay variables sueltas que se relacionan directamente conmigo. Además, la lista de sospechosos crece al mismo ritmo que avanzan los días: Rasputín, Guillermina, el comisario..., no me puedo quitar de la cabeza la conversación con Martín, el dueño del Rincón del Gato, y lo que me contó del jefe.

«¿De verdad Alberto violó a una chiquilla y le echó las culpas a otro?»

De ser cierto estaríamos hablando de que el jefe de la comisaría de Santa Margarita es un violador.

«¡Cómo me puedo fiar de una persona así!», exclamo para mis adentros.

15

Sube las escaleras despacio. Sin prisa. El calor es agobiante hasta el punto de que dificulta la respiración. Los policías ya no están en la puerta. Mejor. Anda con sigilo. No quiere que le oigan. No quiere que detecten su presencia. No quiere que le vean. En su mano apresa un paquete hecho con un klínex. Lo cambia de mano para evitar que se moje a causa del sudor. Él aún no ha salido del piso. Lo hará de un momento a otro. No puede esperar. Llama a la puerta. Se esconde...

16

Viernes, 22 de julio
08.50

Ayer por la noche me acosté con un terrible dolor de cabeza, pensaba que me iba a estallar el cerebro y que se esparcirían los trozos por la habitación. Llegué al piso a las siete de la tarde y me metí directamente en la cama. No podía pensar. El desconsuelo y la congoja me envolvían como la piel que envuelve el plátano y solamente se puede separar de una vez y tirando de ella con fuerza. A las doce había quedado con el comisario y le tenía que poner al corriente de los últimos avances de la investigación. Estoy cansado y una nube oscura me tapona la vista y me impide ver con claridad. No es buen día para citarme con el jefe. No es buen momento para exponer todo lo que sé del asesinato de Vanessa.

«¿Quién la mató?», me pregunto a mí mismo, mientras me tambaleo en dirección a la cocina. «¿Por qué?», me interrogo ahondando en los recuerdos que tengo hasta ahora y queriendo contemplar cualquier posibilidad, sin descartar ningún sospechoso.

Una sola idea me ronda la cabeza, mientras saco la tostadora del armario y deslío el cable para enchufarla: hablar con Guillermina. Mi ex pareja me podrá aclarar muchas cosas y tendrá que explicarme, por ejemplo, de qué conocía a Vanessa y por qué tiene serpientes de mar en la pecera del piso donde los dos transexuales le hicieron el numerito. Yo sabía que Guillermina tenía un piso en la Avenida Diagonal de Barcelona, porque ella misma me lo había dicho muchas veces; le gustaba presumir de ello. Esa zona es de las más caras de la Ciudad Condal y mi ex pareja lo heredó de sus padres. Fue lo único que le dejaron, pero me dijo que si alguna vez necesitaba dinero solo tenía que venderlo.

09.15

Con más sueño que otra cosa llamo al comisario. Su teléfono móvil estaba vedado a la mayoría de los funcionarios de la comisaría, ni siquiera forma parte del listado de los jefes, pero el hecho de que yo sea el inspector de incidencias por antonomasia me hace ser el privilegiado portador de tan alta prerrogativa, su número está en la agenda de mi móvil.

—¡Dime, Simón! —pregunta con la voz clara y con el tono de una persona que lleva rato despierto.

El comisario es el mortal que menos horas duerme. Nos contó una vez, a los otros inspectores y a mí, que era capaz de estar una semana entera sin dormir y que las noches se las podía pasar leyendo sin dar ni un solo cabezazo.

—Hola, jefe, ¡buenos días! —le digo, mientras saco

dos rebanadas de pan de una bolsa y las introduzco en la tostadora.

—¿Qué ocurre? —pregunta—. Habíamos quedado a las doce en mi despacho, ¿no?

—Precisamente te llamo por eso —le digo mientras pongo una taza de café en el interior del microondas—. ¿Quería saber si podemos quedar más tarde?

—¿Problemas?

—No, qué va —afirmo convencido—. Lo que pasa es que tengo que hacer unas averiguaciones para terminar de realizar mi informe sobre los avances de la investigación y mañana será mejor día para quedar. Aún hay cabos por atar.

—Por mí no hay problema —comenta—. Si quieres nos vemos mañana a las cinco de la tarde —sugiere—. Por la mañana no puedo, que tengo que llevar a mi hija a baloncesto.

Al nombrar a su hija recuerdo la violación de la chiquilla en el pabellón y por un momento me repugna la sola idea de hablar con él.

«Cabrón», pienso cogiendo las tostadas y poniéndolas en un plato.

—Está bien —le digo—. Mañana a las cinco en tu despacho, ¿te parece?

09.31

Desayuno las tostadas untadas con mantequilla y sorbo la taza de café en la cocina, de pie. Echo de menos los golpes con la escoba de mi vecina.

«¿Habrán soltado a Rasputín?»

Miro a través de la ventana para ver si el Renault Megane de la Guardia Civil sigue aparcado en la calle. El coche no está.

Desde Santa Margarita hasta Barcelona hay unas tres horas por la autopista. Si salgo ahora de casa, llegaré sobre la una del mediodía. Recuerdo que Guillermina no terminaba de trabajar hasta las tres. Por la tarde tenía fiesta la mayoría de los días.

Llaman a la puerta. Dos golpes secos.

El bloque no dispone de portero automático, por lo que la puerta de la calle siempre está abierta. Ya sabía que Santa Margarita era una ciudad tranquila y que nunca ocurría nada. Pero el hecho de que en una semana hubieran muerto dos personas, como el transexual y la vecina de arriba, me hace pensar que quizá la ciudad no fuese tan tranquila como me querían hacer creer.

Abro la puerta sin tomar la precaución de examinar por la mirilla. Con el tiempo he perdido la sana costumbre de preservar las medidas mínimas de autoprotección.

No hay nadie.

Miro por el hueco de la escalera.

Nada.

En el suelo hay un pañuelo de papel envuelto. Me agacho. Lo recojo y entro en casa.

Voy hasta el balcón y me asomo, esperando ver a la persona que ha llamado a la puerta. No sale nadie de la escalera.

Estoy a punto de arrojar el klínex a la basura, pensando que es de algún guarro que ha tenido la desfachatez de dejarlo en mi puerta, cuando lo pongo encima de la mesa del comedor.

Lo abro.

«¡Cielo Santo!», hay doce dientes...

El asesino me ha escogido como objeto de sus burlas. Cuando encontré la lentilla azul del falso médico, pensé que quería culparme, pero ahora que me ha dejado los dientes de Vanessa en mi puerta, me doy cuenta de que lo que está haciendo es jugar conmigo. Quiere que yo lo desenmascare y me deja pistas para poner a prueba mi inteligencia.

Envuelvo los dientes de nuevo en el klínex y los meto en un tarro de cristal de la cocina.

«Demasiado obvio», pienso, mientras los saco y busco un recipiente más apropiado.

Al final los guardo sueltos dentro de un paquete de arroz. Nadie los encontrará.

No tengo tiempo que perder, si el asesino quiere jugar..., jugaremos.

Bajo las escaleras corriendo y me monto en mi coche. Me voy a Barcelona. Guillermina no me mentirá. Me dirá la verdad. Solo tengo que mirar sus ojos para saber si finge. Necesito saber qué relación tenía ella con Vanessa y de qué la conocía.

«Conociéndola a ella conocerás a su asesino», repito, acordándome de la máxima del buen detective.

Conduzco durante casi tres horas. No me detengo nada más que para poner gasolina en un área de servicio. Lo justo.

13.00

A la una en punto aparco mi coche delante del consulado francés de Barcelona. Un agente me dice que no puedo dejar mi coche ahí. Lo quito y lo aparco en una calle colindante. Ni siquiera extraigo un tique de aparcamiento, no me importa que me multen.

Llego hasta la recepción, después de identificarme como policía en el acceso de seguridad.

«Es un asunto oficial», le he dicho al vigilante de la entrada.

Recorro los pocos metros que hay entre la puerta principal y la recepción del consulado. Todo está tal y como lo recordaba.

—Necesito hablar con Guillermina Díaz —digo a la mujer que me atiende.

—¿Sabe en qué departamento está? —me pregunta con un marcado acento francés.

—Es traductora —digo mientras me seco el sudor de la frente con un pañuelo de tela.

—*Monsieur* —exclama—. Aquí todos son traductores.

—Es una chica alta —indico, mientras levanto la mano hasta tocarme la cabeza—, como yo, más o menos —especifico—. Lleva trabajando aquí mucho tiempo.

La mujer se encoge de hombros.

—Su novio trabaja también aquí. Es oficinista —le digo, mientras la mujer parece no entenderme—. ¿Me comprende?

—*Oui monsieur* —afirma—. Le comprendo perfectamente. Lo que ocurre es que aquí no trabaja ninguna Guillermina Díaz. ¿Está usted seguro de que esa mujer está empleada en el consulado francés? —pregunta, mientras yo busco con la mirada algún conocido de los dos, alguien que nos hubiera visto entrar juntos en la época que éramos pareja sentimental.

—¿Qué ocurre? —pregunta un señor trajeado y con un bigote enorme—. ¿Cuál es el problema?

—*Monsieur* Codina —dice la mujer—, este señor busca a una chica que no trabaja aquí.

—Una chica, ¿qué chica es? —pregunta, dirigiéndose a mí.

—Es Guillermina Díaz Salmerón, una traductora de este consulado —asevero, ante la desconcertada mirada de la mujer.

—Un momento —me dice mientras descuelga el teléfono de recepción y suelta una larga parrafada de palabras en francés que apenas comprendo.

—Esta señorita no está empleada aquí —me dice.

—Comprendo —digo.

Abandono resignado el consulado y me encamino hacia mi coche para regresar a Santa Margarita.

La cosa estaba clara. Guillermina era una mujer molesta para el personal diplomático. Su libertinaje y los vicios insaciables a los que era tan dada habían llegado a oídos de algún jefe y seguramente la habían echado del trabajo. El personal del consulado habría recibido órdenes de omitir cualquier referencia de ella, pienso.

«A saber cuántos diplomáticos habrán compartido su lecho», pienso.

Por eso se vengaba de mí. Ella sabía que un inspector de policía tiene mucho poder y seguramente creía que yo era el culpable de lo que le había ocurrido. Recuerdo como en alguna ocasión, en el año que pasamos juntos, le advertí sobre la incompatibilidad de su licenciosa vida con el trabajo en el consulado. Yo sabía dónde estaba ella, dónde había estado la última semana, Guillermina pululaba por Santa Margarita. Seguro que conocía a Vanessa y le mezcló el veneno de serpiente de mar con las hormonas que se inyectaba el transexual para preservar su feminidad. El que yo fuese el inspector de guardia fue una casualidad que se alió con su macabro plan de culparme del crimen. Pero Guillermina no desaprovecha la oportunidad y explota su suerte. Quiere ponerme en entredicho como policía. Ella es una maestra del disfraz. Cuando estábamos juntos siempre le gustaba ponerse pelucas y vestidos extraños. Seguro que el falso médico era ella disfrazada, «¿quién, si no, podía entrar en mi piso sin forzar la cerradura?», estoy convencido de que Guillermina tiene una copia de la llave de mi domicilio y por eso entró y me dejó la lentilla azul del falso médico en el cajón de mi mesita de noche y también arrojó los dientes de Vanessa delante de mi puerta. Tengo que encontrar a Guillermina, ella es la asesina.

14.48

Son casi las tres de la tarde cuando conduzco por la autopista que une Barcelona y Santa Margarita. Voy despacio, no tengo prisa y además necesito pensar. Suena el móvil. Lo busco a ciegas en el asiento de atrás. Descuelgo.

—Simón —me dice la inconfundible voz de Carmen, la bella inspectora de la Policía Científica—. ¡Gracias a Dios que te encuentro! ¿Dónde estás?

—De viaje —le digo—. Hace un momento que he salido de Barcelona, ¿qué ocurre?

—¿Barcelona? ¡Ven rápido! —grita—. Un anónimo ha llamado al 112 y ha dicho que en tu casa están los dientes de Vanessa.

Ni siquiera me entretengo en dar explicaciones. No servirían de nada. Aprieto el acelerador.

—A las cuatro estoy ahí —digo a la inspectora de la Científica.

—¿Es verdad que los dientes están en tu piso? —me pregunta Carmen.

—Sí, pero no los dejé yo —le digo con voz seria—. Cuando llegue te lo cuento todo.

—Dime lo que sabes —suplica— y así podré hablar con el jefe y con los otros inspectores y entre todos te ayudaremos. ¿Y qué coño haces en Barcelona? ¡Estás de incidencias! No puedes alejarte de Santa Margarita.

Estoy tentado de contarle toda la verdad. Decirle que creo que mi ex pareja me ha tendido una trampa, que el comisario es un violador y que tanto Guillermina como él conocían al transexual, que cualquiera de los dos lo podía haber matado, o los dos, ya no lo sé. Estoy a punto de contarle a Carmen todos los hallazgos hechos en la última semana, pero no me fío de nadie. De ella tampoco.

15.58

Faltan dos minutos para las cuatro de la tarde cuando freno, deslizando las ruedas de mi coche, delante de mi bloque. Dos coches de policía en la puerta no dicen nada bueno. Subo por las escaleras a la velocidad que dan mis piernas. Me agarro a la barandilla para no perder el equilibrio. En el rellano de mi puerta está el comisario, Carlos y un joven trajeado con una carpeta en la mano. «Un secretario judicial», pienso.

—¿Qué ocurre? —digo resoplando tras la carrera por la escalera.

—Un anónimo ha llamado al 112 para decir que en tu piso están los dientes arrancados a Vanessa —afirma el comisario, mientras me pone la mano en el hombro en un gesto que no me gusta ni un pelo.

—¿Y qué es lo que estáis haciendo? —pregunto extrañado.

Yo sabía que la llamada de un anónimo, con pocos visos de ser verdad, no era motivo suficiente como para autorizar la entrada y registro de un domicilio, y menos de un inspector encargado de la investigación de un crimen. Hacían falta muchos más motivos y con más peso que ese para que un juez diera esa autorización y más en el mes de julio en Santa Margarita, que hasta las ratas hacen vacaciones.

—No te asustes —dice Carlos, que mira la hoja que sostiene el secretario judicial—. Lo hacemos por tu bien —afirma—, alguien está interesado en inculparte del crimen del transexual y este registro por sorpresa, en tu domicilio, servirá para dirimir tu responsabilidad.

—¿Qué responsabilidad? —cuestiono—. Si estáis haciendo el registro es porque pensáis que puede ser cierto que los dientes de Vanessa están en mi piso, ¿no?

—Hay más cosas —dice el comisario, que ha permanecido callado mientras hablaba Carlos Salinas—. El viejo de abajo dice que te vio matar a Victoria, tu vecina de arriba...

—¿Y vale más la palabra de un pirado que la mía? —pregunto, al ver poco apoyo por parte de mis compañeros de la comisaría.

—Mira, Simón —dice el jefe entornando la puerta y dejando al secretario judicial dentro, junto con los agentes que están efectuando el registro—, hay algunas cosas que no concuerdan. Solo eso —asevera mirándome como un tigre a punto de devorar un cervatillo—. Aún no sabemos tu grado de implicación en este crimen, pero por lo que parece no nos has contado toda la verdad.

—¿Qué verdad? —digo—. Yo no he matado a Vanessa, ni a mi vecina, ni a nadie. ¡No lo veis! —grito, al ver que no me hacen caso—. Todo esto es una trampa de alguien para acusarme. Para volverme loco —exclamo ante la atenta mirada de Carlos y el jefe—. ¿Por qué no registráis el piso de Rasputín? —les digo.

—Ya lo hemos hecho —afirma Carlos—. Se registró cuando murió la vecina de arriba...

—¿Y ahora? —le sugiero sin dejar que termine de hablar.

El comisario y Carlos se miran un momento.

—Llama al secretario judicial —le dice a Carlos—, voy a hacerte caso por una vez.

El secretario judicial sale por la puerta sosteniendo la carpeta.

—Quiero que amplíe la orden de entrada y registro al piso de abajo —ordena el jefe.

—Pero comisario —contraviene el secretario—, la orden de entrada y registro es únicamente para esta vivienda. No sé sí...

—Ya lo sé —replica—, usted haga lo que le digo y ya llamaré a su Señoría para darle las explicaciones pertinentes —afirma.

Pasan veinte interminables minutos hasta que los agentes terminan de registrar mi piso. El comisario fuma hasta tres cigarros, que arroja sin ningún tipo de reparo en la escalera, ante la mirada reprochadora de Carlos. El agente judicial mira los apuntes de su carpeta y no para de entrar y salir del domicilio sosteniendo un teléfono móvil entre sus manos. Finalmente, dice:

—Ya hemos terminado. El registro ha sido negativo —asegura, ante la mirada decepcionada del comisario que apura un cigarro.

—¡Ok! —exclama el jefe—. Vamos al piso de abajo a ver qué encontramos.

Yo sabía que los dientes estaban a buen recaudo, ya que era prácticamente imposible que los policías encargados del registro se les ocurriera mirar en el paquete de arroz. Aun en el caso de que lo hubieran vaciado en una mesa, las piezas dentales se disimularían con los granos y sería muy difícil distinguirlas.

Bajamos las escaleras en silencio. El agente judicial se detiene un momento delante de la puerta de Rasputín y le pregunta al comisario:

—¿Cuál es el objeto de este registro?

—El mismo que antes —responde.

—Asesinato...

—Así es —corrobora el jefe, mientras saca otro cigarro del bolsillo de su chaqueta de verano.

Nunca lo había visto fumar tanto como hoy.

Cuatro policías uniformados acceden al interior de la vivienda de Rasputín. En realidad se llama Valentín Cabrero. Fue detenido el sábado acusado del asesinato de Victoria López, la vecina del tercero. Pero la Guardia Civil lo soltó por falta de pruebas. A pesar de registrar su domicilio y vigilarlo durante varios días, no hallaron nada que pudieran utilizar contra él. Yo sé que detrás de su aspecto sucio y despistado se esconde un criminal, un psicópata.

—¿Puedo? —pregunto al jefe queriendo acceder al interior del piso, mientras Carlos me hace un gesto con la mano rechazando mi idea, por ser poco apropiada.

Tiene razón. No sería ético entrar en el domicilio de un vecino acusado de asesinato. De un loco. Sobre todo cuando yo estoy en las mismas circunstancias.

Los policías no tienen ningún miramiento. El sonido de cajones cayendo al suelo es constante. Hasta se escucha un cristal fracturándose.

—¿Está dentro? —pregunta el comisario refiriéndose a Rasputín.

—No —responde un agente—. Aquí no hay nadie.

—Tengo algo —grita uno de los policías saliendo de la cocina con un klínex en la mano.

—¿Qué es? —interroga Carlos Salinas, secándose la calva a causa del calor de la escalera.

El agente espera a que el secretario judicial observe el pañuelo de papel para proceder a abrirlo.

—¡Por todos los Santos! —grita el comisario—. Son unos dientes.

—Ocho incisivos y cuatro colmillos —dice Carlos, mientras indica a un agente que curse una orden de busca y captura contra Valentín Cabrero, alias *Rasputín*.

18.00

A las seis en punto de la tarde acaba todo. Los policías han abandonado el bloque dejando la desolación a su paso. Recuerdo una frase de un inspector jefe de Barcelona que decía que el tiempo pone cada cosa en su sitio. Eso es lo que necesitaba precisamente esta investigación: tiempo. Rasputín no tardaría en ser detenido y acusado del asesinato de Victoria López. Ignoro los motivos por los que la mató. Vete a saber: odio, locura, envidia, manía o sencillamente por el placer de matar. Los asesinatos suelen ser así: absurdos. Poco a poco cuadraban los trozos del rompecabezas...

«Yo a lo mío», pienso.

Hacía una semana que asesinaron al transexual en los calabozos de la comisaría y habían quedado unas piezas sueltas, nunca mejor dicho: los dientes de Vanessa aparecieron en la alfombra de la entrada de mi piso y ahora estaban en la cocina de Rasputín. Alguien me quiere incriminar y al mismo tiempo me quiere ayudar. Ya no sé si se trata de la misma persona o de sujetos diferentes: uno acusa y otro defiende. El bien y el mal fraguados en el rellano de mi escalera mientras yo lucho por no desmoronarme y mandarlo todo a la mierda. Ganas no me faltan.

Entro en la cocina con el mismo ímpetu de quien va a abrir una caja sorpresa, de esas que rifan en los supermercados. No sé lo que me voy a encontrar. Dejé los dientes en el interior de un paquete de arroz. Sueltos. Estaba seguro de eso. Y ahora aparecían en el piso de Rasputín. Pienso que ese hombre está loco y los dejó delante de mi puerta para desorientarme, para jugar. Fue él. Estoy seguro. Por eso no vi salir nadie por la portería del edificio, por eso se desvaneció tan rápido. Luego debió de volver, aprovechando mi viaje a Barcelona, y los cogió para bajárselos al piso.

«¡Qué tontería!», pienso en voz alta. «¿Por qué haría eso?»

Busco el paquete de arroz donde metí los dientes especulando en cómo sabía Rasputín que estaban ahí. Era prácticamente imposible encontrarlos. Lo saco del armario. Lo pongo encima del mármol de la cocina. Lo abro.

—¡Dios mío! Los dientes están dentro del paquete de arroz. Están en el mismo sitio donde los dejé.

«Luego, los que han encontrado los policías en el piso del vecino de abajo son otros», pienso. O quizá son estos los auténticos. Los envuelvo con un papel de cocina y los meto en el cajón de los cubiertos, junto a las cucharillas de café.

Pasan siete minutos de las ocho de la tarde cuando no puedo aguantar más y llamo a Carmen por teléfono. Necesito hablar con alguien. Necesito confesar todo lo que me está ocurriendo. Necesito ayuda...

Mientras la espero en un céntrico parque de la ciudad, medito sobre lo que le puedo decir y lo que no. Aunque no sea culpable, debo tener cuidado de comentar el tema de la lentilla azul del falso médico que apareció en mi apartamento. Tampoco tengo que decir nada de los dientes que me dejaron en la puerta de mi casa y que están duplicados, por lo que uno de los dos paquetes no corresponde al transexual asesinado. Lo que sí le diré es que el comisario violó a una chiquilla cuando era joven y que cargó las culpas a Martín, el dueño del Rincón del Gato. Bueno, cuando llegue Carmen ya veré lo que le cuento y lo que no.

«¿Qué tiene que ver Rasputín con Vanessa?», me pregunto. Yo creo que el vecino de abajo puso los dientes en la puerta de mi casa. Esos dientes deben de ser de algún cadáver que no tiene nada que ver con Santa Margarita. Y seguramente los dejó allí para reírse de mi, pienso. Pero... ¿cómo lo sabía él? Esa es la parte de mis conjeturas que no acaba de cuadrar. Se supone que solamente unos pocos somos conocedores del hecho de que a Vanessa le quitaron los dientes después de muerta; aunque Santa Margarita es un pueblo y cualquiera puede estar comentando los entresijos de la investigación, desde el vigilante del tanatorio hasta los conductores del furgón de la morgue o los policías que trabajaron esa noche. Otra posibilidad es que el portador de los dientes no supiera exactamente donde vivo yo, y, para no errar en la falsa acusación, dejó dos paquetes idénticos en ambos pisos.

«¡Qué idiotez!», exclamo al recapacitar sobre mi última hipótesis.

—¿Estás aquí? —me pregunta Carmen al entrar en el parque.

—Sí —le digo—. Quería hablar un rato con alguien antes de volverme loco. Todo el tema del crimen del transexual me está sacando de quicio.

—Pues aquí tienes un hombro —me dice la inspectora Carmen, sentándose a mi lado.

El Parque Central es uno de los lugares más emblemáticos de Santa Margarita. Está en pleno corazón de la ciudad y tiene uno de los invernaderos más importantes de todo el país. Por en medio cruza un riachuelo artificial, perfectamente logrado, por el que transitan una enorme cantidad de patos. Tiene una pista para correr y varios parques pequeños para que puedan jugar los niños, dotados con columpios y toboganes de los más variados tamaños y formas.

—¿Qué te ocurre? —me pregunta Carmen, mientras saco un pañuelo con los dientes de Vanessa.

—Esto me lo dejaron esta mañana en la puerta de mi piso —le digo, mientras lo abro para mostrarle los ocho incisivos y los cuatro colmillos—. Alguien llamó y cuando abrí el pañuelo de papel estaba en el suelo. Al principio pensé que se trataba de una broma, pero al cogerlo noté que había algo dentro. Deslié el klínex y esto fue lo que vi —repito la acción delante de ella.

—¿Son los dientes de Vanessa? —me pregunta la inspectora asustada.

—No creo —replico—. Los dientes del transexual serán los que aparecieron en el piso de Rasputín.

—No lo sabemos aún —dice, mientras se acerca para verlos mejor—. Hasta el lunes el forense no realizará las pruebas para determinar si son de Vanessa o no; aunque todo el mundo lo da por hecho.

«Otra vez el dichoso fin de semana de por medio», pienso. Cuando asesinaron al transexual también tuve que esperar un sábado y un domingo para que el forense hiciera la autopsia.

—Estos dientes complican las cosas —dice Vanessa, sin faltarle razón—. Unos son del transexual asesinado... ¿y los otros? —pregunta.

—Por eso te he llamado —le digo—, parece ser que alguien quiere incriminarme o volverme loco. Eso no es todo —avanzo.

—¿Hay más?

—Sí —lamento—. El lunes por la noche encontré una lentilla azul en el cajón de mi mesita de noche. Una idéntica a la encontrada por el basurero junto a la peluca y el bigote postizo y que seguro que pertenece al falso médico.

—Está claro que te quieren culpar del asesinato de Vanessa —afirma Carmen, sin quitar la vista de los dientes.

—¡Sí! —ratifico—. Eso es lo mismo que pienso yo.

—Espero que no tengas que contarme nada más. ¿Te apetece cenar algo?

—Te lo agradezco, pero estos días estoy perdiendo el apetito y lo único que anhelo es dormir. Tengo que decirte algo más —comento—. Más bien necesito decirte algo más —especifico.

—Adelante —se ofrece Carmen—, ya te he dicho que he venido con la intención de escucharte.

—Creo que mi ex pareja me ha tendido una trampa y es la asesina de Vanessa.

—¿Por qué dices eso? —me pregunta Carmen, mientras se pone en pie—. Cuéntamelo caminando un poco —me dice.

—No me gusta hablar de esto, pero Guillermina, mi ex compañera sentimental, era una mujer muy extraña. No te quiero aburrir, pero el caso es que le iba el vicio sexual una cosa mala.

—Eso es bueno, ¿no? —sonríe la inspectora.

—No, no es lo que te piensas. Le iba en plan estrambótico. ¡Bueno! —exclamo para no andar con rodeos—. La historia que ha contado la confidente de Ernesto, Amalia, el transexual de Barcelona, sobre un numerito que montaron ella y Vanessa en el piso de una mujer misteriosa... Bien, esa mujer era Guillermina, mi ex —digo, parándonos al lado del riachuelo lleno de patos.

—Pero, según esa —dice refiriéndose al transexual de Barcelona—, la mujer era un hombre disfrazado.

—Eso dice ella, pero tengo el presentimiento de que era mi ex pareja.

—Y si fuese ella, como dices, ¿qué problema habría? —pregunta Carmen, sin entender a dónde quiero ir a parar.

—Pues que Amalia comentó que había una pecera llena de serpientes de mar, ¿entiendes? —le digo nervioso por su torpeza a la hora de asociar entre sí los hechos que le estoy contando.

—Eso está bien —comenta Carmen— y hasta parece lógico, pero no creo que tu ex pareja venga a Santa Margarita a matar a un transexual en los calabozos de la comisaría y se las ingenie para acusarte a ti de eso, por muy despechada que estuviese, ¿no te parece?

La verdad es que no le falta razón a la inspectora de la Policía Científica. Venir a Santa Margarita y matar a alguien para culparme a mí realmente es un plan demasiado complicado como para ser cierto. Pero si algo había aprendido en mis pocos años de investigador es que hasta lo más descabellado no debe ser descartado de la línea investigadora.

—No sé, Carmen. Creo que me estoy volviendo loco —afirmo sin el menor rubor—. Cada día que pasa estoy más cansado y me ocurren cosas muy extrañas, como la desaparición de la cinta de vídeo.

—¿Qué cinta de vídeo? —pregunta.

—¡Déjalo! —le digo.

No tengo ganas de contarle la historia de cómo estaba visionando el vídeo de seguridad y que en un momento que me fui a sacar un café desapareció del interior del aparato reproductor. Ahora que lo recuerdo me parece absurdo y temo transmitir una imagen paranoica a mi buena amiga.

—Si has venido a contarme algo, es mejor que me lo cuentes —dice Carmen, observando una pareja de patos que se detienen en la orilla del riachuelo esperando a que les arrojen comida.

—Pues creo que alguien está entorpeciendo la investigación del asesinato del transexual —afirmo—. Primero fue el oficial de guardia gritando por el pasillo para que el responsable del calabozo abriera la puerta, cuando lo normal es que esté abierta. Lo que me hace suponer que alguien la cerró deliberadamente.

—Uno —dice Carmen, dispuesta a contar las cosas raras que han ocurrido.

—¡Vale! —confirmo—. Luego el falso médico que vino a diagnosticar la muerte de Vanessa... ¿quién lo llamó? —pregunto—, porque alguien tuvo que avisarlo para que viniera.

—El oficial de guardia es el responsable de todas las gestiones realizadas y además debe asentar telefonema de todo —afirma Carmen.

Estaba tan absorto en resolver el crimen que no había reparado en los detalles pequeños. Después de una semana de la muerte del transexual, todavía no había mirado los libros de registro de la Inspección de Guardia, cuando eso es lo primero que se debe hacer. Ni me había preguntado si Vanessa tenía familia, ni si reclamaron su cuerpo para ser enterrada.

—Tienes razón, pero aún no los he mirado —le digo, asumiendo mi despiste.

—Puede ser que se avisara al hospital para que viniera un médico y que no hubiera ninguno de guardia —comenta Carmen— y que el que mandaron no estuviera colegiado o estuviera jubilado, o vete a saber —expresa, mientras sigue andando por el camino que rodea el riachuelo—. Recuerda que estamos en vacaciones, es el mes de julio y la ciudad pasa por la época más tranquila del año.

—Esa misma noche fui a hablar con el médico de urgencias del hospital provincial —le digo, para demostrarle que estuve indagando sobre la procedencia del falso doctor—. Y me atendió el propio titular de urgencias y me dijo que solamente él estaba de guardia ese fin de semana.

—No te digo que sea mentira, pero ya sabes que Santa Margarita es muy peculiar en ese aspecto y que debe haber un crimen cada cinco años. ¿Crees necesario tener forenses, médicos, inspectores de guardia...? —me pregunta, sin quedarme más remedio que negar con la cabeza—. Seguramente el oficial de guardia llamó para pedir un médico de urgencias y dijo que era para diagnosticar la muerte de alguien en los calabozos de comisaría. Es solo un papel, ¿entiendes, Simón? El médico con el que hablaste estaría en casa cenando, ¡qué más da! —exclama—. El falso médico, como dices tú, igual era su padre y lo hizo venir para cubrir su ausencia del hospital. Luego le fuiste con preguntas y lo negó todo. Normal. ¿Acusarías tú a tu padre de usurpación de funciones?

Carmen está en lo cierto. Creo que me estoy obsesionando demasiado con toda esta investigación y veo cosas raras donde no las hay. Esa noche llamaron al hospital para solicitar un médico de guardia, pienso. La chica que cogió el teléfono llamaría al titular de urgencias y este estaría en casa cenando o viendo la televisión, así que se lo dijo a un amigo o a su padre o a quien sea. El que llegó a comisaría se disfrazó para no ser descubierto y se limitó a diagnosticar la muerte del transexual, pensando que sería pura rutina y que no se complicarían tanto las cosas.

—Esta alternativa me parece igual de increíble que la que he sostenido hasta ahora —le digo a Carmen, que se acaba de sentar en un banco de madera—, pero te haré caso y pensaré en eso. Tampoco es importante el tema del médico —digo finalmente.

—Dos —dice Carmen mostrando los dedos índice

y anular—. Ya van dos cosas raras —afirma—. Dime la tercera.

—La furgoneta de la morgue —expongo—. Salió de comisaría a las once de la noche y no llegó al tanatorio municipal hasta las seis de la madrugada. ¿Dónde estuvo todas esas horas? —pregunto mientras Carmen cruza las piernas y se gira hacia mí, que también me he sentado en el banco.

—Más de lo mismo —dice—. Aquí en Santa Margarita no hay trabajo policialmente hablando. ¿Cuántos traslados crees que hacen los de la funeraria al cabo de un año?

Me encojo de hombros.

—Seguramente harán cinco o diez a lo sumo —responde Carmen—. Un viernes de julio, y por la noche, apuesto a que los trabajadores del tanatorio tenían otros planes que trasladar a un muerto de comisaría. Me imagino que aparcaron la furgoneta delante del puticlub y estarían allí de tragos toda la noche. Además, me dijiste que justo cuando llegaste al tanatorio municipal te dijeron que había finalizado su servicio. ¿Lo ves? —pregunta—. Estuvieron de borrachera hasta el momento de terminar su jornada.

—La verdad es que visto así parece otra cosa y hasta tiene lógica —digo a la inspectora Carmen mientras miro el cielo—. Está anocheciendo —indico señalando con el dedo—. Me voy a casa a dormir y mañana hablamos otro rato, si te parece.

—Me parece bien —asiente—. Sé lo que estás pasando estos días y más conociéndote como te estoy empezando a conocer. No te comas tanto el coco —me dice mientras se pone en pie y se limpia el trasero del polvo del banco—. Solamente es el asesinato de un transexual, por alguna persona de su entorno. O incluso puede que sea una muerte natural, tan natural como puede ser una sobredosis de droga —sonríe— o un paro cardiaco. En cualquier caso llegó su hora. Además, creo que nadie ha reclamado su cuerpo. El juez ha decretado que el cuerpo sea congelado, una vez transcurridos los seis días de plazo máximo para estar en la nevera del tanatorio.

—¡Los dientes! —exclamo al acordarme de otro punto negro de la investigación—. ¿Quién se los quitó y cuándo?

—Cuarta cosa rara —dice Carmen mostrando ahora cuatro dedos de su mano—. Mañana buscaré en el GATI todos los crímenes del Estado donde han desaparecido los dientes de la víctima. Así podremos averiguar de quién son el duplicado aparecido en tu piso y mañana, también, cotejaré las piezas dentales halladas en el registro del domicilio de tu vecino con la radiografía bucal de Vanessa. Sabremos cuáles son las del transexual asesinado: si las tuyas o las de Rasputín.

—Ok —le digo, mientras le doy dos besos y me despido de ella.

Cuando la inspectora de la Policía Científica compare los dientes, con la radiografía de Vanessa, sabremos si son los de ella o no. El GATI dirá si las otras piezas dentarias pertenecen a algún asesinado o son de un desconocido.

El GATI son las siglas del Grupo de Análisis y Tratamiento de la Información. Con sede en Madrid, es un complicado y completo programa informático para tratar toda la información de la policía y sacar el máximo provecho de ella. Se divide en tres grandes grupos: *Archiva*, *Investiga* y *Hechos*, y cada uno contiene datos importantes y necesarios para cualquier investigación policial que se precie. Así, en el campo *Archiva*, se graban todos los detenidos con sus datos de filiación completos y el motivo de la detención. En el *Investiga*, todas las investigaciones actualmente abiertas y los participantes de las mismas. Y en el *Hechos*, todas las denuncias presentadas en cualquier comisaría de España. Los tres apartados son independientes, pero están cruzados entre sí, lo que hace que se pueda estirar de un determinado dato y extraer mucha más información importante para una investigación. Mañana sabré si el segundo duplicado de dientes pertenece a otra víctima.

17

Ha llegado antes que él. Todavía no ha venido nadie. Está sola.

«Tengo que avisarle de lo que está ocurriendo.
Tengo que hacerlo antes de que sea demasiado tarde.»

Coge un bloc de notas amarillas. Escribe:

No te fíes de...

18

Sábado, 23 de julio
09.30

Esta noche me he abandonado completamente en los brazos de Morfeo. Me acosté cuando apenas pasaban unos minutos de las diez de la noche y me he levantado a las nueve y media de la mañana. A las cinco de la tarde he quedado con el comisario Alberto Mendoza, en su despacho de la tercera planta. La comisaría está seccionada en tres plantas, en el entresuelo está la Inspección de Guardia, la oficina de documentación, los calabozos y la sala del 091. En la primera planta están los despachos de los inspectores, el grupo de Judicial y el de Información. En la tercera está el comisario, vestuario, automoción y un sinfín de pequeñas oficinas que no sé para qué sirven. El edificio donde está la comisaría es una antigua construcción de finales del siglo diecinueve donde, según los policías más veteranos, se practicaba la brujería. Ya sé que son paparruchas, pero recuerdo un día, al principio de venir aquí, que llegó un policía jubilado y estuvo explicando, en la Inspección de Guardia, que hacía años tenían problemas para que por la noche se quedaran agentes custodiando el bloque: ruidos extraños, mesas que se movían solas, máquinas de escribir que funcionaban sin que nadie las tocara... Yo no creía en esas paparruchas, pero de la forma que lo explicó aquel policía jubilado no dejaba de causar cierta congoja.

Me preparo una buena taza de café e introduzco dos rebanadas de pan inglés en la tostadora. Estoy solo en el bloque: la vecina de arriba está muerta y el vecino de abajo en busca y captura para que explique qué hacían unos dientes en su casa. Hasta el lunes no se sabrá si son de Vanessa. Aun así hay que demostrar que él es el asesino, porque el hecho de que se hayan encontrado ocho incisivos y cuatro colmillos en su piso no implica, necesariamente, que lo sea. Imagino que cuando lo detuvo la Guardia Civil le hicieron una exploración completa y no encontraron marcas de mordiscos en su cuerpo, por lo que la excusa de los dientes no tendría sentido. Otra cosa es que el asesino le hubiera arrancado los dientes por otros motivos menos coherentes.

Entre los objetivos a cubrir hoy tengo el de mirar los libros de telefonemas de la Inspección de Guardia y ver a qué hora se hicieron las llamadas al médico, al forense y al juez, que son las tres personas que tienen que ser avisadas en primera instancia, nada más ocurrir una muerte violenta, es decir: no natural.

Agarro el asa de la taza de café con los dedos y me siento en un taburete que tengo en la cocina. Me encuentro tan descansado de dormir que casi estoy más cansado. Parece una tontería, pero es así, he dormido tanto que aún dormiría más.

El sonido de dos golpes secos, me distraen de mis pensamientos.

Al principio los oigo como algo normal, cotidiano. Pero recapacito en la situación de soledad que me encuentro y me doy cuenta de que es imposible que nadie dé golpes en todo el bloque.

«Estoy solo», me digo a mí mismo, para convencerme de ello.

El edificio fue hecho por un reparador de electrodomésticos de Santa Margarita. Un hombre solitario y huraño, que tenía un almacén donde depositaba las lavadoras, sobre todo, y las reparaba con habilidosa maestría. Con el paso del tiempo edificó encima dos plantas y las habilitó como vivienda, quedando el bloque como está en la actualidad: tres pisos, y el primero de ellos a la altura de la calle, ya que es el antiguo taller reconvertido en vivienda. El hecho de que fuese una edificación casera, hecha por un solo hombre, que aunque supiera de construcción no era arquitecto, hacía que la casa estuviese llena de ruidos. Los primeros días de dormir aquí me era del todo imposible conciliar el sueño, todas las noches oía sonidos como respiraciones entrecortadas, golpes, voces. Siempre pensé que esos sonidos provenían de los vecinos que tenía arriba y abajo. Pero ahora, que ninguno de los dos está, es imposible que pueda escuchar ningún ruido.

Vuelvo a escuchar los golpes. A través de la ventana de la cocina veo el palo de escoba de la vecina.

—¡Dios mío! —grito, mientras doy un salto y golpeo un taburete, que cae al suelo golpeando a su vez la nevera.

Me quedo petrificado y un sudor frío recorre mi espalda. Las manos me tiemblan a tal velocidad que apenas puedo coordinar el movimiento coherente de ellas. Los dientes me castañean y hasta noto cómo se desprende un trozo de esmalte de uno de ellos.

Me acerco hasta la ventana del comedor. En la calle hay aparcado un coche patrulla y dos agentes están sentados en él. Puedo ver sus brazos asomar por las ventanillas.

«Nadie ha podido entrar en el edificio sin ser visto», pienso, mientras me acerco, revólver en mano, hasta la puerta de entrada de mi piso.

Cojo tanto aire que podría estar sumergido en una piscina varios minutos sin respirar. Y abro la puerta.

El rellano está vacío. Veo la misma desconchada pared de siempre. Me asomo por el hueco de la escalera. No se ve nada. El silencio recorre todo el bloque...

Me tranquilizo un instante.

Cierro la puerta de mi piso y subo poco a poco las escaleras.

«Hay alguien arriba y no es un fantasma», pienso.

Sostengo el revólver apuntando al suelo y llego hasta el rellano de la vecina de arriba. No hay más plantas, pero veo una pequeña trampilla justo encima del último tramo de barandilla. Toco la puerta de la vecina.

Está cerrada.

Llamo un par de veces.

Pasan unos segundos y recupero el resuello y la respiración se torna otra vez armoniosa. Me quedo parado en el rellano de la última planta, hasta que solamente oigo los latidos de mi propio corazón. Pongo la atención necesaria para escuchar algún sonido proveniente del interior del piso de la vecina. Nada. Me subo en la barandilla con cuidado de no caerme. Empujo la madera que tapa la trampilla del techo. La tabla se mete hacia dentro. Me agarro de la esquina y con un fuerte balanceo me catapulto hacia el interior. Es la primera vez que accedo a la buhardilla del edificio y, sin embargo, me es todo muy familiar. Justo al lado de la entrada hay una linterna metálica como la que tiene la policía. La cojo entre mis manos y la enciendo.

«¿Quién ha dejado esta linterna aquí?»

10.03

Miro el reloj de pulsera. Pasan tres minutos de las diez de la mañana cuando me adentro en la buhardilla.

La buhardilla es tan grande como cualquiera de los pisos del bloque. Debe de tener unos ochenta metros cuadrados, pero repartidos en una sola estancia. La linterna es lo suficientemente potente para permitir ver todo el interior perfectamente. El acceso es por una de las esquinas, así que me aseguro de no tener nadie a mi espalda y me apoyo en una polvorienta pared mientras que en una mano sostengo la linterna y en la otra mi arma: un revólver de cuatro pulgadas. Hay tres armarios de madera carcomida, una mesa vieja, unos cuantos juguetes muy viejos y en medio de la sala hay un arcón enorme, del tamaño de un ataúd.

«Esto es demasiado», pienso, mientras me acerco agachado y con el dedo en el gatillo de mi arma.

El arcón está cerrado con un enorme candado de hierro. No lo toco y me fijo en otra trampilla que hay al fondo de la estancia, casi tocando la pared. Los tres pisos son exactamente iguales, por lo que esa otra trampilla va a caer directamente en el comedor de la vecina. Pisoteo fuertemente la trampilla y el trozo de madera que la cubre cae hasta el suelo del comedor del piso de abajo.

«De modo que también se puede acceder desde aquí», pienso, mirando por el hueco y esperando a que se aposente el polvo para ver mejor.

Una vez me he cerciorado de que no hay nadie en el interior de la buhardilla, coloco una escalera que hay al lado de la rampa en el hueco y bajo hasta el piso de Victoria López.

10.41

Ya conocía el piso de mi vecina, puesto que en alguna ocasión había estado aquí para hablar de los recibos de la luz de la escalera o para preguntar cómo cortar el agua, una vez que tuve una fuga en la cisterna del baño y no sabía cómo detener la inundación. El comedor está amueblado con mucho gusto: una librería de pino, una mesa rectangular del mismo material y un tresillo de piel marrón. En un rincón, junto a la puerta del balcón, una mesa de la misma madera que la librería sirve de soporte al enorme televisor de treinta pulgadas, en el que hay una nota amarilla enganchada en su pantalla.

«Un recordatorio», pienso, mientras me acerco para verla mejor.

Leo:

No te fíes del comisario Alberto Mendoza.

—Pero... ¿qué cojones es esto?

La nota está escrita a lápiz, sin firma. La arranco del televisor y la doblo para guardarla y entregarla a Carmen. Una prueba caligráfica servirá para saber quién la escribió.

Hace una semana, esa nota me hubiera parecido una cosa muy extraña. Pero ahora, después de todo lo que está ocurriendo, la verdad es que no me sorprende nada. Está escrita con una perfecta caligrafía y los puntos de las íes han sido redondeados, característica de personalidades infantiles. La nota no la podía haber escrito Victoria López, la vecina, ya que llevaba una semana muerta y después del entierro se registró el piso y la nota no estaba ahí. Y el otro candidato era Rasputín, el vecino de abajo, algo más probable, ya que estaba en busca y captura por el asesinato del transexual y la letra del aviso se correspondía más con su personalidad: estrambótica y pueril.

Recorro una a una las habitaciones del piso. Primero entro en la de matrimonio. Un enorme crucifijo preside la pared del cabecero de la cama. En ningún momento suelto el revólver, que empuño fuerte en mi mano. Me agacho y miro debajo de la cama. Tres pares de zapatos y un montón de polvo es todo lo que hay. Abro el ropero de castaño. Solamente hay ropa. Nada más.

Voy hasta la siguiente habitación. Una cama individual y un sencillo armario de melamina. Miro en el interior del ropero. Nada. Aún no sé qué busco, pero el que dejó la nota no tiene que andar muy lejos. No ha podido abandonar el edificio sin ser visto por los agentes que lo custodian, desde la calle. Aunque pienso que tampoco ha podido entrar sin ser visto por esos policías.

Entro en la tercera habitación: un despacho pequeño con un escritorio al lado de la puerta y una estantería llena de libros. Echo un vistazo a los títulos, la mayoría son de Agatha Christie. Cuento unos cincuenta libros de la autora, más o menos.

«Desde luego le gustaba Hércules Poirot», pienso, sin entretenerme mucho en este cuarto.

Voy al único cuarto de baño de la casa. Está tal y como era cuando construyeron la vivienda: un inodoro con tapa de madera, un plato de ducha protegido con una cortina y un enorme espejo con una nota amarilla en medio:

No te fíes del inspector Carlos Salinas.

Ahora sí que estoy seguro de que los avisos son para mí. Alguien me quiere ayudar o confundir. No lo sé. Cojo la nota del espejo, la doblo y la guardo en el bolsillo de mi pantalón, junto a la otra.

Entro en la cocina. Muy bien decorada, con muebles rústicos de madera buena y electrodomésticos antiguos, pero en perfecto estado de conservación. La nevera es todo un clásico, pequeña y de color azul, me recuerda a las de las películas americanas de los años cincuenta. Al lado de la ventana del tragaluz hay una escoba.

«Es la que ha golpeado la ventana de mi cocina», pienso.

Abro la nevera, vacía y desconectada. Los policías que registraron el domicilio, tras el asesinato de Victoria, se habían encargado de desenchufar todos los electrodomésticos y de desconectar el gas.

Las extrañas notas me recuerdan una película que vi hace unos años: *Memento*. En el film, un extraño personaje sufre una enfermedad en la cual no puede crear nuevos recuerdos, es decir, solo retiene en su mente los recuerdos antiguos. Por lo tanto, para poder saber qué ocurre día a día, va dejando notas por toda la casa y tatuajes en su cuerpo con las cosas básicas, como afeitarse, comer o los nombres de sus amigos, a los cuales fotografía y guarda sus imágenes para acordarse de ellos.

«¿Por qué creo que esas notas van dirigidas a mí?», me pregunto.

Es posible que el viejo Rasputín se haya refugiado en el interior del piso de Victoria después de haber sido cursada la orden de busca y captura contra él. Que el loco dejara los avisos para acordarse de quién se tiene que fiar y de quién no. Coincide que las dos personas de las cuales no se tiene que fiar son, precisamente, el comisario y el jefe de Seguridad Ciudadana, los dos mandos policiales que estuvieron en la entrada y registro de su piso. Lo cual me lleva a pensar que él estuvo aquí ese día, escondido en la buhardilla y escuchando todo lo que hablamos.

«¿Dónde está ahora ese viejo?»

Pasan dos minutos de las doce del mediodía, cuando vuelvo a recorrer el piso de Victoria López y me aseguro de no haber dejado ninguna huella mía por ningún sitio. Para el delgado Rasputín sería muy fácil haber salido por la puerta y bajar hasta mi piso, del que parece que tiene llave, mientras yo entraba por la buhardilla y accedía a la vivienda de la vecina. Así que ahora mismo ese loco podía estar sentado en el sofá de mi casa viendo la televisión y yo aquí intentando cazar un fantasma.

Quito la escalera por donde he bajado al comedor de Victoria. Salgo por la puerta y cierro con la llave que hay colgada en la caja de las llaves de la entrada.

Desciendo las escaleras hasta mi piso. Accedo al interior con el revólver en la mano. Llego hasta el comedor y...

—¡Dios mío!

Rasputín está tumbado en el sofá con un reguero de sangre mojando la tapicería. Se ha cortado las venas de ambas muñecas. Encima de la mesa hay una nota amarilla, con la misma letra infantil que pone:

No te fíes del inspector Simón Leira.

Por un momento miro el arma que sostengo en mi mano y pienso en suicidarme.

Alguien que no es Rasputín, evidentemente, ya que he comprobado que él está muerto, y que tampoco es la vecina de arriba, porque también murió la semana pasada, está intentando volverme loco.

Miro por la ventana. Los dos agentes siguen ahí abajo. El calor reinante hace que se hayan bajado del coche y están fumando de pie mientras charlan de forma animada.

Me siento en una silla. Dejo el arma encima de la mesa e intento comprender qué está ocurriendo.

13.07

Después de mucho meditar llego a una terrible conclusión. Es tan descabellada que hasta puede ser posible. Creo que mi ex pareja, Guillermina, mató al transexual Vanessa, inyectándole el veneno de serpiente de mar. Seguramente la conocería en Barcelona y allí iniciaron las relaciones sexuales a las que era tan dada mi antigua compañera sentimental. Por azares del destino, Guillermina se enamoró de Vanessa y no pudiendo conseguir una relación estable con ella, la mató. El crimen tiene toda la pinta de ser pasional, ya que se aseguró de que muriera lentamente y que sufriera sabiendo ella que se acababa su vida y no podía hacer nada por evitarlo. Guillermina vendría a Santa Margarita y estarían juntas hasta que un día le administró el veneno y luego regresó a Barcelona, o adónde fuera. Todo el tema de la identificación de los policías, su traslado a comisaría y la detención, todo eso fue circunstancial y nada tuvo que ver con los planes de mi ex pareja; aunque sí ayudaron a confundir más el tema. El falso médico fue un amigo del verdadero médico de incidencias, que siendo viernes y a mediados de julio, no quiso venir para certificar una muerte rutinaria, así que mandó a alguien que tenía de médico lo mismo que yo. Este puso en el informe lo más normal en estos casos: muerte natural. Los que trasladaron el cuerpo al tanatorio municipal, aprovechando que era la noche del viernes, se detuvieron en el puticlub Los Caprichos, el único bar abierto a esas horas y entraron dentro a tomarse unos cuantos cubatas. Por el motivo que fuera, alguien se enteró de que en la furgoneta llevaban el cuerpo de Vanessa, un transexual que trabajaba allí. A ese alguien le dijeron que Vanessa había sido asesinada y que transportaban su cuerpo al tanatorio municipal para hacerle la autopsia. El que fuera se asustó y creyó que lo podían relacionar con él, seguramente sería un cliente que estuvo con ella ese día. Así que entró en la furgoneta y lavó el cuerpo y le quitó los dientes para que no pudieran relacionarlo con ella, aun a sabiendas de que él no era el asesino. La desaparición de la cinta, la puerta cerrada del calabozo y otras cosas, como la lentilla en el cajón de mi mesita de noche, son casualidades y despistes propios de los nervios y del calor, no hay que olvidar que en Santa Margarita debemos estar a treinta y cinco grados de media durante el día. Así que solo me queda reunir las pruebas suficientes para que el juez dicte una orden de busca y captura nacional contra Guillermina Díaz Salmerón, mi ex compañera sentimental y que seguro ha asesinado al transexual.

El tema de Rasputín, que ahora está muerto en el sofá de mi casa, es aparte y no tiene nada que ver con el otro asunto. Rasputín supo que yo estaba investigando el asesinato de alguien en la comisaría de policía. Santa Margarita es una ciudad muy pequeña y todo el mundo se entera de todo. Seguramente encontró los dientes de Vanessa arrojados en el trayecto del puticlub a su casa y los dejó delante de mi puerta para confundirme y reírse de mí. Mató a Victoria López e hizo todo lo posible para que me acusaran a mí y ahora había dejado notas para volverme loco y finalmente, superado por mi paciencia y mi entereza, decidió suicidarse en el sofá de mi casa, para achacarme su muerte. El pobre loco quería culparme de algo, fuese como fuese y aún después de muerto.

—Eso es. Ahora está todo claro. Estoy seguro de que ha sido así.

14.00

Son las dos en punto cuando decido ir a comer al Rincón del Gato y por la tarde le contaré toda esta historia al comisario, esperando que la entienda y sobre todo que me crea.

Mientras me afeito para no parecer un mendigo, observo que tengo una contusión en la barbilla.

«¿Un puñetazo?», pienso. Me debí golpear con algo mientras dormía.

El restaurante está cerrado. Martín debe haber empezado las vacaciones, supongo. Tendré que ir a comer a otro sitio, aunque los hechos ocurridos los últimos días me han quitado el apetito, así que paseo por el centro de la ciudad mirando escaparates. El sábado por la tarde no es buen día para quedarse en Santa Margarita, es una ciudad solitaria, casi fantasmal. La mayoría de habitantes se marchan a la playa, que está a unas pocas horas de aquí, y solamente se quedan los viejos y los que no tienen nada mejor que hacer, como yo.

Paso por delante del Pasteas, uno de los mejores restaurantes del casco antiguo y observo cómo aparca el coche del alcalde. Don Lorenzo Friegas se baja del automóvil ante la atenta mirada del dueño del restaurante, que sale a la puerta a recibirlo. Le estrecha la mano e intercambian unas palabras mientras el chófer cierra el coche y se une a la conversación. El conductor hace las veces de escolta, es un funcionario de la policía local y una de las personas que más secretos de la administración municipal conoce, ya que en el transcurso de los viajes que su excelencia hace a otros ayuntamientos o a reuniones con el delegado del Gobierno, el único confesor del alcalde es el chófer.

Me quedo inmóvil, mirando la escena. El restaurante Pasteas está en la esquina de una enorme plaza que tiene una fuente en medio y rodeado de una ingente cantidad de comercios de grandes marcas. Los hombres hablan en la puerta del restaurante, pero no terminan de decidirse a entrar en el interior.

«Están esperando a alguien más», pienso, mientras me oculto en la puerta de una relojería.

Tras esperar unos minutos, llega un coche oficial, con una banderita ondeando en la antena. Aparca detrás del vehículo del alcalde y detrás de este aparca otro más pequeño y se bajan dos hombres trajeados que se colocan a la altura del primero.

«Es el delegado del Gobierno», medito.

Miguel Rovira es de los representantes gubernamentales más jóvenes del país. Con apenas cincuenta años ya despuntaba una brillante carrera dentro de la Administración Central. Es un hombre alto, delgado, estilizado y al que los trajes, que siempre lleva, le quedan que ni hechos a medida.

Se junta con el alcalde y el dueño del Pasteas, mientras sus escoltas se separan un poco y se ponen a hablar entre ellos.

Finalmente, y como era de esperar, llega el comisario jefe. Solo, como casi siempre. Alberto Mendoza aparca su coche detrás de los otros tres, pisando el paso cebra, y se baja, no sin dificultad, encendiendo un cigarro y dejando el vehículo abierto. Aunque intente disimularlo, yo sé que me ha visto, porque me he percatado que justo al poner un pie en el suelo ha mirado hacia donde estoy yo, pero ha hecho como que no me ve.

Los tres unidos de nuevo: el delegado del Gobierno, el alcalde y el comisario.

«La oligarquía», pienso mientras observo cómo entran juntos en el restaurante y sus escoltas se quedan en la puerta charlando y fumando.

Me armo de valor, y, pasando de todo, algo que a estas alturas ya forma parte de mi modo de vivir, entro en el restaurante a comer. Saludo a los escoltas que están en la puerta. Los conozco. Y justo al sentarme en una mesa de las que me ha ofrecido el camarero, veo como el alcalde, que me conoce de sobra, posa su vista encima de mí y le hace una señal al comisario, el cual se gira y me ve.

—¡Simón! —exclama—. ¿Qué haces? Ven aquí con nosotros, hombre.

La incomodidad inicial se ha transformado en vergüenza por el saludo tan inesperado del comisario Alberto. Accedo a sus indicaciones y camino hasta la mesa donde están sentados los tres caciques de la ciudad.

—Buenos días, señores —digo, mientras un camarero me acerca una silla.

—Inspector —saluda el alcalde—. ¿Qué tal está? —pregunta.

—Normalmente almuerzo en el Rincón del Gato —les digo—, pero debe de haber empezado las vacaciones y he venido a probar la cocina del Pasteas —afirmo ante la atenta mirada del comisario, que no se esperaba me fuese a encontrar aquí.

—Eso es estupendo —indica el delegado del Gobierno, que había permanecido callado hasta ahora.

El hombre se pone en pie y extiende su mano para estrecharla con la mía, momento en que observo como lleva una alianza en el dedo anular de la mano derecha y me acuerdo de la cinta de vídeo en que el asesino tapaba la cámara de vigilancia del calabozo. Parpadeo un par de veces hasta darme cuenta de lo absurdo de mi pensamiento. Y tras saludar a los tres me siento en la silla.

—Alberto nos ha contado lo de la investigación que estás llevando —dice el alcalde, tuteándome.

Callo un momento y miro al comisario para ver si me hace alguna señal. No quiero meter la pata y hablar antes de hora y resultar que se refiere a otra investigación y no a la que realmente estoy llevando yo.

—Lo saben todo —dice finalmente el comisario—. Están al corriente de la muerte de Vanessa y del esfuerzo que estás haciendo para encontrar al culpable.

—Es un asunto delicado —comenta el delegado,

mientras coge un trozo de jamón que han puesto en la mesa para picar y yo recuerdo a Rasputín y el cuchillo jamonero que mató a mi vecina Victoria.

Hacía nueve días que asesinaron a Vanessa y todo me parecía extrañamente relacionado con ella. Veía coincidencias en cualquier sitio y enlazaba cualquier situación con el asesinato. Mientras habla el alcalde observo cómo lleva su brazo izquierdo vendado a la altura del antebrazo y recuerdo los dientes del transexual y cómo se los debieron quitar para evitar reconocer al asesino o a la persona que mordió antes de morir. Quizá, medito cogiendo un trozo de embutido de la mesa, el señor alcalde fue el último que estuvo con Vanessa y aquella noche que aparcó la furgoneta de la morgue en el puticlub, uno de sus escoltas le dijo que el cadáver del transexual estaba dentro y como el guardaespaldas de su excelencia está al corriente de todo lo que hace su señor, no se le ocurrió otra cosa que quitarle los dientes al cuerpo para proteger a su amo.

—¡Vaya! —exclamo—. Tiene usted una herida en el brazo —digo señalando la venda.

—Sí —responde—. Un infortunado accidente doméstico.

«Me juego el cuello a que son los incisivos de Vanessa», pienso.

El dueño del Pasteas nos interrumpe.

—Señores, tenemos un excelente arroz de bogavante de plato principal —sugiere— y unos pimientos asados de primero

El dueño del Pasteas espera unos segundos para ver si algún comensal acepta alguno de los platos sugeridos.

El delegado de Gobierno acepta el ofrecimiento con la cabeza, mientras que el alcalde le sugiere que siga nombrando platos.

—También podemos traer unas gustosas endivias al roquefort o unas almejas a la plancha o unas gambas al ajillo...

El comisario interrumpe.

—Para mí unas almejas a la plancha de primero y un entrecot a la pimienta de segundo. Nadie hace la carne como Alfredo —dice refiriéndose al chef de cocina.

—Pues yo —dice el alcalde—, unas endivias al roquefort y una dorada al horno de segundo.

—¿Y usted, señor? —pregunta mirándome directamente a mí.

—Lo mismo que el señor alcalde —digo, sin que me apetezca comer nada en particular.

—¿Te encuentras bien? —me pregunta el comisario, sin dejar de toquetear los palillos que hay encima de la mesa.

—No, estoy un poco cansado —respondo fingiendo normalidad—. No duermo muy bien últimamente.

—Eso es verdad —apoya el delegado del Gobierno—. Con este calor no hay quien pueda pegar ojo.

El camarero hace su aparición en la mesa ondeando una botella de vino tinto. Nos muestra la etiqueta como si de un trofeo se tratara y dice:

—¿Este está bien?

El delegado del Gobierno, que es la persona de mayor rango político que hay en la mesa, asiente con la cabeza.

Durante toda la comida hablamos de temas triviales, intrascendentes. El delegado del Gobierno cuenta cómo empezó su carrera política y cómo se afilió al partido gobernante cuando era un estudiante universitario. Nos habla de los logros de su formación y de las posibilidades que tenían las administraciones locales si coincidían políticamente con la Administración Central.

El alcalde nos dice todo lo que ha progresado Santa Margarita desde que está él al frente de la alcaldía y nos da unas escuetas pinceladas de los planes que tiene para la ciudad durante los próximos cuatro años.

El comisario se felicita a sí mismo por la bajada de la delincuencia y por la optimización de recursos, como los llama él, al conseguir más seguridad con menos policías.

—El único problema que tenemos está en vías de solución —dice mirándome.

De repente noto como todas las miradas de los comensales se posan en mí.

—¿No es así, Simón? —me pregunta el comisario, mientras yo me quedo inmóvil sin saber muy bien que contestar.

—Si me disculpan —digo, mientras me levanto de la mesa para ir al lavabo.

La dorada al horno no me ha debido de sentar bien, pienso. Aunque yo sé lo que se me ha indigestado: la charlatanería de estos tres caciques. Llevo casi dos horas oyéndoles cómo se jactan de sus logros personales y de sus carreras políticas y policiales. Estoy impaciente por irme de aquí y volver a mi piso donde me espera mucho trabajo. Cuando llegue me encontraré el cadáver de Rasputín en el sofá de mi comedor. Lo primero que haré será llamar a la comisaría y comunicarlo: «Soy el inspector Simón Leira y hay un cadáver en el sofá de mí comedor», le diré al agente que me atienda por teléfono.

En unos minutos mi casa se llenará de policías, de preguntas, de recelos. Los demás inspectores sospecharán de mí. «Un muerto en casa de Simón», dirán, rebuscando entre las cosas de mi piso alguna prueba para culparme de la muerte de mi vecino. Un asesinato en los calabozos de comisaría el día que estaba de incidencias ha sido suficiente para desencadenar la hecatombe de un hombre bueno. «Así es la vida», medito mientras me dirijo hacia el lavabo del restaurante.

De repente no me parece tan buena idea lo de comunicar el fallecimiento de Rasputín y que los agentes lo encuentren en el sofá de mi comedor. «No me creerán», pienso, al pronosticar que cualquier explicación que salga de mis labios será desoída. Es preferible trasladar el cuerpo a su piso y dejarlo encima de su cama. La policía lo encontrará muerto y nunca lo podrán relacionar conmigo.

«Un desequilibrado se suicida después de que le descubrieran como autor del asesinato de una mujer. El hombre no pudo soportar la presión de la policía», dirán los titulares de la prensa, en letras grandes.

Entro en el enorme lavabo del restaurante Pasteas. Alberga la misma decoración que el comedor. Por la pared penden cuadros impresionistas y de gran colorido.

«¡Dios mío!», grito cuando veo una nota amarilla en el espejo del tocador. «¿Aquí también hay notas?», me pregunto en voz baja.

No te fíes del inspector Simón Leira.

El aviso me advierte de que desconfíe de mí mismo, por lo que entiendo que la nota no va dirigida a mí, sino a otra persona.

Dos preguntas me rondan la cabeza:

«¿Quién escribe las notas y a quién van dirigidas?»

Está claro que el autor de los avisos es la misma persona, la letra es muy característica. Posiblemente van dirigidas a personas diferentes. En principio esta no es para mí, así que la dejo en el espejo y vuelvo a la mesa como si no la hubiera visto.

15.03

El camarero trae cuatro platos, con helado acompañado de fresones, moras y flan. Los deja en la mesa y luego acerca un carro de metal, repleto de botellas de licor.

—Me encanta la cocina del Pasteas —dice el delegado del Gobierno, mientras rocía un chorro de Cointreau sobre el flan—. Ningún restaurante hace el arroz de bogavante tan sabroso.

—Es cierto —asiente el alcalde, mientras imita la acción del delegado, salvo que se echa anís en vez de Cointreau—, pero mi cargo me obliga a repartirme entre los restaurantes de la ciudad. No estaría bien —admite—, que el representante de Santa Margarita se debiera a una sola cocina.

—Si me disculpan —dice el comisario mientras se levanta de la silla.

Lo sigo con la mirada y veo como entra en el servicio.

«Verá la nota», pienso.

—Lo malo de las comidas copiosas es que no sientan bien en verano —comenta el delegado del Gobierno, mientras yo no quito la vista de la puerta del lavabo—. Para eso tenemos la siesta, ¿no? —dice intentando hacer un chiste.

—Lo mejor es un buen paseo después de comer —afirma el alcalde—. No hay que dejar que se aposente la comida en el estómago y nos entre la morriña.

Hacía rato que no veía a los escoltas. Se supone que están montando guardia en la puerta del Pasteas, pero, a pesar de mirar reiteradamente a través de las cristaleras del restaurante, no los veo pasear por fuera. Pienso que el hecho de que el delegado del Gobierno y el alcalde estén compartiendo mesa con dos policías, es garantía suficiente de seguridad.

«Los agentes habrán aprovechado para ir a comer a casa», medito sin apartar la vista de la puerta de los servicios y esperando ver la cara del comisario cuando salga.

Hay dos respuestas posibles: la primera, más lógica, es que no diga nada. Lo cual me haría entender que el jefe no se fía de mí y da crédito a un anónimo aparecido en el espejo de unos váteres públicos. La segunda, más difícil, es que nos comente a todos los que compartimos mesa con él, su hallazgo. Esta no me gusta tanto porque, entre otras cosas, conllevaría una serie muy peligrosa de reacciones y reflexiones sobre la misteriosa nota.

—¡Mirad lo que he encontrado! —exclama el comisario nada más regresar del servicio.

Casi puedo escuchar los latidos de mi corazón a punto de salirse del pecho.

—¿Qué ocurre? —pregunto movilizado por los nervios.

—En el espejo del lavabo había una nota —afirma—. No sé quién la ha puesto ahí, ni a quién va dirigida —dice—, pero es bastante curiosa.

—¿Una nota? —preguntan al unísono el delegado y el alcalde, mientras yo permanezco callado y expectante.

—Sí —asevera mientras coloca un papel manuscrito encima de la mesa.

La tercera V está en su casa.

Pienso que no hay que ser ningún genio para interpretar la nota. La tercera «V» está en casa de Simón. Habían asesinado a Vanessa, cuyo verdadero nombre era Vasili. Esta era la primera «V». Luego mataron a Victoria López, mi vecina de arriba, cuyo nombre también empezaba por «V». Y finalmente se ha suicidado Rasputín, mi vecino de abajo, cuyo nombre es Valentín; aunque ellos eso aún no lo sabían.

Está claro que alguien se ha molestado en querer crear una psicosis de asesinatos selectivos y en cadena de nombres que comienzan con la letra «V».

—¡Lo que faltaba! —exclama el alcalde—. Un asesino en serie.

—Habrá que confeccionar una lista de habitantes de Santa Margarita cuyos nombres empiecen por «V» y someterlos a control... —comienza a decir el comisario. De momento llevamos dos: Vanessa y Victoria...

—¡Tranquilo jefe! —le interrumpo, sin dejarle terminar de hablar—. Eso sería imposible —afirmo intentando pensar rápido—. Listar a todos los habitantes, hombres y mujeres, cuyo nombre empieza por «V» sería un trabajo que nos llevaría semanas.

La nota puede interpretarse de varias formas: una, la que creen los demás, es que el asesino avisa de que la tercera «V» yace muerta en su piso, pero solamente yo sé a quién se refiere. Es tal la cantidad de habitantes de la ciudad cuyo nombre empieza por «V», que es prácticamente imposible averiguar a quién apunta exactamente la nota. La otra posibilidad es que el aviso me acuse a mí directamente y lo que diga, en verdad, es que la tercera «V», es decir, Valentín, está en «su casa», es decir, en «mi casa».

—¡Vamos, vamos! —exclama el delegado del Gobierno sin apenas inmutarse—. Solamente es una nota pegada en el espejo de un cuarto de baño de un restaurante. ¿Qué significa eso? —pregunta, mientras se termina el helado de postre y se pone un poco de Cointreau en un vaso de chupito—. Nada, eso es lo que significa. Seguramente la habrá puesto algún gracioso. O un loco.

—Algún gracioso que sabe lo de los asesinatos —afirma el comisario—. La muerte de Victoria López es de dominio público puesto que ha aparecido en la prensa provincial, pero solo unos pocos sabemos lo de Vanessa... o Vasili.

—Yo rompería la nota —añado, aconsejando al comisario que lo haga— y no le daría más vueltas —digo—. Lo mejor es no dejarse influenciar por avisos anónimos que no hacen más que interferir en la investigación.

—Quizá sea lo mejor —dice finalmente el comisario, sin dejar de mirar la nota—. Pero guardaré este papel para ver si los de la Policía Científica pueden sacar alguna huella o por lo menos averiguar quién la ha escrito.

—Otra opción es buscar la tercera «V», como indica la nota y saber quién puede ser. ¿Hay alguna persona relacionada o sospechosa de los dos crímenes anteriores cuyo nombre empiece por V? —pregunta el delegado del Gobierno.

Yo sé de sobra a quién se refiere el comunicado del espejo, es Valentín, mi vecino de abajo, y el autor de la nota quiere que encuentren su cuerpo en mi casa. Pero si mi teoría es cierta, hubiera dejado una nota más explícita, algo del estilo: «Valentín está en la calle tal, piso cual». Sin embargo, el autor de las misivas utilizaba la intriga como conducto de sus mensajes, lo cual me hace pensar que está jugando conmigo, porque una cosa está clara: todos estos mensajes y extrañas coincidencias están encaminadas a confundirme.

Confondu, me llamaba Guillermina. Parece que se trate de un plan bien orquestado para volverme loco y hacer que no me fíe de mí mismo. Ya no sé quién puede haber puesto las notas, ni por qué y mucho menos cómo consigue seguirme. Echo una ojeada rápida al resto de comensales que hay en el restaurante, cualquiera puede haber sido. Cualquiera...

Mientras los demás se entretienen hablando en la puerta, yo voy de nuevo al baño. Al salir veo que el comisario se ha dejado la nota del lavabo sobre la mesa. La cojo y me la guardo en el bolsillo de mi pantalón.

16.30

A las cuatro y media nos despedimos en la puerta del restaurante, ante la atenta y vigilante mirada de los escoltas. El delegado del Gobierno dice que hay que repetir más a menudo este tipo de acontecimientos, mientras que el alcalde ofrece pagar la próxima cuenta, ya que ha sido el comisario el que se ha hecho cargo de los gastos del ágape. Yo, por mi parte, estoy deseando llegar a mi piso y ver con qué me encuentro. La tercera «V» a la que se refería la nota del espejo está tumbada sobre el sofá de mi comedor. Tengo que llegar antes que al comisario se le ocurra esta posibilidad y ordene otra entrada y registro. Esta vez no me creerían. El comisario me dice que tiene que ir a recoger a su hija, que tiene partido esta tarde y sugiere que dejemos la reunión para el lunes a las nueve de la mañana. Esta tarde tenía que avanzarle el estado de las investigaciones, ya que había varios frentes abiertos, pero, como ya era habitual, tenía que llevar a su hija al baloncesto. A mí no me importa, al contrario, tal y como estaban las cosas, un receso en la reunión es lo mejor que me podía ocurrir.

Saludo con un gesto de mi mano a los agentes que montan guardia en la puerta de mi bloque. Subo las escaleras con el corazón botando en mi pecho y sosteniendo el revólver de cuatro pulgadas en la mano; no sé con qué me voy a encontrar.

Cuando estoy en el rellano de mi piso y me dispongo a sacar la llave para abrir la puerta, oigo un ruido de pasos bajando de la planta de arriba, del piso de Victoria. Giro sobre mí mismo y amartillo el arma apuntando directamente hacia una figura que se detiene a mi altura.

—¡Simón! —grita—. Ten cuidado, no me vayas a pegar un tiro —dice Carlos Salinas, el trajeado inspector de Seguridad Ciudadana.

—Carlos —le digo metiendo mi arma en la funda—, no me esperaba encontrarte aquí. ¿Qué haces?

—He venido a echar un vistazo al piso de tu vecina, siempre hay cosas que nos dejamos sin mirar —afirma mientras sigue apoyado en la barandilla—. ¿Me invitas a un café?

Me hubiera encantado hacer pasar dentro del piso a Carlos y haber charlado un rato sobre los extraños crímenes de Santa Margarita y sobre las peculiaridades de la comisaría, pero sabiendo que hay un cadáver sobre el sofá de mi comedor, no es el mejor momento para que el inspector de Seguridad Ciudadana entre.

—¡Vale! —exclamo—. Pero lo tomaremos en algún bar del centro —le digo, mientras guardo la llave de mi piso en el bolsillo y me dispongo a bajar las escaleras deseando que no insista en entrar.

Al final me hace caso y baja conmigo hasta la calle. Carlos Salinas y yo nos metemos en un garito de copas del casco antiguo. Casi no hay nadie en su interior. Tanto él como yo tenemos ganas de hablar. Le cuento que esta investigación me está desbordando, que no sé quién mató a Vanessa y que todo esto no me parece ni medianamente normal. Me sincero con él y le digo que tengo ganas de que pase el mes de julio y que llegue agosto para coger vacaciones.

Carlos no para de pedirle al camarero *limoncello*, un licor de limón que con sus treinta grados nos hace hablar hasta por los codos, mientras que yo gorreo cigarros a la chica del mostrador que sonríe ante mi atrevimiento. Los recuerdos de Santa Margarita pasan por mi cabeza como si de una película se tratara. Los ordeno mentalmente e intento dotarlos de sentido y coherencia. Me imagino la historia y la proveo de congruencia.

Vanessa, cuyo verdadero nombre era Vasili Lubkov, es decir, su nombre de hombre, llegó a Santa Margarita para trabajar de prostituta, pero también para huir. Escapaba de Barcelona, ciudad donde conoció a Guillermina, mi ex pareja. Este hecho es el que me vincula a mí con el asesinato del transexual, ya que Guillermina es una mujer muy posesiva y quiso arrastrarme a sus vicios más profundos, «las alcantarillas de la moral humana», como lo llamaba yo en la época en que estábamos juntos. Eso fue hace dos años, cuando yo realizaba las prácticas de inspector en la Ciudad Condal y convivía con ella, mientras trabajaba en el consulado de Francia, del cual la han echado, seguramente por culpa de su licenciosa vida. Aquella tarde, la del viernes quince de julio, Guillermina y Vanessa se habían despedido en la calle Avellaneda, y seguramente debieron de discutir antes de que los policías detuvieran a Vanessa. Pero el veneno de la serpiente de mar ya corría por sus venas y cuando la patrulla la trasladó a comisaría, Guillermina debía de estar muy próxima y lo vio todo.

«¿A quién esperaba Vanessa en aquella esquina?», me pregunto.

Pues seguramente a algún cliente importante. El caso es que me llamó por teléfono y bastante asustada, por cierto, e intuyo que buscaría ayuda de alguien.

«¿Cómo sabía mi teléfono?», me interrogo a mí mismo mientras cojo otro cigarro de la chica de la barra y Carlos charla animadamente con el camarero.

Se lo debió de dar Guillermina, porque en la agenda estaba escrito como Confondu, que es precisamente el mote con el que me llamaba mi ex pareja. La casualidad quiso que esa noche yo estuviera de incidencias y que el veneno acabara con la vida de Vanessa en los calabozos de comisaría. De mi comisaría.

«Hasta aquí todo encaja», discurro.

El oficial de guardia, nervioso por la sangre que salía de la boca del transexual, cuando estaba moribundo en su celda, cerró la puerta con llave y a causa de la excitación no supo dónde la había dejado. Por eso corría despavorido por el pasillo gritando dónde estaba la llave. Una vez certificada la muerte llamó al hospital provincial para que enviaran a un médico de urgencias y diagnosticara el fallecimiento de Vanessa. Esto es Santa Margarita y los meses de julio y agosto no trabaja nadie. Así que el titular de urgencias hizo venir a un amigo jubilado, quizá su propio padre, y para que no le reconocieran le dijo que se disfrazara, ya que solamente había que diagnosticar la muerte de una drogadicta en los calabozos de la comisaría. El falso médico se deshizo de su disfraz: una peluca, un bigote y unas lentillas azules, nada más salir de comisaría. Más tarde, un empleado del Ayuntamiento halló los restos del disfraz en una papelera y los llevó hasta comisaría. Fue de esta forma como el disfraz fue a parar a manos de Ernesto Fregolas, el responsable de Documentación y Extranjería, y que, junto con Carlos Salinas, ideó una pequeña broma para quitar tensión al asunto de la muerte del transexual. De alguna forma una lentilla se quedó enganchada en mi ropa y por eso apareció más tarde en el cajón de mi mesita de noche...

Las demás exégesis que pueda sacar de todo esto son pura analogía descabellada entre unos hechos y otros. Mi vecino de abajo, Rasputín, mató a la vecina de arriba y luego se suicidó. Alguien, que seguramente es Guillermina, me está siguiendo de cerca y es quien ha urdido las coincidencias de las «V». Porque una cosa es cierta: el nombre de los tres muertos empieza por V. No quiero pensar más, ya que el ruido del bar mezclado con el *limoncello* ralentiza mis pensamientos y cada vez me parece más absurdo todo esto. Me quedan varios cabos por atar: el primero y más importante es encontrar a Guillermina Díaz Salmerón, mi ex compañera y me juego el cuello a que es la causante de la muerte de Vanessa y del posterior seguimiento para achacarme las culpas del asesinato de Victoria y del suicidio de Valentín. Así que Guillermina está muy cerca de mí. Las notas que guardo en el bolsillo de mi pantalón demostrarán que es su letra y que ella es la culpable de todo. La inspectora Carmen o el forense aún me tenían que entregar un informe sobre los otros dientes aparecidos en la casa de Rasputín y saber a quién pertenecen. Qué lío...

23.17

Cuando pasan diecisiete minutos de las once de la noche, llego hasta mi piso. Los agentes aún custodian la portería, esperando que aparezca Rasputín para detenerlo. Yo sé que nunca llegará. El viejo Valentín está tumbado en el sofá de mi comedor y tengo que hacer algo rápido, treinta y cinco grados de media no son buenos para conservar el cuerpo de un cadáver.

Entro en el piso y ni siquiera voy al comedor, el alcohol me embarulla la mente y es mejor que me eche en la cama antes de que me caiga. Me tiro sobre mi cama y me duermo.

19

Hace tanto calor que los zapatos se pegan al suelo. La chica anda deprisa, sabe que la siguen. Callejea por el barrio de la Verneda de Barcelona, mientras su perseguidor le sigue el rastro. La calle está vacía.

«¡Ojalá encuentre un policía para pedirle ayuda!», piensa, mientras mira hacia atrás.

Ya no está. Nadie la sigue.

Un golpe en la cabeza es lo último que oye antes de caer al suelo semiinconsciente...

20

Domingo, 24 de julio
10.06

Hacía tiempo que no me levantaba con semejante resaca, parece que me va a estallar la cabeza. La noche de ayer fue excesivamente parrandera, algo que debo evitar. Hoy sabrá todo el mundo en Santa Margarita que dos inspectores de policía se han tomado unas copas de más.

Mientras se calientan las tostadas y sube el café, pienso en que debo solucionar un problema. Me adentro en el comedor y lo veo. Está allí, tal y como lo dejé ayer. El cuerpo sin vida de Rasputín yace sobre mi sofá, que está empapado por completo de sangre. El viejo se suicidó y quiso hacerlo en mi piso para echarme a mí la culpa.

«¿Cómo lo hizo?», me pregunto, mientras me acerco y evito vomitar por el fuerte olor a podredumbre.

El calor aprieta más que ningún día. Abro todas las ventanas de par en par y a través de la del comedor veo el coche de policía en la puerta, esperando a que vuelva Rasputín. Ilusos.

Mi vecino se cortó las venas, de allí viene la sangre. Pero lo hizo en ambas muñecas; algo insólito para hacerlo una sola persona. «Primero se cortó una y luego otra», pienso sin encontrar otra explicación más coherente.

El sonido de la tostadora al escupir el pan me abstrae de mis meditaciones.

10.30

A las diez y media tomo una decisión. Todos somos asesinos en potencia y Rasputín ya está muerto, así que aun en el caso de cambiar el cuerpo de piso, estoy convencido de que nadie me creerá y me achacarán las culpas de su suicidio o incluso podrán decir que lo he matado yo.

«¡Qué tontería!», exclamaría el comisario, mientras dos agentes me colocaban los grilletes, «¿para qué se iba a suicidar en tu piso?», me preguntaría, sin que yo diese una respuesta congruente.

No iba a echar toda mi carrera profesional por la borda. No lo iba a hacer ahora, ni aquí, en el culo del mundo, en una despreciable ciudad de menos de cincuenta mil habitantes, donde solamente triunfaban los lugareños, los caciques.

Rebusco entre las herramientas que guardo en una caja en el armario del pasillo. Saco un serrucho de cortar madera que guardo para hacer remiendos en casa, como aquella vez que me monté una estantería para colocar mis libros.

No desayuno las tostadas, ni tomo el café; no quiero vomitar. Me dirijo al comedor con toda la sangre fría de que soy capaz y quito la ropa al cuerpo sin vida de Valentín Cabrero. Lo dejo desnudo y puedo ver su cuerpo delgado y esmirriado. Apenas hay carne entre la piel y los huesos. «Menos mal», pienso. «Será fácil hacerlo pedazos.»

10.50

Nunca creí que fuese tan laborioso partir a alguien en trocitos. Primero empiezo con los brazos, los corto a la altura de los hombros. Luego hago lo mismo con las piernas. Después la cabeza, el tronco y finalmente las manos y los pies. El olor es insoportable. Meto su cuerpo en ocho bolsas de basura, de esas que tienen cinta para cerrarlas. Las bajaré de una en una, así los policías no sospecharán. El contenedor está justo al doblar la esquina y no les extrañará verme cada día con una bolsa de basura.

12.00

Me meto en la ducha y tiro la ropa que he utilizado para seccionar a Rasputín. Ahora no hay vuelta atrás. No lo he matado, pero de no deshacerme de su cuerpo seguramente me acusarán a mí. He hecho lo correcto, aunque me cueste creerlo. Mi moral me aconseja decir la verdad. Presentarme ante mis compañeros de la comisaría y contarles todo lo ocurrido.

No me creerán. Ahora mismo lo estoy pensando y me suena inconcebible.

Mientras estoy en la ducha oigo mi teléfono móvil.

«Luego miraré quién ha llamado», pienso, terminando de enjabonarme.

Llaman dos veces seguidas.

No hay nada que me pueda relacionar con la muerte de Rasputín. No pienso volver a su piso, no quiero que me pillen husmeando donde no debo. A partir de hoy me centraré en resolver el crimen del transexual en los calabozos de la comisaría. Eso es lo que haré. El destino me ha jugado una mala pasada. Eso es todo. Se ha encargado de distraer mi atención con un crimen sin sentido. Un pobre loco que mata a una vecina que no soporta y luego se suicida en mi piso. Esa es la única coincidencia que me une a él.

12.35

Me ha llamado Carmen. Utilizo la rellamada para hacer lo mismo.

«Habrá novedades sobre la investigación», pienso.

—¡Hola, Simón! —me dice nada más descolgar el teléfono—. ¿Qué tal estás?

—Bien —respondo, mientras me termino de secar—. Esperaba tu llamada —le digo—, supongo que habrá novedades sobre el crimen del transexual... ¿es así?

—Pues sí —ratifica—. ¿Quedamos para comer y te las cuento? —me ofrece.

—A la una y media en el Pasteas, ¿te parece bien?

—Me parece estupendo. Allí nos vemos —afirma, y cuelga el teléfono.

Me dispongo a afeitarme y vestirme, mientras intuyo que el asesinato de Vanessa está a punto de resolverse. El espejo del cuarto de baño está lleno de vaho y apenas puedo verme la cara y el cuerpo. Me seco a ciegas y me termino de vestir en el pasillo. Después me afeito.

Antes de salir del piso, cojo una de las bolsas de basura donde metí el cuerpo de mi vecino. Agarro la que tiene la cabeza de Rasputín.

Desciendo las escaleras y llego hasta el contenedor que hay justo en la esquina del bloque. Me lo pienso mejor y sigo andando con la bolsa en la mano, después de saludar con un gesto a los agentes que custodian el edificio. Dos policías entrados en años, que charlan animadamente de fútbol. En alguna ocasión he visto vagabundos rebuscando por los contenedores y no quiero que hallen la cabeza de Rasputín delante de mi piso. Los policías podrían recordar que me vieron lanzar una bolsa y culparme del asesinato de mi vecino.

Camino por la larga avenida que separa mi domicilio del parque y me paro en unos contenedores que hay delante de un hotel. Allí abocan los restos del restaurante. Y allí echo la cabeza de Rasputín.

13.35

A la una y treinta y cinco estoy delante de la puerta del Pasteas. Carmen aún no ha llegado. «Hoy probaré el entrecot a la pimienta y de primero me pediré unas almejas a la plancha», medito, mientras me siento en una de las sillas de la terraza.

El calor es soportable. Una leve brisa fresca y suave mueve los toldos del restaurante.

—¿Desea tomar algo el señor? —consulta un dispuesto camarero, retirando los vasos sucios de la mesa y limpiándola con un paño húmedo.

—No, gracias. Estoy esperando a una persona...

Cuando me fui de Barcelona huía de una vida insulsa y vacía. Cualquiera en mi situación hubiera sido el hombre más feliz del mundo, pero a mí no me satisfacía la relación que tenía con Guillermina. De joven, cuando tenía quince años, más o menos, soñaba con ese tipo de relación. Me gustaban las mujeres atrevidas, lanzadas. Imaginaba situaciones morbosas, casi escabrosas, donde me rodeaba de chicas pletóricas de deseos sexuales imposibles. Guillermina era así, era justo lo que siempre soñé, pero no sé por qué ahora no me gustaba. Me ponía nervioso cuando salía sola de noche y se iba vete a saber dónde y llegaba de madrugada. Odiaba cuando me contaba sus aventuras amorosas con los compañeros del consulado y cómo las otras chicas la envidiaban y más de una mujer despechada le había dicho que la mataría cuando tuviera la más mínima ocasión.

—¿Hace mucho que esperas? —me pregunta Carmen, que ha llegado por detrás sin que yo me haya dado cuenta.

—¡Qué va! —respondo—. Acabo de llegar ahora mismo. Justo me he sentado —le digo.

—¿Entramos? —pregunta Carmen mientras yo no puedo evitar mirar sus espléndidas piernas.

La inspectora Carmen es una mujer de sublime figura. Yo sabía que las cosas con su novio Pedro no marchaban demasiado bien. Su carrera policial se tambaleaba por culpa de un porro. Carmen estaba triste y se le notaba, no era la misma que conocí cuando llegué a Santa Margarita. No era aquella muchacha de risa fácil y de mirada brillante. Me gustaría preguntarle cómo marchaba el asunto de su novio, pero era una cosa muy personal y prefería que me lo contara ella a tener que cotillear yo.

Nos atiende el mismo camarero de ayer, aunque esta vez no sale el dueño. Yo no tengo el rango del delegado del Gobierno ni del alcalde, y mucho menos del comisario.

—Ayer estuve aquí con tus jefes —le digo a Carmen, mientras nos sentamos en una mesa pequeña y arrinconada.

—¿Mis jefes?

—Sí, salí a pasear un rato por la mañana y al pasar por aquí vi como entraban el delegado del Gobierno, el alcalde y el comisario. Como el Rincón del Gato está cerrado por vacaciones, se me ocurrió recalar a comer aquí.

—¿Y compartiste mesa con los mandatarios? —me pregunta.

—No —replico—. Entré con la intención de comer solo, pero el comisario me vio y me hizo un gesto para que les acompañara.

—Tengo novedades sobre los dientes aparecidos en el piso de tu vecino —me dice Carmen, mientras yo vierto un poco de agua en los dos vasos que hay encima de la mesa.

—¿Ya sabes a quién pertenecen?

—Sí —contesta—. Ayer por la noche estuve navegando por el GATI y busqué todos los hechos relacionados con desapariciones dentarias.

—¿Desapariciones?

—Sí —insiste—. El GATI ofrece la posibilidad de realizar consultas parciales por palabras sueltas, así que ayer metí «dientes».

—¿Y qué salió?

—Se llenaron varias pantallas sobre hechos relacionados. Como «rotura de dientes», en el caso de peleas, o «diamante en el diente», como algunas descripciones físicas donde se hace referencia a la implantación de un diamante en el diente.

—No sabía que eso se pudiera hacer —cuestiono, mientras saco un palillo del palillero.

—Solo lo vi en dos descripciones físicas de unas rusas que se habían implantado un diamante en los dientes, a modo de *piercing*. Bueno, al grano. Hace dos años justos, es decir, en el verano de 2003, asesinaron a una chica en la Verneda.

—¿El barrio de Barcelona? —pregunto.

—Sí, la estrangularon rompiéndole el cuello y al igual que a Vanessa también le sacaron los dientes, los ocho incisivos y los cuatro caninos.

—¡Qué casualidad! —exclamo.

Yo estaba entonces destinado de prácticas en Barcelona, pero no recuerdo este crimen. Ese año cogí las vacaciones en julio.

—¿Tu ex compañera trabajaba entonces en el consulado francés? —me pregunta Carmen, mientras que yo intento recordar ese crimen.

—Sí, ese año precisamente se quedó sola en Barcelona mientras yo me fui de vacaciones a Murcia —le digo.

El camarero irrumpe en la mesa y nos lee la carta.

—Almejas a la plancha de primero y un entrecot a la pimienta verde —pido yo, mientras que Carmen demanda lo mismo.

—¿Algún vino en especial? —solicita el camarero.

—Un Rioja cualquiera —digo.

—Pues bien —afirma la inspectora de la Policía Científica—, los dientes aparecidos en el piso de tu vecino son los que le quitaron a aquella pobre chica hace dos años en Barcelona.

—¿Estás segura?

—Sin lugar a dudas, en el GATI se grabaron las placas dentales de la mujer y coinciden plenamente. Son sus dientes —asegura, mientras que yo estoy, más seguro que nunca, de que Guillermina es la asesina.

—Ese año cogí vacaciones en julio —le digo— y me fui a Murcia a casa de un amigo. Guillermina se quedó sola en Barcelona y aprovechó para dar rienda suelta a sus vicios.

—¿Dónde está ella ahora? —me pregunta Carmen, cogiéndome las manos al notar mi nerviosismo.

—Creo que está aquí —asevero.

—¿En Santa Margarita?

—Sí, sospecho que mató a mi vecina de arriba y también ha hecho lo mismo con el vecino de abajo.

—¿A tu vecino de abajo lo han asesinado? —pregunta—. ¿Cuándo?

A pesar de la creciente amistad entre Carmen y yo, todavía no me atrevía a sincerarme del todo con ella. «¡Cómo le iba a contar que había cortado a cachitos a mi vecino de abajo!»

—No —replico finalmente—. De momento está desaparecido. Hay un coche permanente de policías en la puerta, esperando a que regrese a su piso para poder detenerlo.

—¿La has visto? —me pregunta Carmen.

—No —contesto sabiendo que se refiere a Guillermina—. No la he visto por Santa Margarita, pero su rastro me ha seguido por toda la ciudad. Me deja notas, ¿sabes?

—¿Notas? —pregunta extrañada Carmen, mientras se hace a un lado para que el camarero pueda dejar los dos platos con almejas y la botella de vino tinto.

—Sí, aparecen notas manuscritas en los espejos de mi casa y hasta aquí, en el restaurante.

—Todo eso que dices es muy extraño —comenta Carmen torciendo el rostro y abriendo los ojos como si no se terminara de creer mi historia—. ¿Y qué dicen las notas?

—Bueno —corrijo—, más que notas son avisos, advertencias del tipo: no te fíes de este, no te fíes del otro.

—¿Entonces van dirigidas a ti? —me pregunta.

—Sí, mira, aquí tengo una —le digo, mientras saco una nota del bolsillo de mi pantalón—, la que el comisario encontró en el espejo del cuarto de baño del Pasteas.

—¿Aquí encontraste una nota, Simón? —me pregunta Carmen, cada vez más extrañada.

Evito decirle que yo fui el primero en ver la nota,

pero que luego la cogió el comisario y que se la dejó encima de la mesa donde comimos y que luego la recogí yo de nuevo. Ella no lo entendería. Era demasiado lioso para explicarlo.

—Ya sé que es difícil de creer, pero no me estoy volviendo loco, sé lo que digo. Mira —anuncio mientras despliego la nota ante su atenta mirada—. ¿Qué te parece? —pregunto sosteniéndola con mis dedos delante de sus ojos.

Carmen mira el papel amarillo y luego me mira a mí directamente a los ojos. Parece como si hubiera visto un fantasma.

—Es curioso que con la presión a la que estás sometido estos días aún te queden ganas de hacer bromas —dice mientras sorbe una almeja.

Giro la nota hacia mí.

—Pero... ¡qué coño es esto! —grito, consiguiendo que hasta una pareja que hay en una mesa próxima nos mire.

Observo con desconcierto como la nota está en blanco.

Recuerdo que la guardé en el bolsillo de mi pantalón. Es imposible que nadie la hubiera cambiado por otra nota sin nada escrito.

—Te juro —le digo a Carmen— que aquí ponía algo. Había una frase escrita —insisto.

—¿El qué? —pregunta sonriendo.

—No me crees, ¿verdad?

—Bueno —dice la inspectora de la Policía Científica poniendo vino en las copas—, hay unas tintas que con el paso del tiempo se vuelven invisibles. Déjame ver el papel —me dice.

Le entrego la nota mientras rebusco en el bolsillo la otra. Recuerdo que me guardé dos.

Carmen observa la nota al trasluz de la lámpara que hay en la mesa.

—Aquí nunca ha habido nada escrito —afirma—. Es una nota de esas que se utilizan en las oficinas para enganchar en las pantallas de los ordenadores. Un recordatorio...

Igual ella tenía razón y veo cosas donde no las hay. Es posible que esas notas sean avisos de mi subconsciente a mi consciencia y que lo haga por escrito en papeles en blanco. No quiero que Carmen piense que estoy loco, pero es factible que todo lo que pienso sobre la investigación lo escriba en recordatorios y los deje a mi paso. Las misivas aparecieron el sábado, que fue el día de mayor presión psicológica. Recuerdo que la primera la vi en el piso de mi vecina Victoria y decía que no me fiara del comisario Alberto Mendoza. La segunda la encontré en el baño del mismo piso y me advertía sobre Carlos Salinas. La tercera la hallé en el comedor de mi piso, al lado del cadáver de Rasputín, y me indicaba que no me fiara de mí mismo. La cuarta la encontré en el espejo del baño del Pasteas y me volvía a recordar que no tenía que fiarme de Simón Leira. El comisario halló una quinta nota en el baño, donde ponía que la tercera «V» estaba en su casa. Esta última la trajo el jefe hasta la mesa y la vimos todos, por lo que el aviso del comisario es el verdadero, aunque creo recordar que la letra era la misma...

—Mañana tengo que entregar mi informe preliminar al comisario —le digo a Carmen, sorbiendo un trago de vino y procurando olvidar mi paranoia sobre los mensajes—, creo que esta investigación me ha desbordado —me sincero—. Las notas eran avisos sobre que no me fiara de determinadas personas: de mí, de Ernesto, del comisario... Aparecieron todas durante el día de ayer y en un lapso de cuatro o cinco horas. La primera la vi a las once de la mañana y la última a las tres de la tarde, más o menos —aclaro a la inspectora, buscando su aprobación.

—No te preocupes —aconseja Carmen—. Estás sometido a mucha presión estos días y es posible que se haya producido un cortocircuito en tu cerebro. Debiste encontrar esos papeles por tu casa y te pareció ver advertencias escritas en ellos. No es tan raro —asevera.

Al mismo tiempo que asiento con la cabeza y agradezco la comprensión demostrada por la inspectora, recuerdo que el comisario, ayer mismo, salió del lavabo del Pasteas y mostró una nota a todos los comensales que estábamos aquí. Si pudiera demostrar que otras personas han visto los avisos, sabría por lo menos que no estoy loco.

—Guillermina me llamaba Confondu —digo a Carmen, mientras sorbo una suculenta almeja rociada con limón—. Nunca entendí ese mote, pero ahora me doy cuenta de ello.

—No debes darle tantas vueltas —me sugiere la inspectora—. Eso suele pasar más de lo que te piensas. ¿Has visto la película *Una mente maravillosa*? —me pregunta.

Niego con la cabeza.

—En ella, el físico John Forbes realizó un descubrimiento asombroso al comienzo de su carrera y se hizo famoso en todo el mundo. Está basada en un hecho real y plasma con gran realismo las desventuras de este físico, que ve personas que no existen.

—¿Crees que soy un esquizofrénico? —pregunto—. ¿Y que todo esto es producto de mi imaginación?

—¡Por favor, Simón! —exclama Carmen—. Solamente pienso que todo el asunto del asesinato de Vanessa y la muerte de tu vecina te ha desbordado y que tu subconsciente aflora a través de notas en blanco. Necesitas descansar —aconseja—. Vete a casa, túmbate en la cama y mañana lo verás todo con más claridad —me dice, mientras corta el entrecot a la pimienta.

17.00

Sin apenas moral, camino hasta mi calle. Saludo a los policías que montan guardia en la puerta del bloque y me adentro en el interior de mi edificio. Necesito dormir. Mañana tengo una reunión con el comisario y le tengo que aportar por escrito todos los datos objetivos de la investigación sobre el asesinato del transexual. Han ocurrido muchas cosas desde la muerte de Vanessa en los calabozos de la comisaría. Demasiadas. Mañana es el último día de plazo que me dio el jefe para terminar mi informe y aún no tengo al asesino. Sé que es Guillermina Díaz Salmerón y que hay que dictar una orden de busca y captura contra ella, pero necesito recopilar todas las pruebas necesarias para realizar una acusación formal. Respecto al asesinato de mi vecina, decido no mezclar los crímenes, ya que no tiene nada que ver uno con otro. A Victoria la mató Valentín Cabrero, el vecino del piso de abajo que luego se suicidó para achacarme a mí las culpas.

Preparo una taza de café, me siento delante del ordenador portátil y comienzo a redactar el informe del crimen. Ordeno los hechos en mi mente, mientras sintetizo e interpreto los datos. Al comisario le gustan los informes bien hechos y repletos de datos objetivos.

Suena el teléfono móvil.

—Sí.

—Simón —dice una voz que conozco de sobra—. Tenemos que hablar.

—¿Dónde estás? —pregunto—. Llevo toda la semana buscándote.

—Estoy más cerca de lo que tú te piensas.

—Ya lo sé. Has ido dejando tu rastro por todas partes. ¿Mataste al transexual, verdad? —pregunto a Guillermina mientras me desplazo hasta la habitación de matrimonio y cojo mi revólver—. Fuiste cruel. Demasiado...

—Se lo merecía —afirma Guillermina, mientras yo recorro el piso abriendo las puertas con el cañón del arma y asegurándome de que ella no está dentro.

—Nadie se merece morir y menos así —le digo, intentando alargar la conversación y entretenerla lo suficiente para saber dónde está—. ¿Le inyectaste el veneno?

—Sí —responde sin sentirse culpable—. Me pidió que le inoculara sus hormonas femeninas. Se tumbó sobre la cama de nuestro piso y las mezclé con el veneno de las serpientes de mar antes de inyectárselas en el hombro.

—Sabía que fuiste tú —le digo abriendo despacio

la puerta del cuarto de baño y mirando en el interior de la ducha—, es tu sello. ¿Por qué lo hiciste?

—Me quería abandonar. Se había cansado de mí y de mis manías.

—Necesitas ayuda —le digo mientras entro en la cocina y miro los armarios de abajo.

—¿Me estás buscando?

—No, estoy en casa. Acababa de empezar a redactar el informe del crimen cuando he recibido tu llamada.

—¿Están los policías abajo?

—Aún siguen ahí —respondo, mientras miro por la ventana del comedor y veo el coche patrulla aparcado en la acera de enfrente.

—Si me delatas les diré lo que le has hecho a Rasputín —amenaza Guillermina, mientras miro el bloque de enfrente para comprobar si está observando desde algún piso.

Yo sabía que descuartizar a mi vecino de abajo me iba a traer problemas. Lo presentía. No me quedó más remedio que hacerlo, pero mis compañeros de la policía no creerían mi versión de los hechos. No aceptarían que el viejo escogió mi piso para suicidarse y así achacarme las culpas a mí. «Pero... ¿cómo sabe Guillermina eso?», me pregunto, mientras termino de beber la taza de café frío. Mi ex compañera conocía demasiadas cosas de mi entorno; aunque en realidad no ha dicho lo que le hice al viejo, sino que ha amenazado con contarlo a la policía.

—¿Qué le ha pasado a Rasputín? —le pregunto, para averiguar si realmente ella sabe lo que ocurrió o simplemente se lo imagina.

—Vamos, Simón —replica—, sé más de ti de lo que imaginas.

—Sí, eso está bien —le digo—, pero no has contestado mi pregunta.

—Has descuartizado al viejo. Lo has hecho pedazos y lo has metido en bolsas de basura —responde, mientras yo intento entender cómo puede saber eso.

—Pero... ¿qué pasó antes?

—¿Antes? —cuestiona Guillermina sin entender mi pregunta.

—Sí, me refiero a qué ocurrió antes de que Rasputín llegara a mi piso y por qué decidió cortarse las venas en el sofá de mi comedor.

—No se cortó las venas, Simón —afirma Guillermina—, parece mentira que seas inspector de policía.

—¡Sí que se las cortó! —asevero enfurecido—. Pude ver las marcas en sus muñecas y cómo brotaba sangre de ellas.

—Lo mataste tú —afianza Guillermina—. Recuerda Simón, recuerda qué ocurrió exactamente.

Mi vista se oscurece como si una nube de humo negro taponara mis ojos y no me dejara ver. Yo solo recuerdo cómo entré en el comedor de mi casa y vi el cuerpo sin vida de Rasputín tumbado sobre el sofá y cómo le salía sangre de los cortes de sus muñecas. Recuerdo la nota de aviso encima de la mesa:

No te fíes del inspector Simón Leira.

—¿Qué decía la nota? —pregunta Guillermina, mientras recuerdo una conversación con la vecina de arriba acerca del molinillo de café.

—No sé hablar por teléfono —le digo a mi ex compañera—. ¿Dónde estás?

—¿Quieres detenerme?

—Es mi trabajo.

—Pues la policía sabrá que descuartizaste a Rasputín.

—Correré ese riesgo —afirmo, mientras miro las bolsas de basura que tengo en una de las habitaciones con los trozos del viejo.

—Esto no tiene por qué acabar así —me dice Guillermina—. ¿Te acuerdas cuándo estuvimos juntos en Barcelona?

—Hay épocas buenas y malas...

—Sí, pero entonces éramos muy felices.

—¿Mataste a una chica en Barcelona? —le pregunto, mientras busco una grabadora que tengo en mi habitación.

Cuando terminé las prácticas de policía me compré un Konexx, un aparato que se puede conectar al teléfono y graba las conversaciones en una cinta. No podía utilizar esta grabación ante un jurado, pero serviría para demostrar a mis compañeros que no miento y que la asesina es Guillermina.

—Sí —responde—. Aproveché las vacaciones de julio para ligar. Aquel mes te fuiste a Murcia, ¿recuerdas?

—¿Por qué le quitaste los dientes? —pregunto, mientras veo la grabadora en uno de los cajones del armario ropero.

—Aquella puta me mordió justo cuando íbamos a hacer el amor.

Conecto uno de los cables al teléfono móvil mientras que el otro lo enchufo al aparato.

«Ya está funcionando.»

—¿Hacer el amor? Pero si erais dos mujeres —le digo.

A Guillermina le disgustaba mucho que la tratara como a una auténtica mujer, ella prefería sentirse como un andrógino capaz de satisfacer a hombres y a mujeres. En ese sentido era muy parecida a Vanessa.

—No cambies de tema —me dice enfurecida—. Tanto tú como yo tenemos cosas que ocultar. Secretos —afirma—. Todos los tenemos y además son necesarios.

—Pero yo descuarticé al viejo por necesidad —alego en mi defensa. No tengo que olvidar que estoy grabando la conversación—. Lo hice porque nadie me hubiera creído. Nadie hubiera admitido que se suicidó en mi piso para echarme las culpas a mí.

—Y qué más da por qué lo hicieras —susurra con un tono que me pone los pelos de punta—. Qué importa eso. Todos obramos por necesidad. O acaso crees que maté a Vanessa porque me dio la gana. Siempre hay un motivo...

Guillermina disertaba como una auténtica psicópata. Hablaba sin orden ni concierto, mientras que yo me aseguraba de que la cinta de la grabadora no dejaba de girar y memorizaba todas las palabras de la conversación con mi ex pareja.

—Necesitas ayuda —le digo, mientras entro en la cocina a por un vaso de agua—. Dime dónde estás para que pueda recogerte.

—¿Me detendrás?

—Te prometo que no...

No me gustaba mentir, no era mi estilo, pero había aprendido que no está mal si es para un buen fin. Tenía que acabar con esto, tenía que terminar con el peso que pendía sobre mi carrera profesional y sobre mi propia vida. Solamente quería encontrar a Guillermina y detenerla. Llevarla hasta la comisaría de policía y presentarla ante los demás inspectores. Era el golpe de efecto que necesitaba mi trayectoria profesional. Con la detención de Guillermina habría solucionado el crimen del transexual y el de la pobre chica que mataron en la Verneda hacía dos años.

—Esto no tiene que terminar así —repite sin cesar Guillermina, mientras que yo entro en el cuarto de baño y veo la nota del espejo y me desplomo sobre el suelo...

21

Lunes, 25 de julio

Son la cuatro de la mañana. Abro los ojos y solo veo la cortina de la ducha. Estoy tumbado en el baño del piso que alquilé en Santa Margarita. Hoy es el último día. El comisario espera el informe sobre el crimen del transexual. Recuerdo que ayer estuve hablando por teléfono con Guillermina, mi ex compañera. No conseguí sacarle el lugar donde se oculta, pero sé que está cerca de mí, muy cerca. Sé que me sigue y sabe todos mis pasos y está al corriente de todo lo que hago. Me levanto con cierta dificultad. Me duele la espalda de la caída, me debí golpear contra el inodoro.

En el espejo hay una nota enganchada. Es como las otras, del mismo papel y con la misma letra. No quiero ver lo que hay escrito en ella, recuerdo que la caída de ayer fue por culpa del aviso. Sabe que soy muy débil, que enseguida me vengo abajo. Por eso ha puesto la nota, para que me desmorone...

Me acerco al espejo y arranco el papel. Lo doblo y lo tiro al suelo. No quiero leerlo otra vez. No.

Miro mi rostro. Una sombra de barba emborrona la cara. Hasta que no me afeite no seré yo. Paso mis dedos por la barbilla. Me toco la nariz. Tengo una piel suave, como la de una mujer. Me hubiera gustado ser mujer, pero admiraba a los hombres y odiaba a los transexuales por su perfección, por poder disfrutar de las dos cosas a la vez. Mi mano derecha tapa el hombro izquierdo. No quiero ver lo que hay debajo. Lo sé. Sé que no debo asustarme, pero no quiero levantar la mano...

El mordisco de Vanessa sigue ahí. El transexual no pudo defenderse cuando le inyecté el veneno de serpiente, aquella tarde de viernes en mi piso. En la habitación de matrimonio donde estuvimos retozando hasta las cinco de la tarde y donde me dijo que tenía que marcharse, que la esperaba un cliente. Aquella perfección de la naturaleza solo me podía pertenecer a mí. A nadie más. Habíamos comido unas pizzas y nos abandonamos a la pasión. Yo apenas tenía hambre. Ese día estuve almorzando con la inspectora Carmen en el Rincón del Gato. Nos despedimos en la puerta y me fui a la comisaría, pero estuve poco rato. Luego me encontré con Vanessa y me puse el vestido negro y me pinté los ojos. Me gustaba sentirme mujer.

«¿Cómo te llamas?», me preguntó Vanessa, mientras nos desnudábamos y yo contemplaba aquel esplendido cuerpo.

«Guillermina», le dije.

Siempre me gustó ese nombre. Lo había utilizado en Barcelona, cuando hice el amor con aquella chica que también me mordió. Las mujeres tienen la costumbre de morder cuando se sienten amenazadas. Son como alimañas. No podía permitir que las huellas del delito se asociaran a ese mordisco. Vanessa había quedado con un cliente, ella los llamaba «amigos».

«He quedado con un amigo», me dijo.

Le introduje una papelina de coca que había incautado la patrulla de policía esa misma tarde. Se la metí dentro del bolso. No sé por qué lo hice, pero un amigo, también inspector, que tenía en Barcelona, me dijo en una ocasión que era bueno llevar droga encima para poderla *encolomar*. Es una expresión catalana y quiere decir algo así como «meter», es decir, hacer que un detenido se coma algo que no ha hecho. El veneno corría por sus venas y sabía que podía morir en la calle, así que pensé que lo mejor era introducirle droga en el bolso. Los policías la encontrarían y no se trataba igual a los yonquis que a la gente corriente.

La vecina nos vio. Victoria López vivía sola y siempre estaba pendiente de lo que hacíamos Rasputín, el vecino de abajo, y yo. Nos vio subir a Vanessa y a mí por la escalera y nos saludó.

«Buenas tardes, Simón», dijo mientras fingía escobar los peldaños.

Vanessa mostró una sonrisa esplendorosa y respondió.

«Buenas tardes, señora». Yo sabía que Victoria se había quedado con la cara del transexual y que la relacionaría conmigo en cuanto apareciera su imagen en el periódico. No lo podía permitir de ninguna de las maneras. Si Guillermina mató a Vanessa inyectándole veneno de serpiente, Simón tenía la obligación de terminar con Victoria López, la vecina de arriba. Los dos compartíamos el mismo cuerpo y por lo tanto éramos cómplices de todo lo que el otro hiciera.

El lunes a las ocho de la tarde subí al piso de la vecina. Empezamos a hablar sobre el ruido del molinillo. Yo sabía que a ella le molestaba mucho. Me preguntó por mi novia.

«¿Qué novia?», le dije.

Sabía que había memorizado su cara y que en cuanto apareciera en los periódicos la relacionaría conmigo. No me pareció buena idea utilizar un cuchillo jamonero para hacerlo y otro asesinato con veneno de serpiente de mar sería más que sospechoso. Quise que pareciera un suicidio, pero la matanza que originé no se podía camuflar de ninguna manera. Con aquel compañero del servicio militar, Alfredo, tuve más suerte. Fingí una cita a ciegas. Quedé con él a través de unas notas que le enviaba. Él pensó que había ligado y que estaba a punto de ver a la mujer de sus sueños. Cuando entró en aquella habitación de hotel y me vio vestido de mujer y con los ojos pintados, se rio. Sus carcajadas inundaron la estancia y supe que pagaría por ello. Tenía miedo y pensé que lo contaría a todos los demás soldados. Se reirían también de mí. Una noche, que le tocaba guardia, lo fui a ver a la garita. Estuvimos hablando de muchas cosas y al final me sinceré con él y le conté mi afición a los vestidos de mujer. Le dije que me gustaba sentirme como una chica y que si pudiera me operaría para ser una auténtica mujer. Se rio. Sus gritos de hombre mofándose de mí me hirieron. Agarré su cabeza con las manos y la puse encima de la bocacha del Cetme. Apreté el gatillo y sus sesos se esparcieron por toda la garita.

La muerte de Alfredo no me importó, es más, sentí cierta satisfacción cuando oí el ruido atronador del Cetme. Pero Vanessa fue diferente, la conocía de antes. Los dos transexuales, ella y Amalia, la confidente de Ernesto Fregolas, el inspector de Extranjería, hicieron un numerito para mí cuando estaba en Barcelona. Ansiaba estar con dos andróginos al mismo tiempo. Era algo que anhelaba con auténtica locura. Por aquel entonces yo tenía un piso de soltero en la Diagonal de Barcelona. Las dos vinieron juntas y estuvieron haciendo el amor delante de mí y de la pecera con serpientes de mar.

Quería mucho a Vanessa. Me dolió mucho tener que arrancarle los dientes. Cuando me dirigí al tanatorio y vi la furgoneta de la morgue aparcada delante del puticlub, se me abrió el cielo. Los empleados del tanatorio se metieron en el Caprichos para emborracharse y dejaron el cuerpo sin vida de Vanessa solo. Afortunadamente llevaba unos alicates en el coche y le pude quitar los dientes para que no los relacionaran con el mordisco que me propinó en el hombro. El viernes abrí la puerta pensando que alguien había llamado, pero no había nadie. Los dientes de Vanessa estaban envueltos en un pañuelo de papel, tal y como yo los había dejado.

Al principio luché para desentenderme de las correrías de Guillermina. Supongo que ella haría lo mismo con Simón. Nos hubiera gustado fusionarnos en un solo ser, pero esa era una tarea material y físicamente imposible, así que optamos por compenetrarnos y apoyarnos en todo lo que hiciéramos. Ninguno de los dos interferiría en la vida del otro. Hubo un tiempo en que Guillermina dominó por completo a Simón. En otra época fue Simón el que sobresalió sobre Guillermina. Al final se dividieron y auxiliaron de tal forma, que uno no sabía lo que hacía el otro.

Rasputín lo supo enseguida. La edad y la mundología le hicieron ver lo que ocurría. Averiguó el crimen de mi vecina, y, lejos de querer denunciarme, quiso ayudarnos. Simón estuvo de acuerdo en aceptar el auxilio de Valentín Cabrero, pero Guillermina lo rechazó por completo y aprovechó su estancia en el piso para cortarle las venas. A Simón no le gustó nada esa acción, incluso propinó un puñetazo al bello rostro de Guillermina y le dejó una nota encima de la mesa advirtiéndole de que no se fiara de ella. Pero luego Guillermina la cambió y puso que no se fiara de él. Un mismo cuerpo no puede luchar contra dos mentes, así que Simón volvió a ocultar el crimen de Rasputín. Lo descuartizó en varios pedazos y lo metió en bolsas de basura.

Cuando matamos a Vanessa y me encargaron la investigación sobre el asesinato, no me lo podía creer. Qué ironías tiene el destino. Ese día estaba de guardia y quería evitar a toda costa que diagnosticaran la muerte por envenenamiento. Me asusté tanto que cerré los calabozos con llave. Los inspectores tenemos una copia, pero dudo que el oficial de guardia lo supiera. Tenía que ganar tiempo como fuera. Tapé la cámara de vigilancia con un trapo que había en la celda y me di cuenta de que no me había quitado el anillo de mi mano.

«¡Qué tonto!» Llevaba puesta la alianza que le quité a Alfredo antes de morir en aquella garita.

Busqué una peluca, un bigote y unas lentillas azules que guardaba en mi taquilla y salí por la puerta trasera de comisaría. Los meses de verano son muy confusos, hay poco personal en todas partes y nadie repararía en un viejo médico. Era importante diagnosticar muerte natural. Yo mismo me encargué de anotar el telefonema de aviso al hospital provincial. No quise volver a mirar el libro durante la investigación, porque no hubiera podido evitar poner cara de sorpresa al ver que era la misma letra de los avisos. Era la letra de Guillermina..., ¡mi letra!

—¡Un momento! —exclamo mientras busco un papel y un lápiz—. Yo estuve hablando con el médico. Es imposible que yo me hubiera disfrazado.

—Lo hiciste —afirma Guillermina desde el otro lado del espejo.

—¿Cómo? Recuerdo la conversación con el viejo médico y el diagnóstico de muerte natural.

—Eso piensas tú —replica Guillermina—. Toma —me dice alargándome un papel y un lápiz—, ¡escribe!

Sudoroso, agarro con fuerza el lápiz y dejó un bloc de notas sobre el lavabo.

—¿Qué pongo? —pregunto a Guillermina, que me mira a través del espejo.

—Lo que quieras...

Yo no estoy loco.

—¡Dios mío! —exclamo, mientras compruebo que es la misma letra de las notas y la misma del libro de telefonemas.

—¿Lo entiendes ahora? —me dice Guillermina mientras golpeo el suelo del cuarto de baño y mis golpes se confunden con el sonido de la puerta.

—Abre la puerta —gritan los agentes.

—Vienen a por ti —me dice Guillermina, escondida en el espejo del cuarto de baño.

—¡No! Cabrona —replico—. Es a ti a quien vienen a buscar. Todo esto es obra tuya. Tú eres la loca.

Se ríe y sus carcajadas resuenan en el baño como las risotadas de Alfredo, el compañero del servicio militar.

Corro hasta la habitación de matrimonio y busco mi revólver en los cajones.

«Tengo que matar a Guillermina», pienso. «Hace tiempo que debí hacerlo.»

Todos tenemos derecho a una segunda oportunidad... Y a una tercera. Guillermina me había traicionado, se adueñó de mí y buscaba arruinar mi vida, mi carrera como policía. Por eso ella escondía las cosas a mi paso para volverme loco. Quitó la cinta de vídeo de la sala de proyecciones cuando la estaba visionando y me hizo sospechar del inspector de Extranjería. Me engañó. Me hizo creer que trabajaba en el consulado francés de Barcelona cuando realmente nunca estuvo allí.

—Las notas las dejaste tú —susurra desde el espejo.

—Tengo la grabación —le digo—. Te grabé cuando hablaste conmigo y confesaste los crímenes. Estás acabada.

Los agentes echan la puerta abajo cuando escuchan un disparo y entran hasta el cuarto de baño. Simón yace tendido en el suelo y sus sesos desparramados por el espejo.

En el suelo hay una nota amarilla:

El asesino eres tú.

El comisario Alberto Mendoza coge la cinta que sostiene el cadáver en la mano.

La acciona.

Los agentes escuchan boquiabiertos como el inspector Simón Leira habla consigo mismo y cambia el tono de voz como si estuviera conversando con otra persona.

—¿Con quién habla? —pregunta Carlos Salinas.

—Con su otro yo —responde el comisario.

—Entonces fue él quien mató a Vanessa —cuestiona la inspectora Carmen, asombrada por el charco de sangre del cuarto de baño.

—Técnicamente fue Guillermina quien mató al transexual, a Victoria López y a Valentín Cabrero.

—Y a la chica de Barcelona que asesinaron hace dos años en la Verneda —afirma Carmen, mientras sale al pasillo para vomitar.

—¡Dios mío! A saber cuántas personas ha matado este pobre loco —se pregunta Ernesto.

—Él no —replica el comisario—, Guillermina..., ella fue la asesina.

09.31

Pasan treinta y un minutos de las nueve de la mañana, cuando los agentes descubren las bolsas con el cuerpo descuartizado de Rasputín, vestidos de mujer en el armario de la habitación de matrimonio y una nota manuscrita dentro de un cajón de la mesita de noche:

Confondu.

OTROS TÍTULOS
DE LA COLECCIÓN

LOS FRESONES ROJOS

Esteban Navarro

El policía nacional Moisés Guzmán recibe una inusual oferta: pedir una excedencia y dedicarse a investigar un crimen cometido en Barcelona trece años atrás: el asesinato de un matrimonio de oncólogos y la desaparición de su hija de corta edad.

Pronto descubre que no es el primero a quien se encarga la investigación y que sus antecesores tuvieron un trágico final al cabo de cincuenta días de iniciadas las pesquisas. Guzmán no dispone más que de una pista fiable: la chica desaparecida tiene un antojo en forma de tres fresones en la base de la espalda.

A CONTRARRELOJ

Laura Esparza

Andrea no *puede* organizar una boda. Su pequeña agencia de representantes deportivos está a punto de hacerse un hueco entre las grandes, y necesita concentrar todas sus energías en evitar que la competencia se quede con parte de su clientela. Pero se trata de su mejor amiga...

Luc no *quiere* organizar una boda. Tiene una cartera llena de superestrellas que requieren toda su atención, y hay una nueva rival en el horizonte a la que debe aplastar antes de que se convierta en una amenaza para su negocio. Pero se trata de su hermano pequeño...

Una alianza temporal es lo único que puede evitar el desastre. Conseguir la ermita, reservar el restaurante, elegir las flores y comprar el vestido debería ser pan comido para ellos. Sin embargo, los preparativos se convertirán en una carrera contrarreloj para la que solo se acepta una apuesta: ¿quién será el primero en perder el corazón?